崔济哲最新散文集

也无风雨也无晴

崔济哲 著

作家出版社

目　录

序

冯　健

　　我很少为人作序。一是序言跋语自古难写，知难而退；二是我早已步入耄耋暮年，思维迟滞，提笔忘字。

　　济哲曾对我说过，他老爸早年曾在西北联大读书；我二哥、二嫂都曾是西北联大的学生。从这个机缘看，和济哲倒真像是"忘年之交"了。

　　济哲的公众号为"白头翁"。有一次，在我们机关的院子里，看到他满头黑发，我赞他年轻、有生气，他拨拉一下头发，笑了。他这一笑，我也就了然八九分了。古人云翁，并非老矣。杜工部笔下的"卖炭翁"，年龄并不大；柳宗元写实江雪中"孤舟蓑笠翁，独钓寒江雪"，言独言雪，此翁估计已是老者。至于陆游写《示儿》时，说"家祭无忘告乃翁"，已然八十五岁老翁了。

　　济哲写过多篇散文。一篇好散文要求朴实、明丽，读后如饮清泉水，如见飘浮云，如清晨清风拂面，闻黄鹂啼鸣。

　　好散文要形散神不散，读来如临其境，如闻其声。忌干枯、说教，忌诘屈聱牙、味同嚼蜡。

　　好散文要引人入胜，读来有滋有味；能读出兴致，读出淳厚。

济哲的散文多是上品，有的可能是急就章，有的则可能是久思苦吟所得。

贾平凹曾评价济哲散文说，济哲的文章，有的读过就能记住，有些还放不下。

好散文要有真情实感，读来亲切，首先应该自己感动，也应力求感动别人。

济哲比较擅长写人物。书中写郭超人的《新华社社长的一天》、写乔羽的《乔老爷的豪情 乔老爷的歌》，又如《高票》《虫爷》《黑话》，都写得生动、逼真，绘声绘影，十分耐看；有些历史性的叙事散文，也写得活灵活现，引人入胜。《新华社大院中的秘密》《烟袋斜街上的斜门歪店》等，既有历史的考证，又有现实的描述，夹叙夹议，风情并茂，都显出了他笔下的功力。

好散文，需要下功夫写，也需要下功夫读。执笔为文，细读、鉴读、精读，放下后拿起来再读。被称为"北宋文坛盟主"的欧阳修，"作文既毕，贴之墙壁，坐卧观之，改正尽善，方出之示人"（见宋何薳《春渚纪闻》）。这似可作为吾侪"摇笔杆儿"者参照。

序就是导读。此文如能引读者翻书阅读，鄙人作为新闻人中的一个老兵，也就心满意足了。

二〇一八年仲秋于北京

自 序

回头再看读书路

冯健老先生为《也无风雨也无晴》写的序中说:"写书要下功夫,读书也要下功夫。"冯老今年该九十四岁高龄了,在全国新闻界可谓德高望重,不敢说他过的桥比我们走的路多,但他过的桥肯定比我的多,走过的路肯定比我的长,"读书也要下功夫"该是他经过岁月洗礼后的真知灼见。

每个人都有自己的读书经历,每个人都走过自己的读书路。说出来似乎在嘲笑岁月,我读书之路的开启竟然是无产阶级文化大革命。

"文革"闹翻了天,我们倒沉淀下来,百无聊赖选择了读书。现在一说大院中的孩子似乎都是"玩闹型"的,不是打群架、"拍婆子",就是起哄架秧子。其实大院中的一部分孩子是"跳出三界外,不在运动中",很多知识分子和干部的孩子选择的是高雅的"玩",静静地读书,读书逐渐形成了一个一个小圈子,读书的沙龙,读书的聚会,相互借书、换书、淘书,甚至抄书。很多名著都是那个时代读的,像老托尔斯泰的《战争与和平》《复活》《安娜·卡列尼娜》、小托尔斯泰的《苦难历程》、巴尔扎克的《人间喜剧》、陀思妥耶夫斯基的《被侮辱和被损害的》《罪与罚》、肖洛霍夫的《静静的顿河》、雨果的《笑面人》《巴黎圣母院》《悲惨世界》、罗曼·罗兰的、莎士比亚的、莫泊桑的、马克·吐温的、杰克·伦敦的、狄更斯的、茨威格的、海明威的，说一句狂语，一生读的外国名著，有一半都是那个时期读的，读得还十分下功夫，挑灯夜读，白天能连续看十个小时，六百多页的长篇小说能一天一夜看完，关键是看完还得能"侃"，"侃"出情节，"侃"出心得体会，这样读书圈里的人才肯把书传给你，因为那个时候借书都有严格的期限，越是"禁书"期限越紧，因为后面排着一大队人，都眼巴巴地等着你看完。我推测，这些外国名著流入大院子弟的阅书圈，有两个渠道：之一是"破四旧"抄家抄来的，扔在那儿没人要，有人顺手牵羊；也有一些有心人，抄家时一些红卫兵把这些他们早已仰慕久矣的名著拿回来。我就看过一位当时小有名气的红卫兵家中堆放着至少有几十本世界名著。之二是从学校图书馆有组织地偷出来的，有的干脆借"破四旧砸烂图书馆，清除封资修"洗劫学校图书馆，把当时几乎所有的"禁书"扫荡一空。在读书圈里借书、换书也是有潜规则的，"禁"的级别越高，批判得越猛烈，价值越大，"份"越高，比如肖洛霍夫的著作《一个人的遭遇》比《静静的顿河》还走俏、还吃香，一些书几乎不分昼夜地转，没有一分一秒能空置，因为后面排着长长的候读人。

　　记得我曾和我们大院对面的中央工艺美术学院宿舍大院的系主任郑教授的儿子郑岳冒着严寒骑自行车，从白家庄一直蹬到北京大学宿舍，就为借回一本《十日谈》，书还没拿到，已有十几个排队等阅的人不停地促问，因为薄伽丘的《十日谈》当时是有名的"黄书"，我们也是拿《红与黑》和《基度山恩仇记》二换一的，换期也不过十五天。当时虽然没看过《十日谈》，但读书圈里早有"先行人"介绍，说全书最经典的是第三天的谈，讲的故事是赤裸裸的性爱、性交、性道德，绝对火辣诱人。《十日谈》讲的是七位小姐和三位男青年为躲避瘟疫在乡间的别墅里讲各自的故事。我们拿到书以后，找个背风的地方，急不可待地翻开书，果然，那本书被翻得最脏最破的地方真的就是第三天。我们相视而笑，那就是那时的青春冲动。

随着"文革"的发展，"逍遥派"越来越多，越来越多的大学生也逐渐走入我们中学生的读书小圈子。最使我感到震惊和难忘的是有位大学生在我们面前竟然用英语全文背诵美国总统林肯长达十三分钟的《葛底斯堡演讲》，震得我们这帮中学生瞠目结舌，方知是林肯那位长得怪模怪样的短命总统提出要建立"民有、民治、民享的政府"。随着大学生的融进，书的传阅种类也让我们耳目一新。一些哲学、经济学的书籍传进来，包括黑格尔的、克鲁泡特金的、康德的、雅斯贝尔斯的、弗洛伊德的等等，像托马斯·莫尔的名著《乌托邦》就是那时读的，我数十年也只在那个时期读过一次，却一直能理解，能记忆。读书要下功夫，还要早下功夫。

随着"复课闹革命"和"军训"，我们又都开始热衷于读马克思、恩格斯的著作，那个年代读书读得真认真、真钻研，让人感慨的是当年读的书，一读就能记住。若干年以后，我在中央党校中直机关分校讲党课时，曾把马克思的《共产党宣言》的最后一部分，当当当，一口气一字不错地背下来，赢得了满堂彩，其实那都是当年读书下的功夫。以后我四次上中央党校，最长的一期是半年时间，也真想塌下心来用心学习，早晨站在中央党校的湖边上背诵那些学习过的警句和文章，但都如石投水中，涟漪泛动，一会儿就什么都忘了。读书真要趁早。

一九六八年我去山西定襄横山村插队，前后插了七年队，漫长的二千五百多天中，有时候苦闷得近乎忧郁，有时候烦恼得近乎癫狂，有时候忧愁得近乎难以自拔，这时候也明白了一个道理，原来读书也可以疗毒，也可以去忧，也可以去愁，也可以让人醉卧泥屋茅舍。方知酒醉人，书亦醉人。

在插队的第四个年头，全村北京插队知识青年已从一百一十六人，"走"得只剩二三十人，老乡戏称"缺苗缺垄"。也就在这极度苦闷烦愁之时，结识了我们村横山中学的一位张老师，一交就十分对脾气，他是单身一人在横山中学任教，好像也很不得意，有的是时间，我们就常常闲聊。我去找他时，挎一书包从老乡家收购来的鸡蛋，他出一瓶高粱酒，野葱一把，胡麻油炒鸡蛋，对酒当歌。我发现他小小的宿舍中竟然有那么多书，而且几乎都是中国古典文学的经典，四大名著不用说了，三言二拍，还有《镜花缘》《老残游记》《庄子全译》《楚辞全译》《搜神记全译》，我翻开《史记》一看，竟然是一九五五年的版本。我那时真如沙漠遇清泉，常常一借就是一书包，背回去之后，连工都不出了，大门不出，二门不迈，有时候连饭都省了，实在饿极了，就跑到老乡家蹭顿饭，渴了用瓢喝上一肚子凉水。后来看到流沙河当年遇难，劳改后被安置在书库，用他的老朋友曾伯炎的话说叫"瘦狗跌进茅坑里，让他吃个饱"！这话不知四川人听了别扭不别扭，让我听了似乎带几分骂人的调侃味。但流沙河也因此读了许许多多的书，用他的话说，塞翁失马，焉知非福！那二年，我把张老师的所有藏书一本没漏，全部读完，而且是精读，有的甚至读过两三遍。忽笑忽叫，忽唱忽念，有时老乡们认为我有些"神经"了。我真是深醉其中。张老师的那些书恰恰补了我中国古典文学的短板，许多书，包括像《红楼梦》《水浒传》等都是那时读的，以后再也没系统翻过，但作一般性研究也足够了，有的章节三十年后仍能脱口而出。那个时候并没有刻意去学习、去背诵，只是在苦闷和无望中寻找精神寄托，没想到竟然受益终生，读书还是要趁早，趁年轻。以后我看到胡风先生在狱中写评《红楼梦》的书，因为是坐牢并无《红楼梦》原书对照，但胡风先生愣是凭记忆把整本书都批改评论下来，别人不相信，我信。因为我多少有过点这方面的经历。

到工厂的四年也是我读书的四年。

　　当年工人和农民的最大区别在于工人有工资，我当时还是"光棍"，不但没有负担，父母还给我寄钱，因此我在第二个月就订了一份《光明日报》，它的文艺、哲学、历史、理论专版都让我读了一遍又一遍，有的还剪下来，夹在日记本中。记得有一期报纸我没有收到，我一直找到县邮局，人家也奇怪我为什么这么"较真"？道理很简单，因为那天的报纸正该出一期历史研究专版，正在讨论太平天国忠王李秀成的问题，不读心里犹如有只没落地的靴子。

　　最大的意外收获就是县城的新华书店离我住的单身宿舍快步走不过十五分钟。我第一次上门淘书就赶上书店开展"红展台"活动，把书店最迎面最敞亮的柜台办成马、恩、列、斯、毛著作的展台，同时把"过时、过期"的旧书、旧刊、破书、卖不出去的书按文件要求进行处理。书店一共三个阿姨一个大娘都干得上气不接下气。我是生力军，又是内行，且自愿义务劳动，一不怕脏、二不怕苦，一连干了三天，淘回去足有两大捆书，其中不乏一些"珍品"，有《中国文学史》、老版的《红楼梦》、缺篇少页的《中国通史》等等，像周立波的《暴风骤雨》《山乡巨变》、梁斌的《红旗谱》、茅盾的《子夜》等等，十几本当时被清理出来的"半黑半白"的著作，因为又破又脏，只要了我三块钱，书店经理说，这其中也有我三天的劳动报酬。当然也有崭新的书，都是刚刚发行的单行本，比如马克思的《资本论》《关于费尔巴哈的提纲》《哥达纲领批判》《黑格尔法哲学批判》，最使我感到捡了便宜的是竟有一套一九六三年出版的《茨威格小说全集》，四本一套只剩下三本，其中两本还被用黑墨笔在封面上打了叉，书店经理一开始要销毁，被我死缠活磨才同意供我批判，一分钱也不要。我担着满满一担书回到单身宿舍，也惊动了整个宿舍的人，师傅们一开始惊讶，以为书店不要钱白给，随便拿。随后又为我发愁，这么多书，一个字一个字念，一行字一行字读，一页字一页字地看，什么时候能看完？我说，我不是愁看不完，我是怕看完，看不完才好呢！师傅们下班也没事干，就到我宿舍来看书，看那四大摞书，还是替我犯愁。我只好搬出一尊神来，我说愚公都能移山，我就不能"移"书？从此再无惊讶。那些书伴陪着我整整读到一九七八年考上大学。

在工厂读书最大的难题是有灯没电。师傅们编的流传很广的谜语：要时没有，不要时来了。也不知那年头儿为什么电缺得怎么那么厉害。又提出保证生产用电，生活用电没人管，一到天黑就把宿舍的用电拉了闸。我们单身宿舍基本上倒退到"日落而息"的时代。更没办法的是当时对煤油控制得极严，一个月，一个宿舍只发一墨水瓶煤油，想"点灯熬油"都不行。先是找厂里管后勤的死缠活磨，死乞白赖地要，终于受到了"特殊待遇"，但那时期的煤油质量特别差，一点就冒黑烟，上嘴唇上熏得像长了日本兵的卫生胡，终于在读书中学会了读书，懂得了要戴上口罩看书。夏天几乎裸体，通身只穿一条短裤，却戴着厚厚的口罩蜷缩在煤油灯下津津有味地读书，读到高兴时，就一步蹿出屋外，一把扯下口罩，望着满天星斗，哈哈大笑，以至于有的老师傅以为我读书读得走火入魔了。

经一位老师傅指点，我去买了一盏马灯，油灯和马灯的历史差距应该有一千五百多年，我一夜飞渡，但一点方知，马灯是只油老虎，光靠软磨硬泡要煤油是不行了，只好使用"糖衣炮弹"，拿正宗的老北京六十五度二锅头换煤油，以至于我母亲见我老要二锅头，以为我嗜酒成瘾，怕我喝酒误事。后来我把"糖衣炮弹"的故事讲给她听，母亲才破涕为笑。

终于走进了大学之门，那是我读书之路的另一个起点，虽然它比我应该读大学的年龄整整迟了八年。《智取威虎山》中小常宝曾经有句台词："八年了，别提它了！"提提也无妨，过的桥，走的路，似乎都在昭示：读书要下功夫，读书要早下功夫。

二〇一八年秋记于绵绵秋雨之中

第一辑

乔老爷的豪情　乔老爷的歌

一

二十世纪六十年代，因为喜剧电影《乔老爷上轿》的上映，中国可能出现过成百上千位乔老爷。乔羽是叫得最响、最亮、最长久的乔老爷。乔老爷这个大号连周恩来总理都认可，曾当众亲切地称乔羽乔老爷。

乔老爷年轻时挺拔英俊，宽肩厚背，大头方耳，典型的山东俊小伙，配上一身土黄色的解放军军装，风风火火。晚年的乔老爷像棵不老松，健康苗壮，老当益壮，精神焕发。但乔老爷毕竟老了，八十老翁矣，渐渐背已驼，发已褪，额头愈发显得光亮前突，越老越显菩萨像，弯眉笑眼，慈眉善目。乔老爷心态好，笑看世界，慈看人间，歌颂慈爱，歌唱祖国。

记得第一次见乔老爷是金曼和守弟带我去的，我比守弟大十岁，他们称我为大哥。乔羽见我就热情地招呼我，一口浓重的山东济宁家乡口音，数十年老人家乡音未改。乔羽扬手道："是大哥吗？大哥快坐！"慌得我赶忙过去抱拳施礼，连呼："不敢，不敢！您是前辈，是我敬佩的老前辈！"没想到乔老爷微笑着竟然用两句山东吕剧的戏腔道："大哥此言也不当，前辈不能呼大哥？"一下子，我们就熟了。乔老爷真是语言大师，两句戏腔能铺搭万里隔阂，乔老爷的功夫。

乔老爷喜欢喝酒，喝地道的中国白酒，和乔老爷对饮，八十岁的老爷子，三十年的老白汾酒能饮多半瓶，让人想起李白的《将进酒》："五花马，千金裘，呼儿将出换美酒，与尔同销万古愁。"乔老爷无愁无忧，有诗有歌有酒有情。话题就从汾酒说起，就从山西说起。

乔老爷那时喝酒有讲究，举杯为敬，碰杯必干，有一种按捺不住的豪气。

乔老爷说看过《我们村里的年轻人》吧？山西是个好地方，从太原到汾阳，一路走一路看一路想，酒都没能喝到心上，写不出首好歌，一是交不了账，主要是愧对山西父老乡亲们，一九六一年还在困难时期，顿顿都给你斟上汾酒，你能不热血沸腾？

乔老爷端起那杯汾酒，眯起两眼，弯起双眉，像凝望前方，又像回首往事。渐渐地脸上似乎也凝重起来，但那也仿佛只有瞬间。乔老爷放下酒杯，好似放下岁月，右手两指轻叩桌面，很有滋味地唱道："人说山西好风光，地肥水美五谷香，左手一指太行山，右手一指是吕梁……"我跟着和道："站在那高处望上一望，你看那汾河的水呀，哗啦啦地流过我的小村旁。"

乔老爷爽朗地笑了，我们都舒心地笑了，那笑声还真像汾河的水，哗啦啦地流过我们的心。

乔老爷还给《汾水长流》中作过一词，当年唱得也是满天红霞满天彩。那歌那曲那调那腔让我这个在山西生活工作过三十年的人由衷赞美，真喜欢真爱："汾河流水哗啦啦，阳春三月看杏花，待到五月杏儿熟，大麦小麦又扬花，九月重阳你再来，黄澄澄的谷穗子好像狼尾巴……"乔老爷的歌怎么能不让人拍手叫绝？怎么能不让人满斟高端一饮而尽？乔老爷说直到此时，我才放开量细细品你们山西汾酒，才一酒喝到三星半，才连饮连呼好酒，真好酒。乔老爷真豪情。

乔老爷说,那年那月咱理解,我一共得到两瓶汾酒,宝贝似的拿回家,那就是全部"稿酬"。乔老爷说,我到杏花村,未进"村",心先醉。那天喝了多少酒我心中有数,至少在一瓶老汾酒以上,喝也没白喝人家杏花村的酒,酒醉才有诗。乔老爷留在杏花村酒厂的诗在四十年前就立碑刻记,我早已熟记在心头,也学着老人家的指法,打着点,念出他四十五年前的一首诗:"劝君莫到杏花村,此地有酒能醉人。我今来时偶夸量,入口三杯已销魂。"山西杏花村汾酒厂有数以百计的名人题词题诗,以我之见,无一能出其右,每诵一次都觉得酒香自唇中来,乔老爷就是乔老爷。

二

我们这代人是唱着《让我们荡起双桨》度过幸福的童年的。那歌可以说终生不忘,什么时候想唱,感慨岁月,感慨年华,感慨韶光,感慨孩子们,脱口就哼出来、唱出来:"让我们荡起双桨,小船儿推开波浪,海面倒映着美丽的白塔,四周环绕着绿树红墙……"乔老爷那年二十七岁,正精神振奋,意气风发,挺拔英俊,才气横溢。为电影《祖国的花朵》配歌,一开始也没找他,他那时还仅仅是初出茅庐的年轻人,因为各种原因配的歌都不尽满意,才找到他,给他的时间只有一周至十天,谁也没想到他三天出词,一炮而红,把儿童唱成老头老太太,但歌未老,曲未旧。现在在北海公园西边雕有《让我们荡起双桨》的铜雕塑,走近有一股无限亲切、熟悉、幸福的金色童年之感,仿佛伴随着那歌声童年又重回身边。

二十七岁那年,乔老爷娶的亲,"上的轿"。他的夫人佟琦当年十七岁毅然决然嫁给他。有些友人曾问他,是你追求的佟琦还她追求的你?乔老爷对我说,一看提问的就不是记者,大哥就不那么提问。哪有当着夫人的面这么问的？我当然立即回答是我追求的夫人。乔老爷无时不幽默。

说实在的，当年我第一次见到乔老爷的夫人时，着实把我吓了一跳。佟琦身上除了有雍容华贵的气质外，其穿戴打扮全然不像年近七十的"老太太"。一头漆黑的卷发，且是钢丝爆炸型，戴一副宽边厚沿的反光墨镜，手腕上一块全墨黑无框手表十分显眼，左手无名指上一颗硕大的戒指，看不清是否有钻在其上。前排开扣短袖长裙，雨果笔下的法国贵夫人？再看淳厚纯朴、衣着宽松自然的乔老爷，仿佛是两个世界走出来的人。

佟琦很自信，她会很自得地看着乔老爷。她说当我决定嫁给他那时起，我就认为他能行，靠得住。佟姨，我听他们都这样称呼她，因为乔老爷叫我大哥，我不知该如何称呼她，一直呼之夫人。夫人很得意地说，现在热播格格戏，真正活着的格格在这儿！她用修剪得极讲究的手指指点着自己。我也十分佩服夫人的眼光，用她十足的京腔京味的话说，自嫁给乔羽，便不再走向社会，不做任何工作，不同凡人交往，一心一意守着香巢，因此什么反右、四清、"文革"统统和我无关，躲进小楼成一统，管他春夏与秋冬。我明白了，夫人保养得那么好，和她几十年没受过任何罪有关。佟琦是那个时代中国女人中独一无二的。有些友人笑问佟琦对婚姻的看法。夫人言之：思想自由，行为规范。问乔老爷，乔老爷说听过毛阿敏唱的《思念》吗？那是我写的："你从哪里来，我的朋友，好像一只蝴蝶飞进我的窗口……"夫人挺神，乔老爷更神……

三

新华社李彦是位有着军人情感的有心人，他把二十多位大家、名家唱的《上甘岭》插曲《我的祖国》收集起来。我从深夜一直听到黎明，仍久久不能平静。

每每说起《上甘岭》，每每说起《我的祖国》，乔老爷都激动，仿佛半个世纪前的一景一幕犹在眼前。

为《上甘岭》写歌词那年乔老爷刚够二十九岁，朝鲜战争刚刚停战两年，战争的硝烟尚未散尽，志愿军烈士的鲜血尚未干透。乔老爷多次慰问过志愿军，被志愿军的英雄事迹深深打动。乔老爷领命以后，心中既激动又忐忑，他是被替补上阵的，前面写歌词的资历资格都老于、强于他的没能过关。乔老爷眯起眼睛，不再微笑，他像看穿岁月看见昨天。这是乔老爷写过的一千多首歌中最犯难，感到压力最大的一首歌。时间紧任务重，课题重大，更兼领导左一道指示，右一个命令，一个将军一道令，乔老爷说他突然感到自己不会写歌了，一个字也写不出来了。索性不去想歌了，我躺在床上像回放电影一样过志愿军英雄的故事。过得我热血沸腾，过得我心潮澎湃，过得我几次热泪流。终于乔老爷的激情像喷薄的火山，他躲到一个僻静无人的地方，用乔老爷的话说叫将在外君令有所不受，排除一切外界因素，一挥而就，一喷万丈，一涌而成："一条大河波浪宽，风吹稻花香两岸。我家就在岸上住，听惯了艄公的号子，看惯了船上的白帆……"

当乔老爷听到郭兰英试唱《我的祖国》时，他激动得不仅双手，甚至全身都在颤抖，两行热泪悄然流下，只有她，只有郭兰英才能唱出《我的祖国》的内涵、情感、激情、生命。

乔老爷和郭兰英早在一九四八年中国人民解放军围攻太原城就相识。那年冬天在山西晋中寿阳县一个小山村里，曾为一位普通的老乡演唱，郭兰英唱腔高扬、激越、清亮、甜美，这一唱招来了那么多乡亲，那么多部队，把前线的枪炮声都压住了。乔老爷当时就想有朝一日，一定为郭兰英写首革命歌曲，叫郭兰英唱遍唱红整个中国。若干年后，乔老爷曾满怀深情地回忆那段烽火连天的战斗友谊："与君少小便相知，正是烽烟漫天时。三十五载歌未歇，相逢却看鬓边丝。历尽艰辛见精纯，高台不负老艺人。但为生民传心事，穷乡僻壤俱知音。"

到如今，《我的祖国》六十年不衰，六十年不老，越唱越红，越唱越亮，唱遍祖国大地，直唱到祖国的南海岛礁。我曾在北京人民大会堂和近万人起立高唱《我的祖国》："朋友来了有好酒，若是那豺狼来了，迎接它的有猎枪……"

四

二〇〇八年钓鱼台国宾馆请乔老爷去写歌。乔老爷请我们几人去品尝钓鱼台国酒，也由此激发一下创作灵气。

钓鱼台的夜晚真静真美。据说此湖有金色大鲤鱼，借着皎洁的月色仿佛看到了波光闪动，水纹粼粼。酒助诗情，酒助谈锋。

八十多岁了，乔老爷依然精神矍铄，才思敏捷，挥洒自如，谈锋犀利。迈过八十大寿的门槛，乔老爷酒兴不减，酒风不改，只是只端前三杯相敬，敬则必干，以后便随意，不再干杯。

乔老爷说，他们济宁也有一种高粱酒好喝不醉人。喝酒和作词一样，有时候也难，醉也分畅醉、苦醉、闷醉、劝醉、自醉，好比作文章，有时候下笔就是千言，有时三天两夜也憋不出一行字来，能憋得你六神无主，坐立不安，七上八下，神魂颠倒，为什么？交不了账。乔老爷幽默。

那夜乔老爷格外精神，满面红光，夫人也高兴，时不时地插话调侃几句。

乔老爷说，一九八四年中央电视台让我写首春节晚会歌，不少人为我担心，春晚不是好玩的。我反倒放松了，叫放下，一身轻。《难忘今宵》那首歌真是一点劲都没费，喝着酒就哼哼出去了。夫人当时哼着唱出来："难忘今宵，难忘今宵，无论天涯与海角，神州万里同怀抱，共祝愿，祖国好。"一下子唱红了几十年。乔老爷说他没想到。

乔老爷说，他这一辈子喝过多少酒？见过多大的酒阵？恰好滚滚长江东逝水，但有一次却刻骨铭心，让他终生难忘。

那时抗美援朝志愿军从朝鲜凯旋，周恩来总理在北京举行盛大招待会，欢迎志愿军的英雄模范。乔老爷说那么多英雄将士，都是浴血奋战的英雄，每位英雄都有一段可歌可泣的英雄事迹。乔老爷说当时总理摆了一百桌，周恩来总理带着各方人士给英雄们敬酒，每桌都要走到，酒是代表祖国人民敬的，桌桌都要敬到，一桌也不能漏，一桌也不能偏。乔老爷说那些可都是出生入死，为祖国、为人民拼过命流过血受过伤的战斗英雄，酒都敬得认认真真，毕恭毕敬。敬到最后一桌，只有两个人还能始终如一，唯周总理与吾也！

我们也听得心潮澎湃，热血沸腾。一齐再为英雄敬酒，也为乔老爷的万丈豪情举杯。

那晚钓鱼台夜空如水，月色如图，清风徐来，诗情酒意齐下。我们一起吟唱："告别今宵，告别今宵，无论新友与旧交。明年春来再相邀，青山在，人未老。"

新华社社长的一天

仿佛昨天还是花如雪，今天已然雪如花。纷纷的雪花该是多少朵洁白的素花在天空绽放。洁白的世界、洁白的天，银装素裹，分外妖娆。俗话说男俏一身皂，女俏一身孝，那白里该有多少情感，多少美丽，多少玄妙。

二〇〇〇年六月的那一天，本该是万花争艳，却迎来了白花如雪。新华社大院里几乎每个人胸前都佩戴着一朵白花，几乎所有树上、枝头都缀满了人们自觉自愿挂上的素花。新华社社长郭超人的灵柩将启程，他将离开这块他为之终生奋斗，为之日夜操劳的地方。郭超人是战死在新华社岗位上的新华社社长。每一朵白花都代表一颗心，每一朵白花里裹束着一眷情怀。

郭超人的灵柩被人缓缓地抬出新华社大楼，这次也是唯一一次，郭超人不再是稳步微笑地走出这栋大楼，而是平躺着在不知不觉中被移出，他还含着微笑，但那是凝滞的笑，惨淡的最后一笑。运送灵柩的车缓缓从新华社大院出发，到处都是送灵的人群，到处都有送灵的白花。

人们是想让郭超人再最后一次走一遍他最熟悉也最牵挂的地方……

一九九三年四月的一天，郭超人到山西考察工作，当时我们心中又是兴奋又是紧张，当我看到郭社长从汽车里下来，戴着一副又宽又大的墨镜，便有些拘谨了，没想到超人同志和同志们握手时风趣地说了句，你们不会把我当成外国游客吧。一下子就让大家都笑起来，超人同志也跟着大家哈哈笑起来，真像一家人一样。超人同志的眼睛正难受，眼底血管也有问题，瞳孔放大后久未恢复正常，加之工作繁忙，一天要看数万字的材料，医院给下了"最后通牒"，不准过度用眼，不准看文字材料，阳光、强灯光之下要佩戴墨镜。原来，郭超人为落实医院的要求，又不愿整天躺在家中，就决定到不远不近的山西来考察工作，用他的话说是"一举两得"。

当时山西省委书记是胡富国同志，为了怕引起误会，我先给胡书记讲明了郭社长戴墨镜的原因。没想到胡书记在陪同郭社长去一家煤化工企业参观考察时，竟也戴上了一副宽边大墨镜。两个人握着手相视而笑。

郭超人看得很细，很认真，也问得极专业，以至于胡富国悄悄地问我："你们郭社长下过煤矿？"我那时对超人同志并无更多了解，只好开玩笑地对胡书记说："下没下过煤矿我真不知道，但确实上过喜马拉雅雪山！"

上午的时间安排得紧紧的，记得好像还拉了晚。郭超人身材高大，迈着两条长腿在车间厂房里深一脚浅一脚的，他曾几次摘下墨镜擦拭镜片，那是因为汗水模糊了镜片。整整一个上午，除去两次滴眼药，郭超人几乎马不停蹄，连胡富国劝说都不行。他说难得下来一趟，得多走走、多看看。又对我们说，只有这时才能寻找到当新华社记者的感觉。

四月的晋阳，春正浓、景正美，郭超人婉谢省里安排的游览项目，一连开了两个座谈会。在谈到新华社要支持山西省委整顿军队办煤矿时，郭超人站起来，激动而又十分坚定，果断而又十分深远地说，新华社是国家通讯社，是新华通讯社，不能是新华商社。郭超人充满感情地说，山西出经验、出典型、出办法，也出情况、出问题。当记者，当我们新华社记者的要沉下去，不入深水，焉得大鱼？郭超人讲的一件小事我至今记忆犹新。他说，过去有位山西分社的记者下乡了，找到县里，县里不知道，找到乡里，乡里也不知道，原来那位记者直接住到村里。报道要上去，记者要下去，搞调查研究是我们新华社记者的看家本领，丢不得啊！

郭超人语重心长。

郭超人说，你们选择了新华社记者的职业，那就是一条充满挑战、充满荆棘的路。他在写《登上地球之巅》时，狂风暴雪，高寒缺氧，他的双眼肿胀得怎么也睁不开，实在没办法，就把火柴梗掰断了，用火柴杆支撑起眼皮，写！郭超人说得很平静，我们都听得很激动。郭超人缓缓昂起头，像对我们说，也像是自语，更像是一种交心的告诫，要迎接挑战，还要敢挑战自己。

郭超人在北京大学攻读中文系新闻专业，自愿去西藏当记者。郭超人说，我什么样的挑战都有心理准备，唯独没想到去西藏，唯独没想到坐在藏民的毡房中，一群热情真挚的藏族兄弟姐妹们用热热的手捏糌粑来款待你。你看着他们怎么样生起牛粪火灶，怎么样在手心中和面，怎么样用手指捏面。三十多年前，藏民毡房中的卫生条件不是你能想象的，双手捧上来的热糌粑，你吃还是不吃？领着我去的藏族干部左挡右挡不让我接，他知道这对我来说是怎么样一种挑战。藏族乡亲们的笑突然凝滞了，捧着糌粑的手突然颤抖起来，我拨开那位了解汉族干部风俗、心疼我的藏族干部的手，双手接过糌粑，放到嘴里使劲地嚼。嚼着嚼着，入口时呛人的味道慢慢地没有了，只剩下糌粑的香，那香是那么醇厚，那么甘甜，那么久远。我突然看见带我来的那位藏族干部在偷偷地掉泪，不知为什么，他没有去擦拭它，让两行泪珠慢慢地流淌在苍黑色的、粗糙的脸膛上……

郭超人摘去墨镜，我看见他眼中似乎含着一颗硕大的泪珠。

第二天一早，郭超人一行将赴晋南考察，我在分社值班。晚上，我去他住的宾馆告别，走进房间才发现，郭超人正在听英语，桌上放着笔记本和笔，他一边听一边记。看到我来了，郭超人按了暂停键。他说，现在再学英语可能有些晚了，那就得起早贪黑，但不学不行，你们这茬人吃亏就吃亏在"文革"上。新华社要提倡学习外语，要让会外语的干部香起来。

我退出房间的时候，屋里的英语又响了起来。走出宾馆回看郭超人的房间，灯依然亮着。我久久地站着，这一天对郭超人来说是平凡而平常的一天，对我们又该是怎么样的一天……

在漫天飞舞的雪花中，我仿佛看见了那盏灯花在那落雪的声韵中，仿佛听到了那遥远而熟悉的声音……

"我获得了诺贝尔奖"

一

索尔·佩尔马特教授是美国加州大学伯克利分校物理学教授。他长着一头黑头发，皮肤微黄，黑色的眼球格外明亮，听过他讲天体物理学的中国学生告诉我，他讲课可不像获得诺贝尔物理学奖的李政道那样把地球物理学讲得如同讲述文字艺术一样生动，但佩尔马特的课讲得极其认真，所有听过他课的人都众口一词：一丝不苟。

那天佩尔马特教授正在极其认真负责地监考，有人通知他，他获得了二〇一一年诺贝尔物理奖。没想到，面对这么惊天的喜讯佩尔马特却丝毫不惊不喜，甚至无动于衷。事前别说他，就是伯克利分校都无一人知晓，更无一人猜到。谁敢让获得诺贝尔奖的人监考？经过求证，索尔·佩尔马特终于接受了这似乎从天上掉下来的馅饼。但他首先没有去想那笔突然而至的诺贝尔奖的奖金该怎样享受，他确信他的确获得诺贝尔奖后第一句发自内心的话是："我终于有了自己的停车位了。"

原来在伯克利大学图书馆前有一排写着"NL"的停车位，这些标有"NL"的停车位是专门为那些诺贝尔奖得主服务的，其他车辆不得占用，即使是校长、馆长，哪怕是总统的车辆也不得使用。

那排普通的停车位仿佛是皇冠上的钻石，让所有人都敬慕，即使停的是一辆极普通的一点都不"豪"的旧车，也让所有见到它的人都行注目礼。

"NL"是 Nobel Laureate"（诺贝尔奖得主）的缩写。

得了诺贝尔奖以后，索尔·佩尔马特依然教他的课，带他的学生，做他的试验，读他的书，只有到图书馆时仿佛才兴奋一点，他愿意在蓝色专属标志的停车处站一会儿，仿佛只有在这不到一分钟的刹那，他才记起他是诺奖获得者。

我想送给索尔·佩尔马特教授一句中国古诗："春风大雅能容物，秋水文章不染尘。"

二

莱夫科维茨来中国讲过课，被清华大学聘为"客座教授"。莱夫科维茨教授温文尔雅，寡言少语。但只要一涉及他的专业，只要一登上讲坛，他就像他家乡的哈德逊河滔滔不绝。莱夫科维茨获得了二〇一二年诺贝尔化学奖。

美国的奖项和中国的奖项几乎一样多，但像莱夫科维茨那样获得诺奖，在中国几乎不可能。

莱夫科维茨获奖时正在睡梦中，事先一丁点消息都没有，他一丁点预感都没有。当时他正在美国家中戴着耳塞睡觉，有电话打进来，通知他是今年诺奖化学奖的得主，莱夫科维茨有些蒙，这不是产生什么幻觉了吧？不是开什么玩笑吧？随后电话一个接一个，有五名诺贝尔奖的评委向他表示祝贺，这下莱夫科维茨的精神头才上来，他才坚信他是诺贝尔奖得主，"我的上帝！"他说，"说我获得诺奖我并不相信，桂冠怎么会落在我头上？但一位评委可能跟你开玩笑，五位评委都这么祝贺，不会有五个人同时跟你开一个玩笑。"

莱夫科维茨有福气，睡着就得了诺奖。至少说明诺奖的公平。一位朋友告诉我一个真实的故事。一个单位的工会要评自己单位职工摄影比赛奖。整整平衡一周，最后才定下，单位的班子成员，凡参赛的皆获一等奖，一把手虽未参赛，荣获荣誉大奖。

据说在中国每一项大奖甚至小奖后面都有一番波诡云谲的风云激荡。

三

赫尔维茨获得诺贝尔经济学奖，实出世人的意料，世界最大的外围投注公司之一的立博集团未把他列入视野。瑞典皇家科学院说赫尔维茨是历史上年龄最大的诺奖得主，那年他挂着铸有诺贝尔头像的金质奖章和捧着证书回来时，整满九十岁，中国话该称其为赫爷。

赫爷有多了不起，和他共同获得诺贝尔经济学奖的美国普林斯顿高等研究院教授马斯金曾十分感慨又十分由衷地说："有机会能与他和迈尔森共同获得诺贝尔经济学奖是我莫大的荣耀。"迈尔森是美国芝加哥大学的教授。

赫爷的经济学理论有多深奥，本文研究不起，但赫爷使美国学者连续八年获得诺贝尔经济学奖，八年未落，连中八元，究其原因何在？

那年我去匈牙利，想去拜访发明"魔方"的匈牙利人厄尔诺·鲁比克教授。没想到，布达佩斯建筑学院的人告诉我，匈牙利有十四位诺贝尔奖获得者，着实让我大吃一惊。用中国话说，匈牙利不过区区弹丸之地，缘何能产生那么多诺奖得主？后来方知，匈牙利乃世界读书大国。据联合国教科文组织统计，匈牙利是全世界第三读书大国。那么个区区小国，有近两万家图书馆，常年读书的人数占总人口的四分之一多。

当年我去耶路撒冷希伯来大学参观，虽然有思想准备，但也心中一惊,以色列竟然有一百六十三位诺奖获得者,最让我扭头张望的是一位刚下课,貌不惊人,走路还有些扭屁股的教授竟然是位诺奖得主。希伯来大学负责接待我们的舒兰伯特一点都不觉得奇怪。希伯来大学每年都有七八位诺奖得主在上大课,他很奇怪地问我:"教授不教课教什么呢?"以色列实行的到底是什么教育制度?用的是哪家哪套激励人们学科学出成绩的办法?

日本也有二十二位诺奖得主。让人惊讶的是日本人对诺奖的崇拜有日本特色。

日本社会崇尚金钱、崇尚权力、崇尚偶像,也崇尚信仰。社会也有其另一面,崇拜科学、崇敬学问、珍惜荣誉、追逐潮流。在日本社会,大学教授、科研专家、学者的职业威望和社会地位远高于企业高管、老板、土豪、政府官员以及演员明星。汤川秀树是一九四九年诺奖得主,几乎成为几十年间青年人和社会的崇拜对象。在日本如果有人获得诺贝尔奖,所有认识甚至不直接认识他的人都倍感骄傲自豪。没有人去议论诺贝尔奖有多少钱,只为得奖而自豪。在日本,孩子们崇尚的偶像是科学家。有一位退休的日本前首相去一家超市买东西,他和平常人一样排队交钱,而正在此时,一位曾经获得过诺贝尔奖的也已退休的老先生来到超市,当被人认出来以后,全超市包括工作人员全部都自觉礼让,毕恭毕敬地请他优先,人们为见到他而兴奋,要求跟他拍照的人排成长队。

一年一度的诺贝尔奖晚宴被瑞典人称为最高级的晚餐,在十二月十日,也就是诺贝尔逝世纪念日举行,地点在斯德哥尔摩市政厅的蓝厅。说是蓝厅是因为当初设计师本想把厅涂成蓝天的颜色,但后来发现修建大厅的红砖有古朴的美感,于是蓝厅不蓝,红砖成本色。我想说的是有位日本作家叫大江健三郎获得诺贝尔文学奖后,先后有四万名日本人在蓝厅专点大江健三郎获奖后吃的晚宴套餐,日本人对诺奖的态度由此可见一斑。可见日本人对诺奖的"追星"炽热,也可见日本人对科学和学问的崇尚和追求。当莫言获得诺贝尔奖以后，国内许多人关心的是诺奖到底有多少钱？莫言这钱怎么花？直逼得莫言不得不"交代"：想在北京买幢房子。

四

获得诺贝尔奖对于帕斯捷尔纳克是场灾难。

更为可悲的是当我来到俄罗斯，问几位俄罗斯青年，他们根本就不知道俄罗斯历史上曾经有过这么个人，帕斯捷尔纳克终于滴下两颗冰冷而混浊的眼泪。

那是苏联时期的事，帕斯捷尔纳克是苏联公民，以《日瓦戈医生》获得一九五八年诺贝尔文学奖。对于帕斯捷尔纳克来说，他的喜悦还没有出现在脸上就凝固了，变形了，消失了。苏联政府真厉害，他们从各个方面全方位地挤压迫害帕斯捷尔纳克，逼着他违心地公开拒绝诺奖，痛斥诺奖，批判诺奖。但这一句话是他的真心话："请恢复伊文斯卡娅的工作，我已拒绝诺奖。"苏联当局真有办法，他们知道帕斯捷尔纳克又顽又硬，绝不会低头，但他们也知道，帕斯捷尔纳克为了和他相爱十三年的伊文斯卡娅，他不能再让她为他得到诺贝尔奖去赴汤蹈火。

但是诺贝尔奖带给他们的苦难并没有结束。当地民众"自发"地到帕斯捷尔纳克的住宅去游行、骚扰、捣乱，用石头打碎他房屋的玻璃，直到愤怒的人群捣毁他的家，并且声明如果再见到帕斯捷尔纳克就把他活活打死，像消灭一只苍蝇一样。

他终于在一九六〇年五月三十日被折磨得身心憔悴，百病缠身，未得好死，至死也没有见过那铸有诺贝尔头像的金质奖章。但苦难和恶魔并没有随死亡而去，当帕斯捷尔纳克下葬时，当局不允许伊文斯卡娅参加，伊文斯卡娅只好在大门前流着泪默默站了一夜，最后晕倒在地。残酷莫过于此。帕斯捷尔纳克死后,尸骨未寒,当局就把伊文斯卡娅和她二十岁的女儿同时抓进监狱,"依法"判处她们徒刑,罪名也很直白,是她协助帕斯捷尔纳克把《日瓦戈医生》拿到国外出版,并非法获得巨额稿费和奖金。其实别说伊文斯卡娅,即使是帕斯捷尔纳克也从未领取本该他得的奖金和稿费中的一分钱。

在诺贝尔奖获得者中,还有两位毅然决然投身到与纳粹战斗中的浴血英雄。他们始终坚持战斗在敌后,战斗在巴黎。要知道当时纳粹的盖世太保破坏在巴黎的地下抵抗组织的时间平均不会超过一个月。特别是对待像莫诺这样的反纳粹地下抵抗组织的战士,他拥有犹太血统的妻子和一对拥有犹太血统的双胞胎,抓捕以后,除去酷刑就是枪毙。但他们为了祖国毫不犹豫。莫诺获得一九六五年诺贝尔生理学或医学奖,而另一位让人敬佩的战士叫加缪,他于一九五七年获得了诺贝尔文学奖。他们是终生挚友。非常不幸,加缪在一九六○年因车祸去世,莫诺几乎痛不欲生。但在诺奖得主中,加缪不是第一位丧生于车祸的诺贝尔奖获得者,在他的前面还有一位伟大的智者,也是唯一一位两次获得诺贝尔奖的人,她就是居里夫人。谁都想不到,谁也都觉得不可思议,居里夫人竟然把诺贝尔金质奖章很随意地拿给她的女儿,她的女儿觉得很好玩儿,就像北京胡同口的小女孩玩儿跳房子游戏一样,她把诺贝尔奖章当玩具踢来踢去地玩儿。大师就是大师,世界上只有一位居里夫人。

在所有诺奖获得者中,要数挪威科学家爱德华·莫泽玩儿得最飘、最潇洒、最浪漫。这位"爷"先是痛饮庆功酒,大口喝香槟,然后欣然下舞池跳起华尔兹。据我判断,莫泽可能是诺奖得主中舞跳得最好的"高足"。

夫妻俩同时荣获诺贝尔奖的,在诺贝尔奖颁发的一百一十五年中,莫泽夫妇是第五对夫妻。有意思的是当妻子梅·布里特·莫泽得知自己获得诺奖后简直"震惊"了,震惊到什么程度呢?莫泽大婶几乎连表示接受大家祝贺的语言都不会说了，"她一直在哭"，而且似乎哭得很专注，哭得很认真，也哭得很动情，当然也哭得很美丽。莫泽大婶终于停止了哭泣，她要把这个天大的好消息通知自己的丈夫爱德华·莫泽，但此时此刻爱德华·莫泽大叔正坐在飞往慕尼黑的飞机上。莫泽大叔昏昏欲睡，终于渐渐打起鼾来。事后和他坐在一起的朋友说，莫泽是不是知道了这天大的喜讯？是上帝告诉他了？因为莫泽大叔一直在笑，似乎笑得很甜，很开心，很幸福。两口子表达喜悦的形式怎么就这么不一样呢？当莫泽大叔走下飞机时有点晕，他既没哭，也没笑，而是傻了，有人给他献上鲜花，有人高兴地向他祝贺，告诉他获得了二〇一四年的生理学或医学奖。更让莫泽大叔彻底晕菜的是当他打开手机时，手机中竟然有一百二十多个未接电话。他的朋友说，他创造了一项世界吉尼斯纪录，至少是挪威纪录。

英国人约翰·格登的发型让人受不了，他两鬓的浓发向左右撇出去像阿尔卑斯山上的盘羊。据说格登得诺奖是气出来的，用中国话说叫赌气而为，因为他的老师曾断言他不是块好材料，"笨得完全不应该学习自然科学"。格登够拧的，他终于拧出二〇一二年的诺贝尔奖，他像阿尔卑斯山上的那只盘羊，终于登上了最高峰。这让我想起中国四大名旦之首梅兰芳，梅老板早年学戏时，也曾被老师下过断语，认为他不是学戏的材料。

格登的理论说起来让人不可思议。他认为砍掉的手指头在特定的条件下，是可以像受精的卵一样自由生长的。我要是格登上学时的那位老师，我也会下结论，该干什么干什么去，别犯傻。格登就是位了不起的"傻子"，他的这一理论直接导致了世界上第一只体细胞克隆羊多利的诞生。格登的学术理论彻底颠覆了人类对自身发展和细胞分化的认识。

这位格登爷！

诺贝尔一生最伟大的创举不是他发明了黄色炸药，而在于他设立了诺贝尔奖。每年十二月十日，全世界都在关注着瑞典的斯德哥尔摩。要知道那是个冰雪覆盖的寒冷季节，十点钟太阳才升起来，下午两点太阳又落山了，一百多年前，那地方可谓又穷又冷又偏僻又闭塞，又见不到阳光，但诺贝尔奖让全世界都把头转向这个再往北仅仅五度就进入北极圈的城市。

对于中国还有一位瑞典人叫安特生，他对于中国文化的贡献要比诺贝尔对中国文化的贡献大一万倍，但有多少中国人知道这位瑞典人？如果历数全中国都知道的瑞典人，首推当然是诺贝尔，因为有诺贝尔奖。对于瑞典来说，诺贝尔奖像太阳，照到哪里哪里亮，照到哪里，哪里人民心花怒放。

斯德哥尔摩音乐厅，一座古老的希腊式建筑，没有什么特点，没有任何标志，一年四季几乎都在默默无语和默默无闻中度过，但它被世人称作"距离北极圈最近的希腊神庙"，很多从世界各地来的游客都以能走进它的殿堂而骄傲，人们得以自豪的不是因为它是斯德哥尔摩音乐厅，而是因为自一九二六年始，诺贝尔奖就在此颁发。

古老得像蹒跚老人一样的瑞典皇家科学院、瑞典学院、瑞典皇家人文历史考古学院，因诺贝尔奖焕发出青春朝气，让人不远万里去瞻仰的还是因为诺贝尔，因为每届诺贝尔奖都要在那里评出。

诺贝尔文学奖得主都要在颁奖典礼的第二天，即十二月十一日去斯德哥尔摩移民区的一所平民学校，据说最多时在这所学校里可以听到九十三种不同的语言，那时候学生会用不同的语言把他们的感言念给这位来访的诺奖得主听。这个场景让不止一位获奖者当场流泪。

我也愿意去听听那些孩子们的声音，我更愿意当着孩子们的面流一次泪。

远望霍金

世界之大竟然容不下一个小小的霍金。

霍金先生看上去似乎很天真、很幼稚的目光，直直地斜视着天空，他的思想早已飞驰在宇宙之中，纵横于星球之间，冲腾在宇宙之外的世界，盘桓在广袤无垠的太空之外。霍金先生研究的是"黑洞"，他想推开新世界之门，他想颠覆整个人类的行程，他想"跳出三界外，不在五行中"，他到底想把人类，把世界带入一个什么样的境界？

可怜的霍金，可怕的霍金。

霍金访华时，我曾在二十米远的距离看见过这位让世人皆读不太懂的神人。

他瘦弱枯萎的身体几乎是蜷缩在轮椅上，硕大的脑袋，宽大的额头，扇风耳，吊胆鼻，一双浅蓝色的眼睛放出一种孩童般的光亮，只有当他要表示什么时，那目光才骤然闪烁出睿智和聪慧，嘴大腮阔，两手无力地瘫置在膝上。这位不幸的，被病魔折磨成高度残疾几乎无法生存的枯槁男人，怎么有那么大能量？玩弄地球如探囊取物，窥视宇宙如观春风？

天下还有没有比霍金更倒霉、更无奈的人了？记得海明威在《老人与海》中说那位老人真倒霉，可能是天下最倒霉的人了，出海八十四天一片鱼鳞都没打到。和霍金相比，那算什么倒霉呢？霍金二十一岁获得剑桥大学的博士学位，正在其意气风发，展翅高飞之时，突然得了一种奇怪而致命的疾病，全称叫肌肉萎缩性侧索硬化症，依我的理解，这种疾病会使人的肌肉在短短几年内全部萎缩硬化，最后人体就像一具三千年之久的木乃伊。得这种病的概率大概是千万分之一，但让霍金摊上了。霍金曾含着眼泪说，上帝要考验他。

人也许可以改造世界的一切，但病魔可以改变人的一切。霍金虽然冲破了死神的谋杀，但那种无情的硬化病毒，使他全身都在硬化僵化。他来北京访问时，全身几乎无一处能动，只有眼皮还能眨动，一个手指还能微微动动。他几乎等于一个植物人，他的科学研究和与人的交流主要是依靠自主抽动颈部的一块肌肉来控制一种电子光标，这种电子光标掠过他面前的计算机屏幕上的文本时，可停留，每停留一下，就可以确定一个字母，从而组成一个单词。

如果天下有人敢称是坚强不屈，敢称是与命运挑战的英雄汉，霍金当如是也。

仿佛疾病对他身体的摧残越残酷，越无情，他的大脑就越发达，越超越，越飞扬，越不可思议。

像霍金这样一个近乎植物人的残疾人思考和研究的不是脚下的世界，不是人类生活繁衍的地球，而是浩渺无涯，无边无际，充满无限奥妙的宇宙，他研究并且有重大发现的竟然是宇宙黑洞，"霍金黑洞"。这洞到底在哪里？到底有多大，到底有多深？到底有多黑？到底是什么物质组成的，又是如何形成发展的？宇宙有多少黑洞？黑洞是贯通的吗？是衔接的吗？黑洞的存在是按星球的存在规律发展的吗？黑洞对地球有多大影响？如何影响人类的发展？什么物质会掉入黑洞？星球会掉入黑洞吗？人类会进入黑洞吗？黑洞无光？黑洞无形？黑洞无力？反之，黑洞有无限无穷的物质力？变幻无穷无定无形的外围？黑洞的魔力堪比整个太阳系的数百数千数万亿倍？

霍金真厉害，真有些神乎其神。得了像他那样病的人恐怕连研究自己乘坐的轮椅都无心无力了，而霍金却要跳出地球去追逐宇宙甚至之外的空间现象。得乎仙道？授乎神法？霍金先生虽不能在地球上迈出小小的一步，在这个世界上轻轻说出一句话，却能在人类都难以想象的太空宇宙间自由往来，肆意神游。霍金先生让人仰止。

霍金让我想起中国第一奇人、神人。

中国历史上第一神人当推庄子。

庄子之神在于其神思漫漫，不着边际，无限的遐想，无垠的世界，无边的神聊，无有的现状，庄子的大脑也是超级 DNA。与霍金相距二千多年，但有相似之处。庄子五千字的《逍遥游》几乎动摇了人类的信念，颠覆了人类想象的程序，让人们开始了解何为天外有天，人外有人。庄子是中国历史上第一位敢于探索未知世界的神人。后来者的玄谈、清谈不及庄子之足。庄子云："北冥有鱼，其名为鲲，鲲之大，不知其几千里也；化而为鸟，其名为鹏，鹏之背，不知其几千里也，怒而飞，其翼若垂天之云。"庄子真能神游。庄子的大脑恐怕地球也难以装下。

庄子云钓鱼，两千四百多年中国历史上未见第二人言其如此钓鱼。"任公子为大钩巨缁，五十犗以为饵。"庄子真能神思，可谓天下第一神爷，用五十头阉割过的牛做诱饵钓鱼，天下有此钓公乎？

霍金先生非然也。其未言钓之大，海之大，鱼之大，鲲之大，霍金先生言地球之小，宇宙之大。据我们现在所知，宇宙之大已经让人匪夷所思，宇宙中装容着大约三千五百亿个银河系般的大星系。而每个星系里又装着一万亿颗太阳般的恒星。这部分被称为可视宇宙的直径大约为九百亿光年，而宇宙要远远大于它。而霍金先生的眼光却盯在宇宙之外之宇宙，天体之外之天体。

终于，斯蒂芬·霍金先生揭示了他所认识的黑洞。这是存在于宇宙间的一种神奇得不可知、不可测、不可望，甚至不可思议的客观现象。

黑洞的奇妙还在于它有无限的吸引力，一切物质，包括光在内，一旦陷入黑洞之中就如被巨大的章鱼触角包围，无法挣脱，用人类的语言和思维讲就是一旦被黑洞抓住，无论是什么物质，包括在太空中、宇宙中的星球，必然被黑洞无情地吞噬。黑洞是千变万化的，黑洞的引力无穷无尽，黑洞的发展无法设想，黑洞在无边无际的宇宙间的速度更不是人类所能理解的，像这样的黑洞仅在银河系中就有大约一亿个以上。庄子再生也会觉得气短。

霍金先生却津津乐道，乐此不疲，像中魔中邪，他的大脑中畅游着一切，那一亿个黑洞都在他大脑中变幻发展，碰撞裂变，形成发育。关键是霍金先生还发现了黑洞的秘密，仿佛在这个世界唯霍金耳，这就是国际公认的霍金黑洞新理论。

霍金不是凡人，他有一个世人皆无的神奇的大脑袋，无与伦比的天才大脑。霍金是神人。

霍金发明的"霍金辐射"理论说明，黑洞绝非无情，黑洞吞噬的物质中的一些粒子，会通过"霍金辐射"的方式再次从黑洞中出来，而且会携带出少许的信息，从而保存了信息的完整性。霍金也觉得这种虽然是科学准确的说法，但是却过于晦涩难懂，因此霍金先生自己解释说，这就像你烧掉了一本百科全书，如果你将所有的灰烬都保存在一个地方，从技术上来说，你没有损失任何信息。但是如果你要想再用这本书的灰烬去查询一些什么东西，那将变得几乎不可能。霍金先生以为他解释得够直白了，但许多人仍然似懂非懂，我理解，似乎就像读李商隐的爱情诗：春蚕到死丝方尽，蜡炬成灰泪始干。物质不灭定律。

最有意思的是霍金的黑洞理论还指出，黑洞并非是"永恒的监狱"，亦非"永远的消失"，就是说跌入黑洞的物质也不会消失得无影无踪，相反，它仍以一种甚至多种形式存在，被黑洞以某种方式"贮存"起来，而这种"贮存"的地点准确地说不在黑洞中央，而是飘粘在黑洞的边缘。不但如此，霍金说，任何陷入黑洞的物质都有可能"逃生"，包括人类，此非杜撰，霍金有高论在此："如果有人不小心掉进黑洞，别放弃，总会有出口的。"根据霍金的理论，即使人类真的掉进黑洞之中，人也不会像被黑洞这个妖精吃得毛发皆无，相反，人可能会随着不断旋转的黑洞自动进入另一个平行的宇宙，只不过那个平行的宇宙绝不再是我们现在存在的宇宙，也就是说，你永远也不会再回到我们这个宇宙、我们这个星球，再也无法真正"回家"。

霍金开玩笑地说："虽然我热爱太空行走，但我也决不会做出这样的尝试。"这简直像一场越狱的电视剧。美国好莱坞大片《星际穿越》曾热映全世界，就是根据霍金理论制作的。

霍金的理论是人类关于宇宙的一次探求和畅想，是为人类打开新世界的大门。

霍金让人仰止。

中国人在形容一个人有学问时往往用"著作等身"来冠之，霍金先生站不起来，很难衡量他的身高，他的《时间简史》一书被译成四十多种语言，全世界销售一千万册以上，在中国当代可能无一人的科学专著能达到这个程度。据说，我们国家一些公推的大科学家的专著实际销量不过数百册，几乎全部是图书馆、资料室所购，而霍金先生的书全部是读者自己掏钱购买的。

霍金此人果然挺神。

他在中国访问时，当记者问他对中国什么印象最深？中国记者可怜他的残疾，好心提醒他，可是中国的故宫？长城？天安门广场？颐和园？还是北京城？上海滩？谁都没有想到，霍金先生用他脖颈上的可以自由活动的那条肌肉控制的电脑屏幕上显示"不"。那你最喜欢中国什么？霍金"朗声答道"："中国女人。"

在霍金先生七十岁生日时，他坦诚大脑里想得最多的不是宇宙，不是黑洞，不是天体，是女人。有人问他，宇宙最大的奥秘是什么？这位闻名世界的斯蒂芬·霍金教授的回答可谓惊天动地，让世界所有人吃惊，他的答案是女人。当被问到生命中什么奥秘最令他好奇时，他的回答也足以使世人瞠目结舌，他的答案是女人。

让人不可思议的霍金。

霍金为自己的名字"斯蒂芬·霍金"申请了商标。难道霍金考虑第二多的是金钱？

霍金参加了在英国上演的纪录片《霍金》的首映式，"滔滔不绝"地讲了那么多话，停都停不住。难道霍金第三考虑的是名誉？

霍金参加了在英国举行的世界残疾人奥运会，七十一岁的他最想上太空旅行，为此，他还曾经做过一次特殊的飞行，亲身体验了零重力的状态，他要用实践证明他可以去太空旅行。霍金计划乘美国航天飞机去太空旅游，据说此计划已被列入美国航天局的计划之中。难道霍金第四考虑的是玩？

霍金在接受英国 BBC 采访时明确表示：如果说我们会让那些因疾病遭受巨大痛苦的动物早点儿离开这个世界，结束痛苦，那么为什么对人类不行？霍金支持人类安乐死。难道霍金第五考虑的是死亡？

霍金什么时候去思考研究那些可怕的、神秘的、充满未知数的黑洞？

霍金像那些黑洞一样不可捉摸。

可爱的霍金。

风雨会莫奈

莫奈离我们并不遥远，但却有些陌生。会友须择机，中国从古就讲究："花径不曾缘客扫，蓬门今始为君开。"那天，正值大雨，北京漫天大雨，一片"印象派的画布"，拐弯回头，世纪坛巧逢莫奈。

莫奈人长得酷帅，浓眉大眼双眼皮，黑瞳子，高鼻宽额，背山耳，欧罗巴人的厚唇重口。三十岁以后，莫奈的胡须开始"成型"，之后莫奈不再剃须，那胡子渐渐由髯而须，由须而髯，那一口的美髯实在像马克思。当然，法国印象派大师，被高更称为"我的老师"的毕沙罗的大胡子，可以和莫奈相比，当莫奈叼着烟斗，和毕沙罗站在秋天的七色斜阳中争论着光和色彩的变幻时，他们的大胡子都一抖一颤地在激烈地抖动，他们会相视而笑，因为马奈来了，又是一位留着像恩格斯一样大胡子的印象派大画家。在十九世纪，巴黎现代派画家沙龙中，毕沙罗的美髯当称魁首，莫奈可称"探花"。十九世纪欧洲"胡坛"可谓群星灿烂，美髯之风蔚成风气，像卡尔·马克思一样，克劳德·莫奈虽然生活得艰难，有时候甚至"举家食粥酒常赊，卖画回来还酒钱"，但莫奈的大胡子还威风依然。更让人注目和值得后人研究的是十九世纪欧洲的艺术思想，进入了百花齐放，百舸争流，创新繁荣时期。那个时代的欧洲画坛和文学艺术领域仿佛是中国先秦时期的诸子百家，自由竞争，群星闪耀，任性地探索，不断地追求，离经叛道，也光怪陆离，也稀奇古怪，也泥沙俱下，让人应接不暇，看傻、看呆、看晕、看不懂，五光十色。前卫派、艺术派、达达派、印象派、抽象派、立体派、野兽派、现实派、现代派，一些名不见经传的非画院派的草根画家，凭借着对艺术的探索，对现实的观摩，对艺术表现手法的不断创新，大胆独辟蹊径，反对因循守旧，用独特的眼光，新奇的分析，用对生活独立的感受，对事物的灵性的刺激，表现自我，光大自我，发现自我，回馈自我。就艺术思想上讲，莫奈的时代是个近乎疯狂的时代，是个走进革命的时代，也是百家争鸣、推陈出新、大潮涌起的时代。

莫奈正赶上此番大潮，时代和天赋让莫奈成为艺术时代的弄潮儿。

让法国、让欧洲、让世界认识克劳德·莫奈的是那张画布油画《日出·印象》，从此，世界美术界开始有了一个新的艺术流派，印象派。

一八七二年初冬，莫奈在法国港口勒阿弗尔度过其三十二岁的生日，没有任何文字或图画、照片记载过这位在法国画坛上已小有名气的新派画家是如何度过生日的，实际上他日子过得很拮据，囊中羞涩，因为他三十岁娶了十七岁的女模特卡米尔，莫奈的父母极力反对，绝情绝义地不再认他们，断绝了对莫奈的供养，甚至在他们的儿子诞生以后，仍不承认这门婚姻。以前只知道和莫奈同时代的中国父母嫌贫爱富，持门户之见，反对儿女婚姻自主，甚至不惜断绝父子关系，把儿子扫地出门，没想到莫奈也碰上这么"顽固"的爹，欧洲、法国的封建影响不比中国弱。莫奈几乎被扫地出门，但在要爱情还是要父母的选择上，莫奈是条汉子，他义无反顾地选择了卡米尔。莫奈几乎一无所有，莫奈几乎穷得像凡·高一样，但他有妻子和儿子，莫奈没有像凡·高那样绝望和灰色。莫奈相信命运，相信明天，相信艺术，也相信自己。世界上真有这么巧的事，莫奈画出《日出·印象》之日正是他三十二岁的生日，那该是他献给自己的生日礼物。

在莫奈的《日出·印象》之前，似乎没有人发现法国诺曼底勒阿弗尔的清晨这么美，这么值得看，这么入画，这么诱人，这么有内容。起初莫奈也不相信。莫奈没有早起的习惯，一八七二年十一月十四日清晨七点钟，仿佛鬼使神差一般，莫奈睡眼惺忪地站在那间小旅馆临海的窗前，他有些魂不守舍，他似乎还沉醉在昨夜梦幻般的大自然中。逐渐地，他清醒了，他震惊了，这可能是神灵的启示，眼前的一切仿佛是梦幻的再现。满眼的水光天色，满眼的波光霞蔚。七色的海水，八色的朝霞，巨大烟囱喷出的烟柱也被蒸腾得五颜六色，那冉冉上升的朝阳，红的在云中，在烟中，在水中变幻无穷，太阳红，从来没有这样红，红得醉人，红得迷人，在海水的鳞波闪动下，忽而聚，忽而散，忽而桃红，忽而橘红，忽而胭脂红。海港的一切在海水和朝霞的互动中变得闪闪耀耀，朦朦胧胧，苍苍茫茫，似清似浊，似云似雾，似风似烟，那就是印象中的海港日出，那便是莫奈感受中的印象日出。

印象派如日出海面。

这幅莫奈的"奠基"作在一八七四年第一届"独立派"画展中展出，所谓"独立派"，就是一群无名、无势、无派的三无画家，雕塑家、版画家对于法国乃至欧洲画坛上的学院派，以古典、宗教为主题，论资排辈，论史称教的反动。而印象派是当时法国著名美术、艺术、诗歌评论家路易·勒鲁瓦对莫奈《日出·印象》一画评论时的调侃。但路易·勒鲁瓦也没想到，这竟说出了这一新兴艺术流派的表现核心，而他给《日出·印象》起的"印象派"也流传至今。

自此，印象派开始为世人关注，也开始为世人公认，虽然从一开始指责和批评之声就不绝于耳，有人甚至把印象派的艺术看作是旁门左道，邪门歪道，是另类他族，讨伐剿灭之声不时响起，莫奈几乎陷入一片汪洋大海之中，虽然他一生爱海爱水。莫奈的画几乎和凡·高一样，放在画室的角落任凭落尘满面，无人问津，莫奈最可怜时曾经把画过的画上的涂料刮下来，再调和再用，他实在买不起一管颜料。莫奈为了一家三口的生计，还曾被迫站在街上乞讨。翻阅欧洲画家史，穷成彻底的一无所有，莫奈一人而已。即使这样窘迫，莫奈仍不肯放下画笔。

莫奈对艺术的执着和对艺术的探索，在十九世纪的欧洲画坛上，除凡·高无人可比，他们俩当为"前印象派"和"后印象派"的双子座。

古斯塔夫·杰弗罗伊曾经由衷地赞赏莫奈："和莫奈生活在一个时代，是真正愉快的事情。"这位古斯塔夫在欧洲是位大师级的"爷"。他曾经高度评价罗丹，没有古斯塔夫的慧眼，罗丹的"思想者"可能还待在罗丹地下室的作品库中。莫奈说："我只用画笔说话。"罗丹说我只用雕刀说话。为感谢古斯塔夫，罗丹为他雕塑了一个青铜头像。在现实生活中，享受罗丹如此高看的除古斯塔夫再无他人。

而保罗·塞尚为古斯塔夫所作的画像，有些造神的气韵。塞尚心服他，而古斯塔夫这位"爷"真正看得起看上眼的就是莫奈。他为莫奈呼喊，为印象派的探索呐喊，是他为莫奈作传记。他是莫奈少有的知音。他说莫奈的眼睛不一般，他能看到别人看不见的东西，看到真正美的因素。他之所以成为印象派的开山之师，原因正是在于他的那双眼睛。同顶一个天，同在一个地，人见非他见，他见非人见。中国宋代禅宗青原行思大师，那参禅的三重境界，参禅之初，看山是山，看水是水；禅有悟时，看山不是山，看水不是水；禅中彻悟，看山仍是山，看水仍是水。不知青原行思大师的修行和莫奈观察事物有无相通之处？

莫奈一生画了五百多件素描，两千多幅油画，留下两千七百多封信件，莫奈够勤奋。

莫奈深知在艺术的天地中，仅仅依靠勤奋是远远不够的，走学院派的老路是莫奈的父亲，从他十四岁就为他选择好的道路，但莫奈最终选择是叛逆，走自己的艺术之路，独辟蹊径，按照自己的艺术追求去绘画。穷则独善其身，达则独领一枝。莫奈也别无选择了，他只有一条道走到黑，像莫奈这样在法国画坛不入流的体制外画家，其生前像凡·高那样潦倒的芸芸众生，但死后像凡·高那样的绝无仅有。

莫奈一生喜水，喜花、喜树，他喜欢五彩缤纷的世界，他沉醉于色彩斑斓的大自然中。印象派的最大特点就是透视色彩，表现颜色对人感观的刺激，寻找人对感观的盲点，渲染人对感观的新觉。"睡莲"系列也是莫奈的代表作，是印象派运用色彩的经典，无论多大的殿堂，挂上一幅《睡莲》都会让人觉得满堂生彩，四壁生辉。

在中国画中，画睡莲的少，画荷花的多，画墨荷、残荷的大家多，名家多。八大山人便是其中一位。他画的残荷中寄托着他的哀思、愁绪、厌情、悲歌。莫奈不然，他笔下的睡莲五光十色，生机勃勃，池水尽染，百花争艳，而那种美、艳、斑斓、绚丽，又都在空气和水光中不断变幻，不断组合，不断放光增彩，仿佛朦胧中的现实，而现实又在朦胧中无时无刻不在变幻。这是印象派的生机，印象派的魅力，印象派的不朽，印象派不是达达派，不是抽象派，也不是现实派和野兽派，印象派是"画家不应该画双眼看见的，而是要画梦境中看到的"。这是夏尔·皮埃尔·波德莱尔的高论，这位十九世纪法国象征派的先驱道出了印象派的存在。莫奈热爱生活，他对睡莲的钟爱，已然无以复加；印象派的追求，往往把物体非物化，把物体人格化。莫奈对睡莲的观察、欣赏、入心，犹如一位男人的初恋，亦如一位老翁的黄昏爱。

莫奈一生画过许多女人，但画得最好、最入神、最具风韵，也最飘逸的是《撑阳伞的女子》，那在花丛中站立，在云天下回眸，在风吹下撑伞的年轻女人，就是他的第一位妻子，苦命的女模特卡米尔。

莫奈画的《撑阳伞的女子》不同于毕加索的《亚威农少女》《梦》、波提切利的《维纳斯的诞生》、雷诺阿的《伞》、克拉姆斯柯的《无名女郎》，也不同于米勒的《拾穗者》、安格尔的《土耳其浴女》。莫奈对妻子卡米尔感情挚深，似乎无法用语言表达，他也不会用语言表达，因为莫奈说过："我只用画笔说话。"当然包括谈情说爱，他们是在画室中相爱，伴随着莫奈，卡米尔走过了苦难而短暂的一生，他们在一起似乎永远是困苦、艰难、曲折、贫穷。卡米尔为莫奈生过两个儿子，但在莫奈家族无名无分，黑人黑户，颠沛流离，贫困交加，最后病死他乡。卡米尔真够命苦的，除了爱情是甜蜜的，一切对于她都是苦涩的，用中国话说，没过一天好日子，老天爷不公平。

但莫奈为卡米尔也舍弃了一切，宁可乞讨也不放弃，也不低头。他在画卡米尔时是充满感情"说话"的。蓝天白云，清风、阳光、鲜花、绿草，白色的衣裙漂亮高雅，淡绿色的阳伞时髦而新颖，你能感到风在吹，云在飞，花在泛香，草在摇曳，卡米尔的衣裙在飘动，卡米尔的纱巾在飞舞，卡米尔的双手在颤抖，卡米尔的眼睛在说话、在唱歌，卡米尔的阳伞在微微转动，卡米尔的帽子也在白云蓝天下不断变幻着颜色。想起赞美中国绘画大师的一句名言：曹衣出水，吴带当风。在莫奈的心目中，在莫奈的画笔下，除了卡米尔，还是卡米尔。不知道为什么，卡米尔的脸却没有画清楚，像在云里雾里纱里梦里幻里，莫奈的心……

当我站在《临终前的卡米尔》前时，心情是复杂的，这位漂亮而饱尝苦难的女人，终于要走完她三十二年的生命历程了，她患的是癌症，想必临终前是极端痛苦，极其难忍的。莫奈就守在她身旁，经历了所有痛苦和灾难。可想而知莫奈的心情，可想而知莫奈颤抖的画笔。临终前的卡米尔，莫奈画得极虚构，极模糊，也抽象，也缥缈，她仿佛在痛苦地蠕动，仿佛在做最后的抽搐，又似乎是在对莫奈倾诉，又似乎是临终前的呻吟，一幅画能画出痛苦、呻吟、绝望、倾诉，除莫奈再无他人。看得出，卡米尔至死未瞑目。我看过的欧洲名流名派的画作不多，但把一个女人痛苦而终的绝望之态画得那么充分，又表现得那么抽象；画得那么尽致，又表现得那么含蓄；画得那么自然，又表现得那么深沉；画得那么印象，又表现得那么变幻，未见有如莫奈的《临终前的卡米尔》。

站在这幅油画前，静静地，我仿佛听见莫奈泪落青石的声音。

一直看到莫奈的胡须变白，像雨果似的，方记起北京这两天的暴雨，打算暴淋一场，让自己从十九世纪的法国魂游回来。走出世纪坛，没想到天高气爽，雨过天晴，感谢莫奈……

我说辫子

现在在中国不要说在男人头上寻找一条辫子，就是在女人头上要找见一条辫子都难。

辫子何时从中国男人头上消失似乎已有公论，剪去男人脑后拖着的辫子曾伴随着一场翻天覆地的革命；辫子何时从中国女人头上消失却仿佛是在无声无息的"和平演变"中进行的。现在要在大街上找到一位像"刘巧儿"和《柳堡的故事》中二妹子那样梳着一条又粗又长乌光闪亮的大辫子的姑娘恐怕如同梦中娶媳妇。

在中国，男人梳辫子的历史比女人要长。在元朝时，男人已经有梳辫子的习俗，风流倜傥、闲人雅士、自喻清高，脑后拖着一条精心梳理过的大辫子；而中国女人一般都是束发或披肩发，成家婚后的妇女都绾发为纂。在历史上梳过辫子的中国男人恐怕要数以亿计。但真正以辫子出名的，堪称中国男人第一辫子的当数张勋。

张勋有"辫帅"之称。

他对辫子的感情恐怕也是独一无二的。

辛亥革命风起云涌，清王朝土崩瓦解，皇帝退失龙廷。男人剪去脑后的辫子成为革命和时代的标志。在一些地方甚至出现留辫子砍脑袋的"革命"行动。但张勋不为所动，虽说到了民国，他也领了国民政府的衔，当了国民革命军的官，但却不为"革命"所动，其衙门前仍然高悬帅字大旗，其脑后依然梳着他那根又黑又亮又粗又长的大辫子，不光他还梳着，他也不让他的官吏他的部队剪辫子，他堂上一呼，三军齐应，留辫子的留下，剪了辫子的滚蛋。他没想到，竟然无一人散伙。

辫帅高兴起来是三件事。梳头、听戏、喝烧酒，军中有专门给辫帅梳辫子的"匠人"，先洗再刮，再梳再篦，然后才是编起辫子。梳好辫子，辫帅会高兴地甩动自己的辫子，嘴里打起家伙什，一声叫板，喝几句铜锤花脸的高腔，辫帅是梨园出名的"高票"，真正京剧好家，玩儿票高手。

辫帅练兵也有"出神"的地方，练完瞄准练射击，最后要练赤膊上阵，短兵相接，刺刀见红。辫帅常常带头上阵，全军上下都跟他学会了一个动作——扒了上衣玩儿命时，把脑后的辫子用力一甩，大辫子在脖子上绕三圈，嘴里咬住辫梢，两眼瞪圆，抡起大刀上阵冲锋。

辫帅也算有胆有识，竟敢提区区五千辫子兵就千里奔袭京城，毫不犹豫，毫不顾忌，为了皇帝，为了辫子，杀气腾腾，直指京城。回顾天下，恐舍辫帅无他人也。言辫帅有点虎胆是点赞，言其对皇帝有忠心，对辫子有感情恐怕不为过。

辫帅想做的事做成了，且是一件在中国历史上有影响的事，拥戴已经下台为民的清宣统皇帝重新上台，复辟成功，满城尽挂青龙旗，满城尽是大辫子。一时剃了头没有辫子的人也赶忙四下打闹假辫子。张勋抚摸着他的大辫子自豪。他没有愧对这条跟了他一辈子的大辫子。

结果昭然，仿佛一阵风吹断了龙旗旗杆，仅仅上台十二天的小皇帝就又被撵下龙廷，作为罪魁祸首的张勋不得不逃到荷兰使馆避难。

辫帅的属下甚至荷兰人都劝他赶快剪掉这条生事的辫子，去辫好逃生。没想到这位辫帅把头猛地一甩，冲锋陷阵那动作把辫子在脖子上狂绕了三匝，斩钉截铁地说：辫子不剪，刀山火海敢钻！

辫帅有风格。

张勋晚年在天津当寓公，过着"超豪华"的生活，一妻十妾，子女十数人。据说他曾经看上天津卫一红戏子，人家提出做妾可以，但必须要剪去脑后的辫子，不能那样不男不女的。张勋一听大怒，拍案大骂一刀两断，绝不剪辫！

辫帅张勋堪称中国男儿第一条辫子！

这第二名辫当数辜鸿铭。他的辫子也同张勋一样"名垂青史"。

辜鸿铭号称清末民初驰名中外的大家，天才怪杰。有句话曾流传过，说外国人来到中国京城，可以不去参观紫禁城，但不可以不去拜访辜先生。

称颂辜鸿铭先生几乎众口一词，无人能轻他，无人敢轻他。辜鸿铭乃东方一代大师，曾获得十三个博士学位，精通九国文字，精通到何种地步？讲英文敢拿英语难倒和嘲笑英国学者。孙中山先生曾说："我国懂英文的，只有三个半，其中一个是辜鸿铭。"林语堂也赞誉辜先生"英文文学超越出众，二百年来，未见其右"。他的德文也好生了得，在德国举办俾斯麦百年诞辰会上辜鸿铭即席德文演讲，博得会场一片喝彩。当蔡元培到德国莱比锡大学求学时，辜鸿铭在德国已然声名鹊起，如日中天。当林语堂去德国莱比锡求学时，辜鸿铭的著作已被列为哥廷根等大学哲学系学生必读书了。其名之盛绝无第二位中国人比肩。在北大教书时，同为北大教授的一位英国学者讲古希腊文学，此洋教授十分看不起中国人，更没有拿正眼夹又老又矮又丑又拖着根又黑又细又短的辫子的"遗老遗少"。辜鸿铭心里也不舒服，他问这位洋教授你会希腊文吗？你懂拉丁文吗？不懂你登什么北大的台？教什么中国人的书？洋教授十分气愤地接受挑战，我知道你也不懂，你不是也坐在教授席上吗？辜先生虽然貌不惊人显得埋汰萎缩，但眼视极高，他没正眼再看那位洋教授，就用希腊语和拉丁语各讲了那位洋教授课程中的一节，那位洋教授大吃一惊，夹起课本走人。辜鸿铭是第一个将中国的《论语》《中庸》用英文、德文翻译到西方的人，学问那叫好生了得！辜先生的嘴也好生了得，自喻："生南洋、学西洋、婚东洋、仕北洋。"辜鸿铭自喻为"四洋干部"，曾名噪一时。

辜鸿铭这样的国学大家，为自己的理论找辙，也独辟蹊径。他赞同一夫多妻制，理论是以茶壶比丈夫，以茶杯比妻子，一个壶总要配几只茶杯。有位外国学者逼问他，既然如此，你为什么不赞同一妻多夫制呢？辜鸿铭也有绝的，他反问，你见过一只茶杯配四把茶壶的吗？

梁实秋先生说辜鸿铭多情而不专，夫人不止一位，这也说明辜鸿铭在实践他的"茶壶茶杯"论。但他那副打扮，那副穿戴，那副做派怎么能让漂亮女人忍受？梁实秋给辜鸿铭描画的"不修边幅，既垂长辫，而枣红袍与天青褂上之油腻，尤可鉴人，粲者立于其前，不须揽镜，即有顾影自怜之乐"谁能受得了？

辜鸿铭的辫子出名。那么大的学问家，学贯中西，且已进民国多年，又经常出入大学讲堂，却毫无道理地拖着一条辫子，也有的记述说他的辫子不长不粗不黑，是细且短且黄白多朵。但辜鸿铭却非常自信，且非常自得，老子天下第一。不少人慕名而来，几乎无不多看几眼他脑后的辫子。辜先生相当得意了，全北大他是男人中唯一一条辫子。

他刚到北大任教时，北大师生都视其为星外来客，而辜先生却挺胸昂头，拖着那根辫子，颐指气使，我行我素。有很多学生甚至专程来看辜鸿铭的辫子。辜先生非但没有恼意，却有几分得意。

辜鸿铭在北大登台讲课，学生们看他那条拖在脑后的辫子都忍不住哄笑起来，有的学生甚至笑得前仰后合。辜鸿铭却十分沉得住气，并不动声色，待大家笑后，一言不发，讲堂上鸦雀无声。这时候辜鸿铭才慢条斯理一字一顿地开讲："你们笑我，无非是因为我的辫子，笑我的辫子，我的辫子是有形的，可以剪掉，然而诸位同学的脑袋里面的辫子，就不是那么好剪掉的啦！"一语落地，把学生们都镇住了，此语迅速在北大传开，再也无人争着看辜鸿铭的辫子，再也无人敢取笑辜鸿铭的辫子。辜鸿铭的辫子堪称清末民国第二条名辫。有意思的是当时"天下第二辫"曾为"天下第一辫"集一副寿联："荷尽已无擎雨盖，菊残犹有傲霜枝。"其意为清王朝已然尽矣，王公大臣们头顶上的官帽"擎雨盖"也"已无"，但唯有他与张勋乃"残菊"也，脑后犹有辫子"傲霜枝"。辜先生不愧大才，这副对联让人着实佩服叫绝！

这第三条名辫当数二十世纪第一大学者王国维。

言王国维为泰山恐不为过。看陈寅恪的评价：陈乃国学四大导师之一，他说王国维是关系民族盛衰、学术兴废的大师臣子，他的著作"皆足以转移一时之风气，而示来者之规则，为吾国近代学术界最重要之产物也"。王国维的著作皆二十世纪新史学的开山之作。非常遗憾，王先生的三大论著我都没读，太深、太专、太泰山。但我读过王先生的《人间词话》。

王国维在《人间词话》中讲的"三种境界"说早已跨越文学、国学，古今成大事业、大学问者，必经过这三种境界："昨夜西风凋碧树，独上高楼望尽天涯路。"此第一境也。"衣带渐宽终不悔，为伊消得人憔悴。"此第二境也。"众里寻他千百度，蓦然回首，那人却在灯火阑珊处。"此第三境也。古今中外，未曾见以三段词语竟能道出古今成才之道路，之规律，这三境界可谓横空出世，横贯古今，王国维大家也。

王国维脑后留着辫子也有情义也执着。他在四十九岁时曾任宣统朝代的"南书房行走"之职，做过皇帝的"帝师"。

王国维对辫子有一种特殊的感情，辛亥革命时，王国维怕遇上革命党剪辫子，索性关住大门，闭门读书，陪辫子躲避革命。轰轰烈烈的革命终于过去了，王先生又梳起他那油光黑亮又粗又长的辫子走在大路上。

一九二五年二月，清华大学国学研究院要开办，这块金牌子的含金

量是看能不能请出王国维这样的大家出来任教。历史的重任就落在一代
名士，也是大学问家、大翻译家、大研究家，学贯中西、融古通今的吴宓
身上。吴宓那样风华正茂，被推为"哈佛三杰"之一，其余二杰为陈
寅恪、汤用彤，钱锺书是其得意门生。吴宓挂帅清华大学国学研究院筹
备处，可谓"少帅"。但如何能请动王国维的确是道难题。

之前，胡适先生曾亲自出马，但没敢明请，怕被这位王国维先生碰
回来。

吴宓有高招，他详细研究了王国维的情况，甚至他那根至爱至亲的
辫子，觉得胸有成竹了，才依计前行。吴宓来到王国维家的客厅后，一
不说请人，不说聘请，而是直接双膝跪倒，行三叩首大礼。按照中国儒
家之礼，此礼乃弟子规尊师之礼，礼备至矣。然后，才平身相坐，坐而
论道。此礼的确远出王国维之料，他万万没想到吴宓对他行如此大礼。
王国维成功被聘为清华四大导师之一。据《吴宓日记》记载，"王先生
事后语人，彼以为来者系西服革履，握手对坐之少年，至是乃知不同，
乃决就聘"。后清华便有吴宓一跪聘辫导的美谈。

一九二七年六月二日，王国维自沉于颐和园昆明湖，他在遗书中
云："五十之年，只欠一死。经此世变，义无再辱。"关于王国维自杀的
原因有各种说法，但当时去辨认尸首的人一眼便断定，此乃王国维先
生，铁证之一便是他那根脑后的辫子，虽然当时先生的脸被湖水浸泡得
模糊变形。那根辫子伴随他终生，他最终带着那根当时几乎无人能理解
的辫子去寻找他的遗梦去了。宁叫辫子负天下人，吾绝不负辫子。王国
维是"殉情"而死，"殉辫"而死，王国维又是天下第一辫。

自王国维先生走后，中国男人似再无辫子，再无名辫了。

城门做证

刘秀，东汉开国皇帝，史称"中兴皇帝"，是马上皇帝，一刀一枪拼杀出来的。但看史料上留下他的画像，三绺长须，两条细眼，淡眉高鼻，两耳靠山，鼻胆垂天，高颧额，肉团脸，不见王气霸气，倒像一位慈眉善目的员外，乐善好施的土地主。

刘秀面无凶气，看不出有称王称霸的野心。据《后汉书》上说，刘秀少有大志，细看其大志："仕宦当作执金吾，娶妻当得阴丽华。"非野心乃良心。当官要当一个八面威风的将军，娶媳妇要娶阴丽华，因为阴丽华是他乡里最漂亮的美人。和"大丈夫当如是也！""彼可取而代之"相比，刘秀人心如面，温柔、本分。

刘秀当了皇帝，依然不急不躁，不横不霸。在开国皇帝中少有。《后汉书》中记载他有一次郊猎，皇帝玩儿得上瘾了，放马追鹿，催鹰搏击。等皇帝回到洛阳城时，城门已闭。据说那时有法令天黑要关闭城门，实行"宵禁"，那年应该是东汉建武十三年，公元三十七年，想必天下还不十分太平，为"维稳"皇帝下的禁令。

刘秀一行到达东城门外，看城门紧闭，森严壁垒，皇帝手下便狐假虎威，高声喊叫，呵斥赶快大开城门，皇帝到此。没想到把守城门的小官叫郅恽，并未被皇帝手下的大呼二叫所吓倒，依然我行我素，油盐不进，言之按法令行事不到时辰绝不开城门。城门下的"圣驾"队伍招都使绝了，城头上的郅恽铁面无情，不为其所动。实在没招了，只好把"圣驾"请上前来，举起灯笼火把照耀着，让城头上的郅恽看清楚，皇帝在此，还不赶快大开城门，以头触地，磕头请罪。谁都没想到城头上的这位芝麻官真有种，真淡定，称天黑看不清，扭头下城头，就是不开门。所有人皆恨恨然，愤愤然，在刘秀耳边眼前献计献策的，出主意排解圣上窘态的，都不离一个杀字，杀这个芝麻官是肯定的，问题是怎么杀？灭几族？给皇帝拍马屁的都是高手。当下皇帝也没办法，只好另找它门进城。

就是这位芝麻粒大的守门官，对皇帝还不依不饶。第二天，这位郅恽直接上书刘秀，严词批评皇帝，直接揭"龙鳞"。刘秀真不愧是开国中兴皇帝，真有些度量，那时候朝中"民主"气氛尚浓。郅恽敢言、敢倔、敢横、敢冲撞天子，关键是刘秀皇帝能听，听而不怒、不恼、不凶、不骂娘、不蹦脚、不杀人、不灭族。《后汉书》上说得清楚，刘秀读完郅恽的奏章，竟然出了一身冷汗，在中国皇帝中不多见。刘秀这位东汉光武皇帝并没有责怪守城小吏郅恽"冒犯龙颜"，还赐其帛百匹。

郅恽敢挡皇帝，敢不给皇帝一丁点面子，且不但没有受罚反受奖，洛阳城门见证。东汉皇帝刘秀该当皇帝。朕即国家，在光武皇帝心目中皇帝应以四海为家。胸宽四海。中国人讲"宰相肚里能撑船"，何况皇帝乎？

北宋的开国皇帝赵匡胤什么时候想起来什么时候都良心抽搐。那七岁小皇帝的亲爹，老皇帝周世宗柴荣对赵匡胤有知遇之恩，没有周世宗柴荣的提携重用，赵匡胤很可能早就陈尸阵前了。柴荣临死前拉着赵匡胤的手，叮嘱赵匡胤辅佐七岁的恭帝柴宗训。赵匡胤是流着热泪，磕着响头掷地有声答应的。说赵匡胤是个阴谋家、野心家似乎贬义太浓，在那个时代，身处一人之下，一国之上者谁无司马昭之心？但赵匡胤的确是位政治家，连毛泽东在《沁园春·雪》中都赞扬他"唐宗宋祖稍逊风骚"。宋祖，宋太祖，赵匡胤也。

赵匡胤是他所处的那个年代的枭雄，后周因其而兴旺，后周也因其而灭亡。改朝换代，建国兴邦，皆人之杰也。赵匡胤胸有大志，站得高，看得远，放眼是天下，不为儿女之情所困，不为睚眦必报所扰，城门可证。

公元九五六年显德三年，赵匡胤作为统兵大将，跟随周世宗柴荣伐唐。赵匡胤所率军队作战勇猛，一路高歌，攻克后唐滁州城。战乱时的军阀最横，带兵者为王，无法无天。赵匡胤带兵占据滁州城。史籍称，就在此时，赵匡胤的父亲赵弘殷来到滁州城，此时已日落城头，薄暮夜将沉，赵弘殷想进城见见自己亲生儿子，人之常情也。但城门已闭，城上戒备森严，于是呼叫开门，赵匡胤站在城门楼上看得清楚，一声令下，便可城门大开，迎父入城。但赵匡胤说："父子固亲，启闭，王事也。"赵匡胤言忠孝不能两全，城门开启是"王事"，国家法令有规定，"王事"也。不能因为你是我父亲就废了"王事"。一门相隔，父子不聚。赵匡胤真有政治头脑，也彰显他的治国治军的政治才能。也有一说是周世宗在军中的"潜伏者"密告柴荣，柴荣认为赵匡胤可大用，不因私事而废"王事"。史上记载，赵匡胤的父亲不得不在城外露宿一夜，且因此而病。赵匡胤有大局观念。该他当皇帝，"陈桥兵变"该他"黄袍加身"。

一道城门犹如一道题，也能考出人品的优劣，心胸的大小，气度的深浅。

李广，西汉之名将，一生大战、恶战、血战数十场，数十年，可谓出生入死，浴血奋战。其战功堪称累累。但一生不得封侯，死得也冤屈。王勃在著名的《秋日登洪府滕王阁饯别序》中就有感慨："嗟乎！时运不济，命途多舛，冯唐易老，李广难封。"用汉文帝的话说："惜乎，子不遇时！如令子当高帝时，万户侯岂足道哉！"

李广不逢时，李广难封侯。但李广在城门前交的答卷却让人感到，苍天有神，李广难封有其难封的自身原因。

李广倒霉被贬时，在家闲居，对于一生从武的军人打发时光的最好办法就是打猎，"南山射猎"。有一次他打猎打得上瘾了，忘却时间，归来至霸陵亭时天色已黑，按汉时的规定，日落闭关，加之守关的霸陵尉也喝高了，"呵止广"。司马迁虽然只用了这三个字来形容，但可以看出霸陵尉态度是一副"军爷"状，没拿正眼看这位"战神"。因此随行的弟兄才大呼："故李将军。"是以前的李将军，被贬之前在军中官居将军，甚了不得，想以此来叫开城门。但这位霸陵尉也有个性也有脾气，说了一句十分刻薄的伤人话，说："今将军尚不得夜行，何乃故也！"一句话把李广呛得五脏搅动，血往上涌。人怕揭短。想当初项羽就因为一句：人言楚人"沐猴而冠耳"，就活活"烹说者"。这样的气度焉能为帝？何况人家说的还在理，献上的计谋是正确的，只不过私下牢骚了一句，话说得太猖狂、太刻薄一些，那罪也不至被活烹。项羽兵败自刎自有他人格薄弱幼稚的一面。李广亦然。对此人此语牢牢记在心中，君子报仇十年不晚，李广自结仇于人，无大度可言，可谓小肚鸡肠，不是肚中能撑船的人物。从不相识，只此一句恶言，数年后，李广因匈奴来犯，又被"召拜为右北平太守"，谁都没想到，李广挂印带兵出征前，竟然要"请霸陵尉与俱"，共同上阵，但不是杀敌，而是把霸陵尉带到军中，他说了算的地方，"立斩之"。霸陵尉死得冤枉。李广在人心目中不再重若千斤。不封李广有道理。

孔子云三人行必有我师焉。城门一考，三人行已分出高下。

嗟乎。

狐狸精

　　狐狸不可成精，成精即不再为狐，化而为人，多为美女，且能引诱迷惑男人，往往使男人深陷其中，难以自拔。地狱灾星中并无此精，但民间传说却代代不衰，兴而盛，盛而旺，广而传之，呼之狐狸精，无须解释，却家喻户晓。

　　巷闾之间，街尾之处两妇人相骂，必有一女怒唾，斥之为狐狸精，恨不解怒，往往加之骚字为冠。

　　夫妻二人或因婚姻或因家事争吵起来，常有此骂，女指男痛斥曰：你被狐狸精勾了魂。又往往加之小字为冠。

　　狐狸成精似乎和爱情有关。遭贬、遭斥、遭骂俱因狐狸成精后奉行爱情至上，唯爱是举，追求爱情不顾不怕，何论人家是穷是富？是官是民？是婚与否？只要狐狸精看上了，就大胆求爱，大胆示爱，揽爱于怀中，即使九死而不悔。有蒲松龄为证，多为狐狸精树碑立传，其《聊斋》中多有化为美女的狐狸精曾让多少男子梦有所恋，甚至择一荒宅，只身孤灯，或挑灯夜读，或对月吟诗，单等化为美女的狐狸精半夜入户，好结就一番让世人泪飞情涌的爱情故事。

　　可以言乎？狐狸精有之憎恶有人爱？亦可言乎？狐狸精憎之者多为女人，爱之者多为男人。

最早述说狐狸爱情的是中国的《诗经》。

《诗经》中描述的狐狸追求自由恋爱其实就是一只狐狸精，它化为少女，怀有一颗表白爱情、追求幸福的春心。

《诗经·有狐》：

有狐绥绥，在彼淇梁。心之忧矣，之子无裳。
有狐绥绥，在彼淇厉。心之忧矣，之子无带。
有狐绥绥，在彼淇侧。心之忧矣，之子无服。

这只化为美女的狐狸心中只有爱情，无论那位青年男子有没有衣裳，有没有佩带，有没有装饰，她都义无反顾地去爱。这位由狐狸成精而化成的美女，不求华丽，不求华贵，不求官达，不求地位，她只爱他，真挚无邪地去爱他，不顾一切地去爱他。

三千年前中国第一部诗歌总集中就是这样热情洋溢地讴歌狐狸精的爱情。那真挚的追求和炽热的爱情让后人感动，也让后人羡慕。前世无缘，后世不修，是遇不上狐狸精的。一位朋友告诉我，中共七届二中全会决议上写得英明，称要识破"化作美女的毒蛇"，化作美女的毒蛇是要毒杀人的，就像《聊斋志异》中"恶鬼画皮"一样，化作美女的妖怪也必定要害人吃人的，但化作美女的狐狸不是，她们是爱是情，是为了爱情甘愿拼将一死一劫一难的情种！

狐狸精什么时候背上坏名声的似乎无案可查。但最早让狐狸精背上骂名的当数褒姒。

褒姒当年仅十四岁。有倾城倾国之貌，沉鱼落雁之美，才把周幽王迷上了。但褒姒是位孤儿弃婴，父母死于战乱无名无姓，因出生于褒国才得名褒姒，早已心灰意冷，是位苦美人，冷美人，从来不笑。周幽王为讨好冷美人便在骊山烽火台上举烽火戏诸侯，以亡国亡命的代价换来褒姒一笑。《诗经》中写道："赫赫宗周，褒姒灭之。"唐李商隐在《北齐》一诗中写道："一笑相倾国便亡……"褒姒如此一笑就灭了大周，不是狐狸化成的美女又是何物？不是狐狸精是什么？褒姒这冷冷的一笑，就由人而狐，背上了数千年的骂名。

褒姒是美人不是狐狸精。倒是周幽王是魔鬼不是人。

在倪方之先生写的《中国人盗墓史》中用实事讲周幽王是鬼不是人。周幽王墓被盗以后，但见墓中有一百多具尸体，全部是青春少女，只有一个男人，这个男人就是周幽王，从衣着不难判断，女孩皆为其陪葬的活人。

真正把女人打造成狐狸精的已经到了《封神演义》——明代许仲琳手中了。

妲己，是文人笔下典型的狐狸精，她本是大家闺秀，却被女娲派出的千年狐狸精吸走了魂魄，借体成形，专意勾引纣王夜夜歌舞，天天酒醉，荒淫无度，不理朝政。与妲己联袂而来、惑乱纣王的还有九头雉鸡精、玉面琵琶精，三精各显其能，否则也断送不了殷朝的锦绣江山。妲己杏脸桃腮，浅淡春山，娇柔柳腰，似海棠醉日、梨花带雨，不亚九天仙女下瑶池，月里嫦娥降龙宫，舌尖上吐的是香酥酥的迷魂粉气，嘴角里送的是娇滴滴的万种风情。纣王被迷得骨软筋酥、耳热眼跳、魂游天外、魄散九霄，于是酒池肉林、比干剖心、梅伯炮烙等一幕幕荒诞丑剧，成了商朝的标签。

许仲琳无非是要借古讽今，借此告诉世人："美女为狐，女色误国，红颜祸水，祸国殃民。"许仲琳先生不过童年在街头巷口听说书人讲过九尾狐狸精，莫说狐狸精，恐怕他连真正的狐狸也未曾见过。

但中国的文人几乎每写一本历史的风流野史，都免不了兴致勃勃地塑造出一个又一个的狐狸精。夏姬是狐狸精，西施是狐狸精，赵飞燕是狐狸精，貂蝉是狐狸精，杨贵妃是狐狸精。这些文人总算笔下留情，没有把王昭君、文成公主、蔡文姬都说成是狐狸精。其实王昭君、文成公主倒是从远嫁的第一天开始就肩负着"狐狸精"的使命，虽然语言不通，生活习惯截然不同，夫家完全是陌生的世界，却要"拿住"那里的单于大王，牺牲自己换取边界的和平。

女人不能美，女人不能俏，女人不能"疯"，女人不能太出众，太美、太俊、太俏、太红都会被人指为狐狸精。当面不说，背后乱说；嘴上不说，心中也说；私下说，公开也说；说书唱戏的说，家长里短的更说；男人说，女人更说。狐狸精就是这样走进千家万户的。狐狸精就是这样代代相传，口口相传的，而且还要"传颂"下去。人们在说起狐狸精时，总是滔滔不绝，眉飞色舞，添油加醋，津津有味。唯恐狐狸精不花、不俏、不媚、不勾人、不乱情。天下哪有坐怀不乱的男人？那是没遇见狐狸精！孙悟空是猴子，他要是人，也逃不脱狐狸精的手心。

说也奇怪，全世界几乎都有狐狸，但唯独只有中国有狐狸精。在欧洲、在俄罗斯即使是再漂亮、再淫荡、再放浪、再肆无忌惮地去勾引男人的女人，也扣不上狐狸精的帽子。他们认为狐狸是美丽、善良、温柔、可爱的动物，即使修炼成精成仙也和淫荡放浪挨不上。那是狐狸，这是淫妇，是风马牛不相及的事情。但中国人会联系，他们把潘金莲式的女人定性为狐狸精，甚至还冠之以骚。否则不形象，不解恨，吐不出这口正义之气。难道狐狸精真就那么妖娆妩媚？真就那么勾魂摄魄？真就那么魂牵梦绕？真就那么让男人尤其是成功男士一脚坠入情渊爱网？真就让女人恨得咬牙切齿，不共戴天？

狐狸因漂亮俊俏有妩媚之态，又有情有爱才修炼成精化为美女，即成为让人类念念不忘、大做文章的狐狸精。

我没有面对面地端详过狐狸，但我却仔细地看过"狐仙"。

狐狸成精后又化为原身，民间俚话尊称狐仙，或大仙，或仙姑。

大连海滨金石滩公园中有狐仙。我也是极偶然而遇。

那天已近初冬，公园游人稀少，顺小路沿海边山间小路西行。遇见有人急急前行，拿着燃香带着干果。一问，方知是去拜大仙。

原来金石滩公园有一"仙台"，青墨大理石石基，高出地面两米，两米之上半卧半蹲着一只神采奕奕的大狐狸。那狐狸迎风昂头，尖尖的窄脸，尖尖的鼻嘴，俏皮俊秀，果然一副美人坯子！又细又长又亮又动人的狐狸眼果然充满迷人的魅力。狐仙似笑非笑，似思非思，似望非望，似静又非静。那长长的狐狸尾巴拖在身后，霞光之中竟然泛起一片七色的彩光。狐狸身上确有一种迷人的美。这种美的引申可能就是狐狸精的前缘。

鲁迅先生说猫有媚态。我敢肯定大先生没有见过狐狸。狐狸比猫更媚、更美、更妖、更艳、更娇，也更"骚"、更俏，狐狸身上有一种诱人的气场。

狐狸像前是香炉，一排排燃香长长短短，氤氲正浓，袅袅娜娜；一排排供果、饮料整整齐齐供在"大仙"面前。有人在"大仙"面前跪倒拜仙。问其何故？皆毕恭毕敬，曰："大仙"面前无诳语，求仙如拜佛，仙灵如神灵，大仙真验灵，有求必应，心诚则灵。

这可能是中国一种文化怪象。仿佛人皆骂狐狸精，仿佛人皆又不敢冒犯狐狸精，虔诚拜求狐狸精的人大有人在，供仙如供佛，敬仙如敬神。呜呼，感叹狐狸精。

蒲松龄《聊斋志异》中说，狐狸多是尽善尽美的天使，难怪一个个穷秀才夜深人静时闭门关窗与其幽会。这些狐狸精扮作美女，或播撒真情，或锄奸除害，或送衣送币。狐狸精们不羡富贵，不图回报，只图过几天凡人的美好生活。狐狸精们有生活情趣，懂琴棋书画，有恻隐之心，知人间冷暖，它们在许多方面比人好，比人美，它们不攀龙不附凤，不趋炎不附势，不欺善不怕恶。民国年间，匪患滋生。蒲城有一村遭土匪围攻，面对蝗虫般的强盗，村里人奋起抵抗，眼看城堡要失守，这时几只狐狸上城助战，长呼短啸，扔砖掷石，土匪从没见过这等奇异之事，吓得慌忙逃窜。全村人的性命保住了，村人由是感激不尽，年年给"狐仙爷"过会，感谢救命之恩。而贪官、恶霸、色鬼的周围，总在闹腾着飞沙走石、投石揭瓦的狐踪魅影。

关于狐狸精的传说，我信蒲爷的。蒲爷深知狐狸精。

陈世美当铡不当铡

铡不铡陈世美包相爷说了算。

包相爷一段回肠荡气的"西皮"，"包龙图打坐在开封府"唱得多少人哭，多少人笑，多少人击掌狂呼好！

当年梨园盛况，裘盛戎出演包拯，张君秋扮秦香莲，谭富英扮陈世美，马连良扮演退休丞相王延龄。那盛况已成为京剧史上的经典。《铡美案》铡了陈世美，全剧场欢腾，不铡陈世美群情难捺，民愤难平，戏唱完，观众不散，一遍遍鼓掌，一次次喝彩，最多时曾八次谢幕，八大谢幕传为佳话。据说还真有"秦香莲"拖儿带女在后台跪着哭泣，求裘盛戎先生做主伸冤报仇。

陈世美当铡，不铡不足以平民愤，不铡就不是包相爷，不铡就没有这段传之于世的佳话，那是人民群众的呼声，陈世美当铡，是铁定的死案。

包相爷唱得明白，坦率地说包相爷并没有一上来就要刀铡陈驸马，而是以理劝之，以情动之，从利害导之。已经不知道包相爷是裘盛戎，还是裘盛戎就是包相爷，裘盛戎的包相爷扮得好，裘盛戎的花脸唱得好："尊一声驸马爷细听端的。曾记得端午日朝贺天子，我与你在朝房曾把话提，说起了招赘事你神色不定，我料你在原郡定有前妻。到如今他母子前来寻你，为什么不相认反把她欺？我劝你认香莲是正理，祸到了临头悔不及。"铡陈世美没那么简单,皇亲国戚不好惹,包相爷虽以铁面著称,但一把拿下当朝驸马也得舍得一身剐。

一开始陈世美也不是上来就杀妻灭子、一刀两断。陈世美忘恩负义,恩将仇报,但亦非铁板一块。在包相爷的大堂上夫妻对质,陈世美凶相毕现,一掌一脚要置秦香莲于死地,要拔剑刺杀秦香莲,但当秦香莲和一儿一女抱头痛哭时,扮陈世美的谭富英唱得有感有情,把握拿捏得有分有寸。"她母子哭得珠泪滚,铁石人儿也泪淋,本当上前将妻认,上面坐着对头人。"人非铁石,陈世美亦然,但他猛然看见包相爷端坐上面,想起自己"欺君王,蔑皇上,杀妻灭子良心丧,逼死韩琪在庙堂",索性一不做二不休,铁硬到底,自忖自己是当朝状元第一名,又是东床驸马,"看你能把我当朝驸马怎开消?"其力源在此,敢咬紧牙关,能咬紧牙关。他头上有乌纱,身上有蟒袍,背后有公主、皇后、赵皇上,他不认为"祸到临头悔不及"。何悔之有?何祸之有?也有一说,陈世美、秦香莲本来是一桩婚姻案,和则过,不和则离。但从一开始就被急剧上纲上线,直接上升到政治大案:不是认亲或是离婚、悔婚、赖婚,而是"欺君王,蔑皇上"的政治案件,那是欺君之罪,罪当诛之。陈世美是科取状元第一名,当然明白,其罪如是,罪当如何。所以他至死不再回头。

即使如此,包拯仍然难铡陈世美,那铡刀难落。大堂之上审过陈世美后,也是把他押在开封府,包相爷回府了,如何判?铡不铡?全为后话。

但"皇姑"和"国太"出场,大闹开封府,使这场官司急转直下,矛盾再次突出。"国太"一副泼妇状,大堂之上耍无赖,逼着包拯表态,逼着包拯释放陈世美。国太把凤冠掷在包相爷的大堂上,狂呼:"你今不放陈驸马,我死在开封府,你们谁敢承担?"国太以命相拼。而秦香莲也在大堂之上义正词严,声称:不把这个不仁不义不孝欺君害民禽兽不如的陈世美绳之以法绝不罢休!已把婚姻一事放一旁,在开封大堂提出要"为民除害"！

把包拯逼到悬崖边上，进无路，退亦无路，放不能放，铡不能铡，审都不能审。包拯左右为难，既提不起，也放不下。虽然包拯以前怒斥陈世美时曾说："莫说你是陈驸马，凤女皇孙也不轻饶。"但事非临头不知难，大堂上端坐着皇国太，大堂前直跪着秦香莲。百思无解的包相爷大堂之上吐真言："皇家的官司难了断！"无奈之中，铁面无私的包相爷也只得向权贵妥协，惹不起皇家，只好委屈了农家。所以才叫人取来自己的俸银三百两，递给香莲度时光。在这里陈世美的案子似有转机，可以不铡，可以不究，可以放虎归山。铡不铡，权归包拯，放不放，相爷瞧着办。包相爷实属无奈，想杀杀不得，不想放也得放。包相爷有一段让人落泪的西皮散板："这是纹银三百两，拿回家去度饥寒。教你儿女把书念，千万读书莫做官，你爹倒把那高官做，害得一家不团圆……"万般无奈的包相爷只好大事化小，小事化了，惹不起那大堂上撒泼耍赖的老国太，只好不铡不审不判陈世美，把秦香莲打发回家，罢，罢，罢。包相爷也做一次违心事，当铡不铡还是本来就不当铡？再不提铡陈世美了，铡把子没握在包拯手中。

但秦香莲是孝媳，更是烈女，她要为民除害，不铡那不义不孝不仁禽兽不如的陈世美绝不甘心，包相爷不铡，她也要铡，她激愤地唱出："从今后我屈死不喊冤，人言包相是铁面，却原来官官相护有牵连！"这句"官官相护有牵连"着实厉害，它让包拯怒发冲冠，怒不可遏，包相爷绝不能让一生的清名毁于一旦，不能栽在陈世美案上，陈世美不判也得判！不铡也得铡！秦香莲厉害，是秦香莲铡了陈世美。

此时此刻包拯才高喊一声："罢！赵家的官儿我不做，纵有那塌天的祸儿由某承担！"摘下头上的乌纱帽，以命相抵，高呼："刽子手，开铡！"拼死铡了陈世美。不铡陈世美民愤难平，陈世美不铡群情难揉，陈世美该死不该死，陈世美都必铡，否则过不了秦香莲那一关，也过不了包相爷那一关。不铡了陈世美，观众就捣了戏园子。但陈世美究竟何罪，其罪当铡不当铡？又不该全由包相爷说了算。

陈世美是天下一人才，谭富英唱得明白："甲子年间开科选，天下学子来考官，头一名进士陈世美，御笔钦点是状元。"陈世美成为天下第一名考取进士状元实为不易，因为宋时科举取人，天下统考，陈世美能考取天下头名，说明他天资聪慧，刻苦用功，十年寒窗吃尽苦中苦。因为陈家并无任何势力，估计就是个小农人家。

陈世美中状元之前是位本本分分、勤勤恳恳的读书人。陈世美想出人头地，陈世美想鱼跃龙门，陈世美想着"春风得意马蹄轻，一日看尽长安花"，像吴敬梓笔下的范进，都那么穷困潦倒了，还依然孜孜不倦攻考进士，遑论陈世美？陈世美考中状元无罪，非但无罪且有功，于家于国皆有功。

宋王朝和隋唐不同，重文轻武，考中进士可官至宰相，进士科又喻之宰相科。"进士之科，往往皆为将相，皆报通显。"（宋·吕祖谦语）可见陈世美得全国头名，这状元郎的含金量，可谓前途锦绣，一片光明。陈世美肯定要"红"，要"火"，要飞黄腾达。

陈世美的状元郎是如何风光？皇上亲临殿试，钦点胪传，并诏令举行隆重仪式。全国上下皆瞩目。赐宴琼林后，新科进士中，陈世美排第一名，由宫廷卫士清场开道，披红簪花，跨马行街，公卿以下无不驻足观望，陈世美可谓出尽风头，观足风景，尽显风流。北宋尹洙说："状元登第，虽将兵数十万，恢复幽蓟，逐强虏于穷漠，凯歌劳还，献捷大庙，其荣亦不可及也。"这真乃万般皆下品，唯有状元高。

陈世美一时堪称世上最美。正因为金榜题名如此多娇，才引得众多达官显贵竞相争抢"状元郎"，史书将宋代这一特殊现象称为"榜下捉婿"。王安石有诗："却忆金明池上路，红裙争看绿衣郎。"

陈世美乃头名进士，皇上御点的状元郎，可谓繁花似锦，烈火烹油，被选为驸马，理所必然，状元郎当然配皇姑。以陈世美家境，以其苦读十年寒窗，其在家娶妻生子几乎是板上钉钉，连范进穷得几乎揭不开锅，屋中亦有糟糠之妻。说皇姑、国太，甚至皇上不知道陈世美家中有妻室是自欺欺人，皇上看中的东床快婿焉有他词？这桩从天而降的"驸马婚姻"对陈世美来说喻之如巨石下山恐不为过，违背君命自有其罪。其实陈世美这桩"皇亲缘"，朝廷上下都心知肚明，知其然又不言其然。包括包相爷亦如此，请看包拯之言："曾记得端午日朝贺天子，我与你在朝房曾把话提。说起了招赘事你神色不定，我料你在原郡定有前妻。"包拯的判断是正确的，其实满朝的官员谁不明白？就包相爷有些愚厚才当面和陈世美提什么招赘一事。谁都看得明白，今日的进士状元郎，已是皇上的东床快婿，连包相爷也得恭恭敬敬地喊一声"驸马爷"！明天就会是陈相爷，谁还自找不自在，让明天的"陈相爷"记恨于心？就是包拯，普天下皆言铁面无私，也睁一只眼闭一只眼，再不提招赘之事。很可能包相爷都后悔提，恨自己多此一举。推理可证，如无秦香莲告上门来，包相爷绝不铁面，更不会调查取证陈世美在原郡有无前妻。陈驸马原籍有结发妻子是层窗户纸，没人去捅它，更没有敢捅破它，又有人言：为什么要捅破它？

陈世美该铡，是因为陈世美"革命意志不坚定"，没有"坐怀不乱"，而是被"糖衣炮弹"所击中。

宋时的"抢郎配"风气实在嚣张，状元郎变驸马郎几乎是"潜规则"。陈世美纵有赤胆忠心，恐怕也身不由己，据说当时有位已然古稀之年的进士及第，许多权贵富贾"欲钓金龟婿"，登门求亲者络绎不绝。这位年过七十的进士及第自己都觉得可笑，遂以打油诗作复："读尽文书一百担，老来方着一青衫。媒人却问我年纪，四十年前三十三。"

"十年寒窗无人问，一举成名天下扬。"学而优则仕在宋朝时最通行，宋朝是读书人最盛的朝代，宋也是读书之风最盛的时代。陈世美一介草民，无权无势无财无富，靠自己苦读书成为天下读书人之首，让人敬佩。陈世美有才，有读书之大才，他是靠读书成名成家的，靠读书大红大紫的，靠读书被招为东床的，可以断言，陈世美是当时天下读书人的榜样。

读书成功也使陈世美误入歧途，走入婚姻的歧途，陈世美该当何罪？

据《宋史·列传第七十六·冯京》记载，冯京高中状元郎后，成为豪门贵戚争抢东床的首选对象。向以"皇帝宋仁宗国丈"自诩、官居三司使的张尧佐为把女儿嫁给冯京，硬是仗势把这位状元郎"绑架"到自己府中，不论三七二十一，霸王强上弓，给他系上金腰带，戴上喜官纱，并言此乃皇帝之美意。

陈世美是怎样被招赘的？似无凭无据，无说无记，是"硬招"？还是"软招"？是为富贵所诱？还是慑于皇威？"招"没"招"家有妻小？从戏文中看老丞相王延龄早就知其底细，是满朝上下都知道陈世美"原郡定有前妻"，独独瞒着皇上一家人？陈世美罪当何论？也有人提会不会皇姑国太乃至皇上也统统睁一只眼闭一只眼？陈罪又当何论？

包相爷怒铡陈世美的主要政治依据就是"欺君罔上"，犯欺君之罪，当铡！

陈世美民愤难平不全在悔婚重婚上，大宋王朝时有没有"婚典"？有没有悔婚罪重婚罪？包相爷也含糊，也好言相劝陈世美认秦香莲才是正理。其罪难容，是陈世美"杀妻灭子，逼死韩琪"，这是包相爷铡陈世美的主要法律依据，但陈世美犯的是"指使罪"，"妄图罪"，韩琪之死，陈世美有责有罪，但罪不当铡。包相爷铡陈世美是在大堂被陈世美逼的，被皇姑国太闹的，也是被秦香莲激的，更是被人民群众要求的，不铡陈世美民愤难平，不把陈世美钉在耻辱柱上钉谁？中国的国情需要一个为包相爷祭铡刀的陈世美。

但陈世美当铡不当铡？铡不铡？还是包相爷说了算。因为，包相爷有包相爷的道理，亦有包相爷的难处。

陈世美当铡。

"刽子手，开铡！"

顺便说一句，据我考证，宋朝包拯开铡问斩并不是铡下其头，像刀砍首级一样，身首异处，而是腰斩，拦腰铡断！所以包相爷用铡刀，不用鬼头刀。

第二辑

虫 爷

　　蓝二爷不在旗，跟正蓝旗、镶蓝旗一点不沾边，蓝二爷是正宗的胶东海洋人，祖上有没有点儿名气无考，近几十年在京城"虫圈"里提蓝二爷，知道的人不少。京城有句老话儿："京城四城，东贵西富，中城翡翠珠宝，南城鱼木花草。"也有一说："东城的鸽子朝阳的虫，宣武的字画西城红。"朝阳的虫自古在京城就有名儿。现如今北京城最大的玩儿虫之地还在朝阳，没事到十里河走走，一溜一溜卖虫玩儿虫的，生人往里一走，还真有种刘姥姥走进大观园的感受。

　　十里河虫市是虫的天地，除了蝈蝈、油葫芦、蟋蟀、金钟四大名虫外，还有竹蛉、黄蛉、扎嘴、甩翅、草黄、"棺材头"、琴弦，有些虫名，外行圈外的人听不懂，但玩儿虫的都清楚，有的"虫爷"闭着眼，品着茶能听出二三十种虫鸣，那叫功夫。三里河虫市一个月就能卖出十万条虫，说出来吓您一跳。蓝二爷撇撇嘴，好日子一个月买进卖出的少说也有二十万条虫！

　　蓝二爷家祖上不是玩儿虫的，早年的确是跟着镶蓝旗的王爷进的京，沾着镶蓝旗的光，他家祖上烧了高香，揽下了一桩一本万利的好生意。冬天在紫禁城外的护城河里凿冰，凿成一张炕席那么大，拿钉耙拉着拖到地窖子里，码好摞好，地窖子门上挂着半尺厚的皮包棉门帘，然后就净等着宫里府里用冰了，尤其到了三伏酷暑，暑热难熬，蓝家祖上忙得一天要淌三斤汗，拉着架子车，拉着冰一路小跑着往宫里送冰。但蓝家心甘情愿，用他们蓝家老爷子的话说，我听见每滴汗珠砸在地上，都是银子碰银子发出的悦耳声。蓝家老爷子至死没说一块冰三伏天卖到宫里多少钱，只是听说道光爷在宫里吃一颗茶鸡蛋贵到三十两银子！可能蓝家那时候就改姓蓝了，因为我曾去烟台市海洋县查无此姓。蓝老爷子发家有道。

但没有铁杆庄稼，镶蓝旗的王爷犯了事，正黄旗的爷手下接了那摊活儿，蓝老爷子一头撞在石碑上，还住了三年大牢，出来一看又是白茫茫大地真干净。

蓝老爷子富过，更重要的是穷过，他不回他胶东，他说京城这地方哪儿的银子都没膝深，就看你弯腰不弯腰。蓝老爷子是京城第一代的"北漂"。真没有饿死的"老家贼"。有一天闲得无聊也穷得无奈的蓝老爷子，路过朝阳门箭楼门洞子，发现这儿竟然是一片虫世界。扒着人背，挤着人头往里一瞧，蓝老爷子有些发蒙了，那罐里"亮相"的不就是老家的油葫芦吗？听起来那声嘶嘶哑哑，噼噼啦啦，像病重的老人，一嗓子烟酒腔。蓝老爷子让人一把拎出圈外，让人指着训，土鳖、土包子，再胡说八道就抡圆了扇你，那是陈大爷的"靠山虎"，唱的一口"铜锤花脸的纯净腔"。蓝老爷子让人喷了一脸又腥又臭的唾沫星子，一点儿不火，一点儿不急，拿袖管使劲擦擦脸，脸上笑得像九月的菊花。他问人家这小虫值几文钱？人家甩下一句话，把他镇得目瞪口呆，两眼发直，五两银子！一只油葫芦值五两银子？他使劲掐掐自己的人中。

第二天，蓝老爷子二话不说，扛起铺盖卷回老家，他们老家这种油葫芦一抓一把，一扫一簸箕。

就这么阴差阳错，被吐一脸唾沫星子换来了蓝老爷子的"虫"生涯。

蓝老爷子聪明心灵，又能吃苦耐劳，穿着一双踢死牛的双梁鞋，一天一夜能跑八十多里山路。为听蛐蛐叫，听油葫芦叫，他真的曾经"头悬梁锥刺股"，听着听着就渐渐入神了，看着看着就慢慢入围了。一开始蓝老爷子还是往虫市上送虫，渐渐地摸出门道，蓝老爷子开始给王爷府、贝勒府上送猛虫，蓝老爷子伺候八旗主子有经验，轻车熟路。

十年后，蓝老爷子竟成了京城一"虫精"，那时候不兴称"虫爷"。斗蛐蛐时，蓝老爷子被请到"斗缸"前，俯身一瞧，北京人土话称一瞍，这一瞍就能看出两只蟋蟀的分量，不论个大个小，体重不差分毫，一个重量级的称之为匹对。蛐蛐场上有类似天平的戥子，把蓝老爷子看过的蛐蛐放上一称，分毫不差，从未走过眼，那得多大功夫？外国拳击运动员要按体重分级，体现公平公正，其实中国从北宋开始斗蟋蟀就开始称重分类。蓝老爷子还有一大本事是听，一溜蛐蛐罐中的蛐蛐都在叫，蓝老爷子屏住气，拿通透了的细竹筒，对准细听，能听出哪个罐里的蛐蛐在奋起，哪个罐里的蛐蛐在忧郁，哪个罐里的蛐蛐在闹食儿，哪个罐里的蛐蛐在"拔份"。把拔份的蛐蛐请上来斗，十场八胜，蓝老爷子不愧为"虫精"。那听一耳朵就是钱。世上没有白听的戏，蓝老爷子也从不白听蛐蛐叫。

蓝老爷子曾给睿亲王爷府中送去一只油葫芦，传出来的赏钱是十两白花花的雪花银。一头比人高的大骡子都卖不了这个价。原来那头金壳油头青面虎爪的油葫芦一叫，睿亲王那么大的王爷府无论有多少人说话，多少鸟在唱，多少虫在鸣，全都让这油葫芦的叫声盖住了，亮嗓但不尖脆，浑厚又不低沉，嘶哑但却犹如瓮中击金，那只油葫芦一唱，全府上下都鸦雀无声，连王爷高悬的画眉都不敢唱了。蓝老爷子虫精，他现场讲，那油葫芦哪声唱的像京剧中的铜锤花脸，哪声又像燕门老生。

蓝老爷子在虫圈里开始称爷了。

他又跑到京城外的顺义种葫芦。他是秋送蛐蛐，冬送蝈蝈，都是八旗爷们儿爱玩儿的。玩儿蝈蝈有讲究，首先那装蝈蝈的葫芦就有尊卑高下。好蝈蝈葫芦拿出来往桌上一亮，神器般灿灿然，尖底圆头，厚皮细腰，那颜色油光锃亮，像是每日千摸万磨的紫檀木佛珠，葫芦口一圈金包玉的圈口，轻轻拧下葫芦盖，都是和田玉镶的，讲究的葫芦上金錾玉雕有名人名画、名题名刻，是真正的工艺品。王爷们坐下喝酒吃饭，哪儿有上来就推杯换盏的？寒冬腊月，大雪纷飞，穿着皮袍子还觉得不暖和，提着暖炉戴着暖袖，这工夫从怀里轻轻拿出葫芦往桌上一放，让人眼前一亮，然后是此起彼落的蝈蝈唱，清脆、明快、婉转、细润、水灵、新鲜，像清泉流水，像雨后凤鸣，酒没斟就醉了。北风怒号，滴水成冰，一片肃杀，能亲耳听见蝈蝈的鸣叫岂非梦中？这工夫，轻轻拧开葫芦盖，一只翠绿翠绿，碧绿碧绿的大蝈蝈挺胸昂头，甩着长长的紫须，一身碧绿透亮的衣装，轻轻扇动着翅膀，白亮亮的腹胸，闪动着黑亮亮的眼睛，瞪眼观瞻这外面的世界。那蝈蝈真美，真帅，真神仙。难怪王爷们喜，王爷们爱，那是精灵。

到了蓝二爷那代时，他们家玩儿虫的传统就断了，他爹正式被收编到街道供销社卖草绳子、竹篓子去了，连粮食都统购统销，也没人敢玩儿虫了，到处都在"除四害"，闹"总路线"，大炼钢铁，虫也无影无踪了，那东西真精灵，一看形势不好，找都找不见了。蓝二爷少年时玩儿过蛐蛐，秋后蛐蛐声起便手拎着一个细纱网改制的蛐蛐笼子，带着蛐蛐罩子，拿着手电去朝阳区六里屯一带逮蛐蛐，晚上逮，白天斗，玩儿得也是翻天覆地的。打擂台式的斗法让孩子们着迷，他们常常忘记做作业。小虫有大乐，其实蓝二爷他爹才是大玩家，但他从来不看他们小孩玩儿的那一套，他曾经训蓝二爷说，好好念书，瞎鼓捣那些小虫干什么？不务正业！你们玩儿的那叫"瞎虫""臭嘴"，根本不入流。据说蓝二爷他爹厉害，从野地里走过，光侧耳听听两旁的蛐蛐叫，就能判断那蛐蛐是老杠还是嫩茬？是养着玩儿还是养着卖？其实蓝二爷他爹才是真正的不务正业，无正业可务，闲得无聊。活了一辈子从来没工作，游手好闲。"文革"中街道把他定位成资产阶级封建主义的残渣余孽、地富反坏右而归为坏分子。挂着大白牌子从胡同南口游斗到胡同北口。他家残存的一些"虫货",蝈蝈葫芦蛐蛐罐全都被彻底砸烂,蓝二爷看见他爹深更半夜拼命地抽泣,以为他被斗得想不开,一问方知,他爹心疼那些宝贝葫芦和蛐蛐罐,把蓝二爷气得差点大义灭亲去街道革委会检举他。

后来蓝二爷才知道叫他爹痛不欲生的是他们蓝家的传家宝被"咔嚓"一下毁了。那是一对从睿亲王府中传下来的宋钧瓷蛐蛐罐,是蓝天青云飘彩瓷的,款是宝玉殿温厢宫,口是紫红袖圈的六瓣葵花形。蓝二爷看着一把鼻涕一把泪的爹轻蔑地说,不就一个蛐蛐罐吗?他爹气得一挥手把鼻涕眼泪撇了他满脸,那是绝世珍宝,当初睿亲王爷进京时,明朝皇宫大总管为保命从皇宫里盗出来献上去的,值多少钱?没价!说个大概?够给你娶三房姨太太的。老家伙资产阶级糜烂思想真够根深蒂固的。

蓝二爷跟虫似乎无缘,不再沾边。一九六八年去山西侯马插队,因符合北京市有关插队知青家庭特别困难,经批准可以转退回到家庭所在街道的政策,一九七四年困退回京,全家靠老太太在胡同口卖冰棍支撑着苦日子,三分钱一根红果冰棍,卖十根挣一分钱,蓝二爷他爹被折腾得脑溢血,偏瘫。

蓝二爷二话不说,自己动手攒了辆平板三轮,当板爷练腿,二十世纪七十年代北京的平板三轮不拉脚,只拉货。后又练摊,当倒爷,跑单帮,卖旧货,以次充好,蒙人,拉黑牛。

蓝二爷点背。

干什么什么发青,卖什么什么发霉。一家人饿得早晚两顿棒子面糊糊。蓝二爷他爹饿得再也无"雅士高洁"风度了。让蓝二爷用板车拉上他,月亮一上西山就奔东郊、北郊,老爷子还是厉害,闭着眼,一声不吭听蛐蛐叫,听着听着会一睁眼,说这只不错,蓝二爷就跳下板车去逮。蓝二爷又吃上祖宗饭了。再后来,蓝家父子就跑延庆、顺义、燕山、塞上，用蓝老爷子的话说，弄回些好种！

北京开始有人斗蛐蛐了，蓝家的蛐蛐也卖到五元钱一只了。斗蛐蛐都说是押宝，看好！外人叫赌博，其实非也，是做广告，宣传，订货。

蓝家有一绝活，据说现在在圈里也传开了，点药。点的什么药蓝家不说，行家不说，玩儿虫的都不说。但蓝家的药是自配的。

让选出来的蛐蛐静静地待一会儿，行话叫沉沉，然后用一根又细又长的"蛐蛐苗"，其实就是龙爪草蘸上配好的药，轻轻地、精准地点在蟋蟀的嘴里，看得见，蟋蟀的嘴裂开在吸吮着晶莹透明的药汁，它的感觉很好，喝得很畅，像男人在喝酒。点药的度要拿捏得极准，蓝二爷他爹不但是玩家也是行家、专家、方家。然后把蛐蛐罐轻轻地盖好，屋里安静得仿佛半夜进了坟地。再打时，那虫竟像霸王摆擂，两根又长又硬的长须，分左右横扫，龇牙咧嘴向人示凶，亮出一对紫黑色的虎牙，大腿骚躁得不时重重踢起。连叫声都变了，变得雄浑、粗壮、有力，蓝二爷他爹说过，没有放蔫屁的猛将，猛张飞、憨李逵、窦尔敦，哪个不是一声喝似晴天雷？蓝家玩儿虫有理论。

那虫一进场，主动寻战，龇牙咧嘴，咆哮鼓噪就冲向对方，那才叫杀得难分难解，杀得翻天覆地，杀得几进几出，杀得人仰马翻，杀得丢盔弃甲，直杀得分不出伯仲绝不下战场。用蓝二爷的话说，老子就是死，也是死在阵前马下！让人看得提心吊胆，心惊肉跳。

蓝二爷有了名，连山东老客都找蓝家进虫，蓝二爷不知不觉又走回到老蓝家的"虫路"上，全家去延庆种葫芦，去唐山烧蛐蛐罐，配蟋蟀，养油葫芦，饲蝈蝈。蓝二爷只管挑好种精心饲养，精心选配，优胜劣汰，蓝二爷曾哈哈大笑，我只做好人，帮人选妻娶媳，一代强过一代。

前年刚过完腊八，正值天气大寒，滴水成冰。蓝二爷在北海公园仿膳饭店吃火锅。怀里的蝈蝈叫得真欢，唱得正美，赶巧邻桌有一圈老外，让蝈蝈唱得饭都不吃了，非要看看这是什么在叫？初开始老外还认为是录音机里放音乐呢。蓝二爷不瞄老外，但那桌过来一位中国人，说是一个北欧国家的财长，请蓝二爷开面儿，让外国人见识见识。蓝二爷端出北京王爷的派头，用手指头勾一下，仅一下，表示招呼人，然后欠欠身，抬抬屁股，其实屁股还没离开椅子呢，老外都围好坐好了，蓝二爷才端端庄庄地从羔皮坎肩里取出葫芦，那葫芦油光水滑，呈酱黄色，上有描金点翠的红花绿叶、洛阳牡丹，拧口是玉石磕的，瞧着那么小巧玲珑，那么宝贝可爱，等拧开葫芦，其鸣唱之声仍在绕梁的翡翠蝈蝈一出场，满场皆惊，外面狂风怒吼，残雪冻冰，桌上竟然有这么个活生生宝贝，翠绿翠绿，背上金灿灿的响翅，两根又细又长左右摆动的长须，自己显示汉白玉般的肚皮，两只琥珀般的眼睛灿灿生光，有意无意亮出两颗紫玉般的牙齿，前面四只腿半弓半立，后面两只大腿半弹半屈。那蝈蝈突然亮起自己翠绿翠绿的翅膀，有节奏地扇动起来，清亮的叫声传来，立时仿佛有春风吹来，如春风洗面，春风满怀，春意盎然。那几位北欧老外的蓝眼全部都看成绿眼，什么叫大跌眼镜？蓝二爷说那位财长一连推了三次眼镜，都说洋鬼子看戏傻眼，蓝二爷说其实是洋鬼子看蝈蝈傻眼。老外留下一句话，看熊猫稀奇，但看中国蝈蝈更稀奇，除他的以外从没见过冬天里的蝈蝈。

　　蓝二爷终于混成"虫爷"了。

鼓 爷

鼓爷敲的鼓不是威风锣鼓，不是陕北腰鼓，不是牛皮大鼓，也不是戏班子里在九龙口打板敲的鼓。鼓爷敲的鼓现年七十岁以下的人恐怕无人见过，左手拇指和食指捏着，大小只有细瓷茶杯口大，右手执一个弯弓鼓槌儿，槌头上蒙着花皮布，一敲梆梆响，鼓声不脆，但胡同口一敲，多半条胡同都能听见，用现代话讲其穿透力不弱，概因其鼓上蒙的老牛的胸前皮。

鼓爷是行内圈内人自称，一般人称其为"打硬鼓的"，也有不客气的，呼之"打鼓那小子"。"打硬鼓的"这称呼海说一句，现在偌大个京城很难找出一位喊过"打硬鼓的"，知道"打硬鼓的"是干什么的人也凤毛麟角。

再瞧"打硬鼓的"的行头，青彩一领，瓜皮帽一顶，左肩背着褡裢，右肩背着口袋。边敲鼓边走街串巷，老京城的人称其"胡同串子"。褡裢里放着錾子、试金石，紧里边塞着些碎银子，铜钱放在褡裢的外兜，有时鼓爷身后还跟着位学徒的。说直白了，就是走街串巷、登门进院收古董的。鼓爷收的古董范围极广，一言概之，凡是老"玩意儿"他都要，给多少钱另说。

鼓爷的鼓不好敲。

眼里没点儿水吃不了这碗饭。

鼓爷讲究脚认路，嘴认人，眼识货，没有三五年的学徒功夫，走单帮走不下来。

鼓爷满世界串胡同，却是"瞎太太相女婿"，心中有数，靠打鼓"碰"生意的还不能叫鼓爷，只能称"打鼓的"。鼓爷走胡同不看谁家阔，但瞧谁家阔过，而如今败了，仿佛风吹桃花落。哪家犯了事，作了科，锁了人，抄了家，鼓爷像千里之外的饿秃鹫，循着味就来了。他不是幸灾乐祸，更不是瞧热闹，而是看生意。这种"犯了事"的人家，往往需要钱，因为很快他们就要被净身出户、扫地出家。虽然官府已经把家抄了，但大户人家旮旯墙角扫一簸箕土也能筛出三两颗珍珠来。这种人家主事的男人被锁走了，大门口站着兵，一般人根本不许出大门，一府的人都急得像热锅上的蚂蚁。这工夫鼓爷出现了，打硬鼓的梆梆声穿墙过壁，鼓爷静候在后门，以前送出垃圾粪桶的地方。鼓爷心都静，能沉住气，等一天是他，等三天五天无人理也是他。不急不躁，像等候出笼的蒸窝头，也可能十天半拉月都白等候了，这叫开张不开张，全看老天翻张不翻张。如果小门一开，通常只开半脸门，府里的人不能出门，鼓爷不能进门，门里门外，手递传货，多持重的鼓爷都心跳，应了那句生意行的老话：三年不开张，开张吃三年。

鼓爷的日子也难，"十年九旱"，哪年哪月才能赶上人家王爷贝勒爷犯事？才能碰上人家后院送粪便的小门开条缝？鼓爷是"货郎"，走家入院，收"旧货"。谁家有不用的瓶瓶罐罐，放着搁着也派不上用场的坛坛凳凳，想变钱花的金银玉件首饰，旧时的文书印宝字画折扇，鼓爷眼里有水，什么都得懂点儿，拿什么看什么，看什么得看出值不值钱？值多少钱？鼓爷不兴骗，因为一般鼓爷都有"腰牌"，大小得有一家铺子作保，保家有户有门有号。鼓爷做买卖讲究诚心，一般捡了漏都揣着，三五天不见"水响"才出手。一般看见人家有东西也是先讲"行市"，说现天玉的价格还行，你家里挂着的玉件不挂了可以换银子，不吃亏。买卖做成了，鼓爷也把"货"揣着，怕人家反悔，如果人家后悔卖便宜了，他立即送还。鼓爷的诚信越好，买卖才能做大，信息才能广泛，有的人家好面子，重官名，自己家人不便上当铺，上古董行卖东西，就招来鼓爷当掮客，由鼓爷提货去古董行或当铺卖，卖完一般收辛苦钱，那钱对鼓爷来说是一笔不小的"赏银"，因为但凡这种大门大户曾经做官封爵的人家卖古董都是"好玩意儿"。当然也有"明收"的，就是鼓爷看好货，作好价，出货不还手，鼓爷看走眼赔死也活该；鼓爷看上眼，捡大漏，出手就两清。有位鼓爷曾用二两银子买了两把明朝的黄花梨的官椅，因为那家少爷急着要换钱抽大烟，搁现在一把也得一百万。那位鼓爷捡了大漏还不慌不忙，不急不躁，嘴里哼着西皮二黄，慢慢用绳子把椅子系好背上，迈着台步往回走。有人说你怎么不急呢？一会儿人家就找后账来了。鼓爷说：我急什么？他急着抽大烟去呢！哪能顾得上我，顾得上这两把木头椅子呢？鼓爷真厉害。

呵，北京户口

凡是失去的，才知道是该倍加珍惜的。这可能不是哪位哲人之言，但肯定是位折了翅、中过箭的大雁所感。

十八岁我才第一次看见自己的户口，北京市居民户口，看到的当天，我就自愿把自己的北京市户口销了，前后没超过三个小时。

一九六八年十一月，去山西忻州地区定襄县季庄公社插队，在学校开了证明，又到朝阳区上山下乡办公室盖了公章，然后到朝阳区公安分局户籍科销户口，当时也没感到有多么悲壮，更没有泪洒户籍科，那么多中学生挤在户籍办公室就像一群老家雀儿闹着要抱窝，那个户籍警头都不抬：没拿户口本，销什么户口？好像求他办什么走后门的事似的。回到家，拿上户口本我才认真仔细地看了看，从父亲那页一直看到弟弟、妹妹。只有这张薄薄的纸片证明我是北京人。那位一脑门官司似的户籍警手头无比利索，三下五除二，把我的户口页从户口本上撕下来，又开出了一张转户口的单子，大印一盖，头都不抬，齐活。此时此刻我的心里才有些悲苦，难道从现在起我就不再是北京人啦？毛主席教导说搞不好要被开除球籍，我就这么简单地被开除北京籍了？户口也没白销，拿着转迁户口的证明，去朝阳区上山下乡办公室领了一张买木箱子的票，那只酱红色的扣盖木箱上用黄油漆喷着"三忠于四无限"的口号，一直跟着我几十年。用我们知青的心酸话说，一张北京户口就换来一张木箱票，买箱子还要掏二十二元五角钱。

到了农村也没感到户口的重要，你在广阔天地大有作为，面朝黄土背朝天，学大寨，只想歇歇劲，偷偷懒，骂骂娘，没工夫想那劳什子！

一九七二年春节前回北京，形势特别紧，从太原到北京的火车上愣查了十几次票，每次都要看生产队开的介绍信，看看盖没盖大队的、公社的章，有三章红印才算合格，否则按盲流进京拉到石家庄卸煤劳动。后来才知道那是因为美国总统要访华，用当时北京知青最典型的"京油子"话说，那孙子访华干什么挡咱哥儿们回家的道？我们当年回北京都是坐的慢车，站站停，趟趟晚点，一晚就没点，多少有点儿像现在北京的航班。永定门火车站下火车，倒三次公交车才回到家，差点累出眼泪来。刚刚躺下，查户口的就不请自到。父亲、母亲不知我把生产队开的探亲证明放在哪儿了，才不得不把我痛苦地唤醒。

我睡眼惺忪，一脸的不高兴，一肚子的委屈。我反问，刚才进院不是早已验明正身了吗？明白了，原来刚才是"便衣队"即家属委员会的例行检查，现在是"正规八路"即身着制服的两位警察亲自上门。检查的力度果然不同凡响，问得仔细，甚至问到带回家的是什么年货？装的什么包？多大多长？能不能看看？父母连忙把我回来带的帆布提包拎出来，主动拉开拉链让彻底检查。最后通知我，明天去报外地进京人员在京期间学习班，我说我不是外地人，我就是这家人，是插队知识青年。两位警察板着脸，面有敌情，极认真又极清晰地告诫我：有北京户口吗？没有北京户口谁能证明你是北京人？谁能证明你不是流窜的进京人员？谁说你不是外地人？报学习班去！

外地进京人员学习班里一水儿的都是北京知识青年。骂娘声不断，但警察和工人宣传队的也真能压住阵，不急不躁，不卑不亢念材料，我怀疑那些材料都是法院的判决书，全是罪犯罪状，都是和外国人有关。

说有一个人把自己涂成黑人企图混进非洲某使馆，被抓后判死刑。念完后警察凶巴巴地来回审视着我们这帮外地人，问我们有什么感触？我们异口同声，没那么大本事。又念一人翻墙到使馆，抓捕后以投敌叛国罪判十五年。这次我们主动配合；找死！活该！反正从早到晚不许请假，不许旷课，绝对不允许上街。最后让我们每个人写上何时离京的保证书。然后在警察的带领下让我们集体去办北京临时户口。我们说怎么像押送犯人？警察也笑了说上面有规定，特殊时期你们这些外地人又特殊。临时户口也只给上半个月，没有临时户口的一律按盲流对待。拿着那张临时户口的小纸片真有所感，才懂了什么叫一纸定终身。

那年可能是因为尼克松访华，春节供应格外丰富，副食连花生、瓜子、铁蚕豆都凭本供应，但那需要户口本办理，我们那一页早从家里的户口本上被撕下去了，我们全是"啃老族"，那时候觉得特耻辱、特下贱、特没劲。你是山西农民了，山西农民连张户口纸都没有，中国农民全是无户口的盲流；你不再是北京人，你不再有北京户口，北京把你扫地出门。那时北京知青苦闷地在一块儿会由衷地感到丧气，他们都觉得自己就像一条蛀虫一样，蚕食父母兄弟姐妹的北京户口，再好的东西吃到嗓子眼儿里都觉得苦涩涩的。这就是赤裸裸的剥削啊！从前在课本上只知道被剥削者的痛苦，惨不忍睹，现在方知剥削者也痛苦，度日如年。

最让我们北京知青感到不平和气愤的是邻村一位北京知青被县知青办从北京"领"回来，一直"领"到村里，交代给生产队，当面一套要求好好接受贫下中农再教育；背后一套要求严管，再跑到北京闹事，大队干部、小队干部连坐。

原来这位哥们儿家在北京东四十四条，有一处院子，老爷子眼看不行了，就想把家产分分，他排行老三，又是插队在山西，老爷子心疼小儿子，特别关照要把该分给他的房分到他名下。但这哥们儿跑上跑下窜得跟猴似的也没用，就是过不了户，立不上名。老爷子已经奄奄一息了，他又找到民政局、派出所、房管所，凡是他能找的，能进去的，都找遍了，嘴上急得起了一圈大水泡，得到的答复是，你有北京户口吗？没北京户口要什么北京的房？话赶话就赶出来这样的呛火话：你说你是北京人有户口吗？谁能证明你是北京人？谁能证明那房主是你爹？又有谁能证明你是他儿他是你爹？请你回山西农村，我们这儿只负责处理北京市民的事，办下北京户口再说话。剩下的就是动手打起来了。后来兄弟之间为了房产官司一直打了二十多年。

北京户口要人命。

用当年北京知青的粗话讲，销北京户口跟放屁那么容易，上北京户口比生孩子还难。

我们公社一个北京插队知青，他姐姐在陕西黄陵插队，得了肾病，几乎要了命，按当时的政策可以病退回北京，他姐姐跑了小半年终于跑得躺在床上几乎起不来，全身浮肿。我们在农村也没什么事就接力帮助跑户口，方知蜀道难算什么难？鸡毛为什么飞不上天？我们哥儿几个按要求几乎跑遍了北京所有的医院，开的医院证明比北京户口本都厚了；又从市知青办，一直跑到区安置办，一直磕头磕到街道办；光陕西就跑了四趟，从省知青办、地区知青办、县安置办，一直拜到公社、大队、生产队，三级所有，级级拜到，那时候不兴请客送礼，顶多两瓶二锅头一条"大前门"，那也把他们家拖得几乎揭脖断炊，欠下一屁股债。以至于他姐姐多次痛不欲生，表示宁死也不要那张纸了。

终于他们家人把他姐姐用担架抬到区安置办，七十多岁的老奶奶双膝跪倒，说了一句让所有人都潜然落泪的话：没有北京户口，她死不瞑目啊，她不愿意做异乡鬼！

呵呵，北京户口……

哭的研究

侯宝林先生研究笑，说笑分为两种，一种是真笑，一种是假笑。真笑易识，假笑难辨。侯先生没有专门研究过哭，其实研究哭比研究笑更深奥，更复杂，更神秘，也更"筋斗"。

中国历史上有句名言：司马昭之心，路人皆知。但司马昭之阴，路人不可能皆知，连他手下最信任的人也不见得皆知。

司马昭狠毒，派手下人引数千铁骑，当场把魏主曹髦一戟刺中前胸，挑下辇来，再复一戟，刺穿胸膛，如此凶狠，如此肆无忌惮地在众目睽睽之下杀皇帝如杀猪狗，在司马昭之前绝无仅有，在司马昭之后亦未闻。难得一见的是，当司马昭得知曹髦已死，"乃佯作大惊之状，以头撞辇而哭"。何为假哭？何为装哭？何为哭给人看？司马昭是也。司马懿、司马昭父子皆阴谋家，为使阴谋得逞无所不为，装疯卖傻，装病装痴，直到装哭假哭。司马昭哭得比他爹司马懿死了还伤心，还疾首，"以头撞辇"，痛不欲生。其实司马昭心中大喜，痛不欲生是其阴谋的一招，假哭装哭的背后必然是阴谋。

司马昭要和比他早二百多年的王莽相比，可谓小巫见大巫。王莽篡权之心天下皆知，且天下共拥之。举国上下一致拥护王莽篡权夺国。其呼声之高，民心之望似前所未有。全国有四十八点七万人，几乎是全国所有识字的人都上书要求为王莽求官求权。王莽是中国历史上第一个搞"民意测验"和"全民公决"的人。他篡权夺国，是中国历史上最有创新和发明的，他创造出"加九锡"自立为"假皇帝""摄政皇帝"，亲手用毒酒毒死汉平帝，又抚尸长哭、痛哭、大恸、大悲，哭得声泪俱下，哭得死去活来，表演得那么充分，那么逼真，那么动情，那么一丝不苟，真可谓猫哭老鼠。王莽的假哭、装哭也真哭出效果，不但朝上朝下的文武大臣都陪着掉泪，也都相信，连皇帝的亲娘皇太后都被王莽的假哭感动了，认为汉平帝十四岁就死于非命，但绝非死于王莽之手。

东晋亡于刘裕之手，这位"金戈铁马，气吞万里如虎"的"寄奴"，逼得晋恭帝司马德文"积极主动热情"地禅让皇位，但刘裕并不买账，派士兵用大被子把三十六岁的晋恭帝活活闷死。这位六十岁的老英雄真会做戏，得知皇帝暴死，大哭、痛哭、悲泣，这还不够，率文武百官在朝廷上集体哭，他带头哭，哭得如丧考妣，几次悲痛欲绝。

南齐时期的齐明帝萧鸾依靠宫廷政变登基，做了皇帝后立即把齐武帝的十二个兄弟、十七个儿子以及大部分孙子诛杀。萧鸾杀人有"绝招"，总在杀人之前流泪哭泣，似有无尽的悲伤，哭得让人感到他有一颗慈母心，但哭完就变脸，杀起皇子皇孙来心黑手毒。

北宋是靠阴谋诡计夺取后周的政权，著名的陈桥兵变、黄袍加身在历史上为赵匡胤记下宫廷政变的一章。其实赵匡胤的"老领导"、"先主子"周太祖郭威比赵匡胤早九年就亲自导演过一出宫廷兵变，来不及黄袍加身，就用黄色的军旗当龙袍披在身上，包括赵匡胤在内的军官们皆伏于地，三呼万岁，拥戴郭威篡夺后汉当皇帝。这一切都是郭威精心策划、苦心安排的，郭威的皇帝梦终于圆了，但郭威却放声大哭，哭得声嘶力竭，哭得泪如雨下，哭得山呼海啸，哭得石头也会掉下泪来。

有泪无声谓之泣，有声无泪谓之号，声泪皆下谓之哭，郭威是泣、号、哭齐矣，而且竟然哭昏过去好几次。一般人怎能做到？郭威真能演戏，郭威是耍阴谋的高手！把一国之众玩弄于股掌之上。

九年以后，赵匡胤的阴谋搞得更周密、更戏剧、更成功，陈桥兵变，皇帝的龙袍是事先准备好的。然后，赵匡胤假装酒醉，众将领按计划一拥而上，黄袍加身，三呼万岁。赵匡胤于是旧戏重演，哭，大哭，声嘶力竭地哭，寻死觅活地哭，仿佛不是坐龙椅当皇帝，而是下地狱见阎王。赵匡胤比郭威还会哭，还会假哭，装哭。直到连策划这场陈桥兵变的将军们都相信，赵匡胤的确不想篡夺皇位，不想当皇帝，是大家推荐他，他不得已而为之。赵匡胤真狡猾，中国民间有句话糙理不糙的俚语：既当婊子又立牌坊。赵匡胤做得尽善尽美。

也许真哭中有假哭？装哭中有真哭？真亦假，假亦真？神仙来了，也难分辨哪声是真哭，哪声是假哭。

武则天为夺取后宫的最高权力，她要栽赃王皇后，推倒王皇后，取而代之。武则天竟把自己的亲生女儿，也是唐高宗李治的爱女掐死在襁褓之中，嫁祸王皇后，让李治发疯、发狂、发狠。且看武则天的哭，抱着已冰冷僵硬的女儿，发疯一样地狂哭、大哭、痛哭、悲哭，直哭得整个宫中为之掉泪，整个宫中为之悲切；哭得武则天寻死觅活，几不欲生；哭得皇帝李治心乱如麻，亲自审案，亲自为刚刚遭人暗算的女儿伸冤报仇。武则天用自己女儿的生命，也用自己的感情、阴谋和毒辣，终于换来她攀登最高权力的第一个台阶。那哭女儿的泪是真的，还是假的？还是真中有假，假中亦有真？

假哭里的学问大，也有全城人民都假哭的，这个哭是让全城人民都相信是真哭。

慈禧太后"驾崩"后出殡，从正阳门走，出朝阳门，按圣旨之意，全朝官吏、全城的百姓泣泪相送。瞧着慈禧皇太后的灵车一到，当时哭声一片，哭号之声震天，男女老幼、文臣武将一律跪在路边放声大哭，比着哭，比着悲，比着装难过。哭声一浪高过一浪。灵车一过，雨过天晴，原来所有的人都是干号，像唱歌，像唱戏，像做游戏。都作假，谁也不以假为耻，据说全皇城哭丧的只有一个人是真悲、真痛、真哭，此人就是太监李莲英。慈禧皇太后没有白疼他，李莲英差点儿哭死过去。

老百姓也有假哭的，假哭必有缘故。《水浒传》中最有名的一位女性叫潘金莲，潘金莲害死丈夫武大郎以后，每日和西门大官人快活，待到武松回来"便从楼上哽哽咽咽假哭下来"，戏文中说得更精彩，说潘金莲得知武松已到门前，便咿咿哼哼假哭着扭着腰走到灵堂里，看来潘金莲假哭，哭得有些特色、水平。可能假哭比唱的还好。没有无缘无故的真哭，就没有无缘无故的假哭、装哭，中国的风俗讲究哭葬、哭殡、哭灵、哭送，但真正在灵前痛哭的一般不会超过三五位，其余插白戴孝来哭葬的几乎都是假哭、装哭，干号三五声应付，为的是吃白事的席。那席也不是白吃的，出殡队伍两侧各有一位"验席官"，看出殡队伍中谁哭得最凶，谁哭得最痛，谁哭得亮，谁可以吃全席，既有酒有肉，又有荤有素。如果哭得不痛不痒，哭得不高不亮，不悲不切，就只能吃素席。因此几里长的发葬队伍哭声此起彼落，哭得昏天黑地，哭天抢地，声嘶力竭，寻死觅活，很多人跟死人一点亲属关系都没有，甚至五百年前都不是一家人，但心甘情愿地干号，否则入不了"全席"。但灵堂之下不能不痛哭，不能不哭声震天，不能不哭得声泪俱下，让远近之人都被感染，都被孝心感动，这就有了花钱雇来的专业哭手，哭多长时间？几个人哭？是着"正装"披麻戴孝地跪在灵堂哭？还是蹲着坐在屏风后面随便哭？是低声哭，哭就行了？还是放声大哭？是干哭、干号还是带着感情哭，真哭真喊真流泪？完全以"质"论价。出什么钱就能尽什么孝，出多大价钱就能尽多大孝。哭的讲究真多，装哭、假哭也是学问，也是生意。

当然也有真哭。

孟姜女哭长城，不是真哭就不可能泪涌如河冲垮万里长城。三国时期，诸葛亮有著名的三哭，曹孟德也有著名的三哭，三哭的内容俱不相同，但皆为真哭，哭得让人深受感动，千余年后亦为佳话。的确哭出了名堂，哭出了感情，哭出了文章，也哭出了学问，应为经典之哭。

诸葛亮痛哭周瑜，哭得让人难以自抑。戏文说诸葛亮三气周公瑾，又亲去江南柴桑周瑜灵堂吊丧。周瑜手下的将军们都恨不能把他碎尸万段。但诸葛亮一篇感天动地、情真意切的祭文读罢，让人心肺欲裂，肝胆欲碎，且"伏地大哭，泪如涌泉，哀恸不已"。诸葛亮哭得不仅感动了原欲要动武的东吴大将们，甚至连周瑜推荐的接班人鲁肃都自思道："孔明自是多情，乃公瑾量窄，自取死耳。"诸葛亮哭得真有价值，也真有水平，不但消除了东吴和刘备之间的隔阂分歧，弥补上孙刘的裂痕，而且让东吴上下皆重新认识孔明，孔明成了仁义君子，"量窄，自取死耳"的帽子扣在了死人周瑜头上。也有后人质疑诸葛亮是真哭还是假哭还是装哭？但有一点是公认的，诸葛亮会哭。

诸葛亮的二哭是哭刘备。那应是真哭，刘备兵败，托孤白帝城。刘备在作最后的政治交代时说："若嗣子可辅则辅之，如其不才，君可自为成都之主。"闻此言，诸葛亮是汗流遍体，手足失措，泣拜于地，叩头流血。想必此时此刻诸葛亮之言"臣安敢不竭股肱之力，尽忠贞之节，继之以死乎？"是真言，肺腑之言；而此时此刻的泪水，泣而哭之也应是真哭，发自内心的眼泪。

诸葛亮的三哭就是著名的挥泪斩马谡。斩了马谡之后，诸葛亮是大哭不已，劝都劝不住，大哭之余，诸葛亮说我这哭不是为了马谡哭，他也不值得我这么哭，马谡失街亭非斩不行，我是想起先帝刘备临终前曾交代我说马谡不可用，今果应此言，乃深恨自己不明，忘了先帝之言，因此痛哭。诸葛亮的痛哭激起帐前帐后大小将士动情，无不流涕。致使败军军心不乱，更趋团结，也有后人研究，诸葛亮是真哭还是装哭？

曹操也有三哭，是真哭哉？假哭也？

官渡之战，曹操以少胜多。袁绍兵败丧师，死在军前。曹操挟胜利之威，带得胜之军在袁绍墓前祭祀袁绍，诵读了一篇发自内心的祭文，然后大悲大哭，"再拜而哭甚哀"。直哭得三军为之动颜，直哭得河北官员为之动情。这阵阵哭声中让人深切感到，不是曹孟德无情，是袁本初无义，不是曹孟德起兵，是袁本初逼得曹不得已而为之。不是曹孟德要灭袁，是袁本初上违天命，下背民心。曹收河北是解民于倒悬，给河北人民带来希望。袁本初不能正自己，不能安河北，不能稳民心，不能固军队。曹操多智多诡变之术，谁敢说那时那刻曹操心中未笑？未大笑？

但曹操确有真哭，真动感情之时，便是痛哭大将典韦之时。曹操兵败宛城，如不是大将典韦以死相拼，不退半步，曹操早被张绣之军或像他的侄子曹安民"砍为肉泥"，或像其长子曹昂"乱箭射死"，典韦是曹操的救命恩人，以己命救曹命。曹操对典韦生前是真爱真信任，死后是真感恩真难忘。所以当曹操统兵自襄城到淯水时，想起战死在此的典韦，在马上"放声大哭"，命令三军屯住，大设祭筵，吊奠典韦。曹操亲自拈香哭拜，又哭又拜，边哭边拜，曹操是真动了感情，动了真感情，其哭之悲切，之痛哉，"三军无不感叹"。然后才是祭自己的亲儿子、亲侄子，并祭祀阵亡的将士。

曹孟德哭郭奉孝亦是真哭，难得曹操"仰天大恸"，哭得撕心裂肺，哭得肝胆俱伤，哭得六神五魂动情。《三国演义》中说曹操赤壁大败，几经危险，几经艰辛，终于逃到南郡城中，但却突然当众"仰天大恸"，为何？曹操痛言："吾哭郭奉孝耳！若奉孝在，决不使吾有此大失也！""遂捶胸大哭"，曹操如此大哭、痛哭、悲哭，实不多见，足见伤其真情，触其真意，发自内心。曹孟德是边哭边喊，边哭边说，痛诉衷肠："哀哉，奉孝！痛哉，奉孝！惜哉，奉孝！"可谓字字带泪句句戳心！

中国历史上乃至今日世界，有哭父哭母的，哭兄哭弟的，哭情哭义的，哭死哭伤的，哭兴哭亡的，哭古哭今的，没见过拒绝当皇帝，为不当那个皇帝就哭天哭地，大哭真哭，哭昏哭晕的，北宋皇帝宋钦宗赵桓是也。

宋钦宗的亲爹宋徽宗，把大宋王朝折腾得奄奄一息，金国如狼似虎，几乎日日夜夜以爪抓门，宋徽宗常常半夜吓醒，夜不能寐，垂泪到天明。宋徽宗赵佶的哭是真哭，吓得半夜涕泪，能一哭到天明，最后下定决心，不再受这当皇帝的惊吓，把皇位让给他的长子赵桓。赵桓焉能不知那皇帝岂是好当的，不过是金国军队的刀下肉，任人宰割；那不是皇帝，那是金国军队握在手里的一张"肉票"，随时可以"撕票"，因此赵桓是死活不跳这个火坑，但身不由己，在登基大典上赵桓如哭亡灵，放声大哭，痛苦不已，悲痛欲绝，犹如上刑场。直哭到昏死过去才被扶上龙椅，黄袍加身。赵匡胤假哭之后，几次在梦中笑醒，让他的后人赵桓醒过来又哭死过去，救过来又哭昏过去，身为天子的赵桓是真哭、真怕、真伤心，真不想当皇帝。

上推千年，新莽末年，军阀混战，民不聊生，十四岁的刘盆子一身褴褛，赤脚麻鞋，正在地里放牛，结果被一群文臣武将请进皇宫殿堂，让他当皇帝，把刘盆子吓得浑身乱颤，冷汗如流，继而放声大哭，要求把他放回野地继续给东家放牛。众大臣说得越激动、越动情，刘盆子就越害怕，哭得越激烈。这位放牛娃当上了西汉最后一位更始皇帝，的确是大哭着被推上龙椅的。

下推千年，清末宣统皇帝溥仪，三岁登基，溥仪在登基大典上也是大哭，三岁的孩子不会假哭，更不会装哭，而是被皇帝大典的隆重吓哭的，吓得大哭，以至于他的父亲摄政王载沣安慰孩子说："就要完了！就要完了！就要完了！完了我们回家！"让呼万岁的满朝文武大臣都大惊失色，认为不是好兆头。有说孟姜女哭倒长城，溥仪哭倒大清王朝。

其实真哭假哭亦非难辨，亦非"试玉要烧三日满，辨材须待七年期"。倒是旁人、后人以假乱真，混淆真假，假作真时真亦假。鳄鱼的眼泪和善人的眼泪是能区别的。抗战时期蒋介石的一哭是真哭还是假哭？还是装腔作势伪装哭？作秀哭？曾经引起过不少争论，现在看来蒋介石的真哭假哭当一目了然。

一九四〇年某月，当蒋介石得知张自忠战死在战场，大恸大悲，泪难自抑，下死命令不惜一切代价从日寇手中夺回张自忠的遗骸。当张自忠灵柩运至重庆朝天门码头时，蒋介石亲率国民政府党政军要员臂缀青纱，肃立码头迎灵。灵柩一到，蒋介石未登船泪竟涌出，几次哭啼出声。船靠码头，蒋介石登船绕灵，垂泪呜咽，以致"抚棺大恸"，涕泪俱下，哭泣之声难以压抑，令在场者无不动容，纷纷落泪，悲痛笼罩整个灵船，以致船上船下齐哭，码头上下悲鸣，不少人情不自禁下跪迎灵。蒋介石亲自扶灵执绋，再拾级而上，护送张自忠灵柩穿越重庆全城。我认为蒋出此举可谓空前绝后，张自忠为抗日而死，死得其所，死可瞑目。谁言蒋介石哭是假哭？装哭？甚至为笼络人心而故意装悲装痛，是鳄鱼的眼泪，是伪君子的假哭，是推卸责任的装哭。

蒋介石的这一哭，哭张自忠是发自内心的哭，自此哭之后，未见领袖人物有此哭者。

假哭难以恸人，真哭必然感人。

笑的文章

一

观书观史方知笑里有文章。

笑分阴阳两极。

阳笑分大笑、微笑、欢笑、偷笑、回眸一笑、掩口而笑、得意的笑、纵情的笑、舒心的笑、情不自禁的笑、笑得前仰后合、笑得两眼流泪、笑得难以自抑、笑得莫名其妙、人云亦云，人笑亦笑……

阴笑分阴险的笑、神秘的笑、阴郁的笑、笑里藏刀、皮笑肉不笑、奸笑、干笑、阴笑、假笑、装笑、伪笑、似笑非笑……

史上有名的笑当数周幽王，为博美人褒姒一笑，点燃烽火台，招得天下诸侯前来救王，千军万马，十万火急，却白忙活一趟，博得冷美人一笑。褒姒是不是真笑，史上还有不同说法，但周幽王看到褒姒一笑却哈哈畅怀大笑，美人这一笑，葬送了大周王朝，让周幽王国破家亡。古今中外一笑亡国的非周幽王莫属。

历史上曹操的阴阳笑，笑得也精彩。

曹操赤壁大败，号称的水路八十万大军转眼之间"樯橹灰飞烟灭"。曹操率残兵败将一路败走南郡，狼狈至极。曹操每至一处险恶之地，便放声大笑，其笑乃"仰面大笑"，笑得众人皆不知为何？又皆稍作宽心。等到大将曹仁把曹操接到南郡，谁都没有想到，此刻该笑之时，曹操竟然"仰天大恸"，哭得极度伤心，以至"捶胸大哭"。这放声大哭实际上是对赤壁之败的总结。"吾哭郭奉孝耳！若奉孝在，决不使吾有此大失也！"曹操本该大哭时却大笑，显然是装笑、假笑、伪笑，在那风雨飘摇、兵败如山倒之时，曹操深懂，再苦再难再危险也不能哭，更不能大哭，一哭军心皆散，甚至有可能引来兵变。

曹操奸诈多谋，但该笑时从不掩饰，总是纵情大笑。历史上有名的"煮酒论英雄"，曹操谈笑风生，得心应手，谈天说地，笑论天下。再看刘玄德，心惊肉跳，几乎魂难守舍，让曹操笑弄于股掌之中。

《三国志》中，司马懿是个极阴险的政治家，工于心计，善于阴谋，喜怒不形于色，一生真笑甚至假笑的时候都不多。但为了装疯卖傻，蒙骗大将军曹爽，先是笑、装笑，又是大笑、假笑，终于把曹爽派来探病的亲信笑糊涂，笑得真病假病不分，信假为真。司马懿的笑真瘆人。

司马懿的儿子司马昭倒笑得不隐蔽。司马昭之心路人皆知，司马昭的笑也毫不掩饰，当笑则笑，天下尽在手中，司马昭不愿委屈自己，但他可能没有想到，他没能当上皇帝，圆其一生之皇帝梦，竟是因为笑。据史料上说，司马昭看到西蜀已平，受封晋王，且魏王已牢牢掌握在自己手心之中，遂欢歌笑语，谁料大笑之后竟然中风，估计是心肌梗塞，一命呜呼。因笑司马昭至死未能圆了他的皇帝梦。

最能忍住笑，憋住笑，该笑不笑，装淡定装气度的当推东晋时的宰相谢安。

公元三八三年，前秦皇帝苻坚亲率八十多万大军征讨东晋，要一举统一中国，大军渡江，"投鞭断流"，当时东晋仅有八万多军队，胜败早已无任何悬念。

但决定战争胜负的因素有些是很偶然的，但偶然因素却往往导致战争的胜负。符坚大军兵败如山倒，"八公山上，草木皆兵"，此时此刻作为战胜方的东晋宰相谢安在得到前方捷报后，本应纵情欢笑，朗声大笑，和众人欢呼胜利，淝水一战，东晋国之安矣，民之安矣，天下定矣。但谢安真能装，真能伪装自己，脸若平常，依然观看他人下棋，仿佛还看得很耐心很认真。直到别人都按捺不住焦急的心情问前方战事如何？这可是关系国家命运的一战，而谢安竟然面若秋水，淡淡地说了一句："小儿辈大破贼。"话语连声调都未有起伏，脸上一丝笑容都没有，神情如此淡定，谢安何许人也？只是他进屋时内心过于激动，趋于狂喜，竟然踩断了木屐的后跟。史书上再无他言，我判断，谢太傅关起门，闭紧窗，赶尽下人后会仰天大笑，放声狂笑，笑得前仰后合，笑得五官挪位。

二

何时该笑，何时不该笑；何时能笑，何时不能笑；何时能大笑、媚笑，何时不能咧嘴笑；这笑里有学问。

东晋孝武帝不懂笑的学问，他可能是不该笑时开玩笑而被谋杀的第一位皇帝，孝武帝死得窝囊，死得憋屈，也死得活该。

三十五岁的孝武帝是位典型的酒色皇帝，且战斗力不弱。一次酒色高潮之后，对他的一位贵妃张贵人说，朕有美女如云，爱都爱不过来，你年纪已大，朕要废了你再封新贵妃。说完得意地狂笑。没想到他宠爱的张贵人亦非等闲之辈，她把孝武帝的得意之笑看成是狰狞之笑。她决不能让笑语成真。张贵妃真能耐，她给酒后熟睡的孝武帝蒙上数床大被，然后活活将晋孝武帝闷死。

晋孝武皇帝司马曜死于自己一声有心无意的酒后笑。

董卓的笑是另外一种笑，他笑得极残忍，让听者不寒而栗。每当他高兴时，不像正常人看歌舞听音乐或吟诗诵文，董卓高兴了，在宴前令带上数百俘虏，当场杀戮，且是极其残忍地在百官面前把活人大卸八块，活生生肢解，被害人哭天喊地，痛苦得呼喊哀号，绝望地嘶叫求饶，吓得来宾魂飞魄散，冷汗如雨，两股战战，而董卓却哈哈大笑，仰天大笑，纵情大笑，笑得极度开心，极度轻松，极度欢快。

无独有偶，北齐皇帝高洋亦然。酒酣之时，令人把犯人、俘虏押到席前，用木匠的工具，用木匠锯木头的办法，把活人肢解了，望着被害人痛苦万分的表情，听着那一声比一声凄惨的呼叫，高洋像得了什么宝，吃了什么鲜一样，高兴地大笑，笑得那么自信自得，自欢自乐，笑得那么不可理喻，不可理解。别人几乎吓死，他却几乎笑死。真乃魔鬼般的笑。不怕"座山雕"叫，就怕"座山雕"笑，"座山雕"笑算得了什么？

女人笑一般都笑得美丽，笑得灿烂，笑得漂亮。"回眸一笑百媚生。"

杨玉环压倒三千宠爱独享皇帝之爱情，笑是其爱情的诞生源之一。杨玉环的笑是千古名笑。自杨玉环以后，似乎再无"回眸一笑百媚生"一说了。

但也有"二般"的女人。笑得难看，笑得瘆人。

西晋有位"白痴"皇帝晋惠帝曾因一句"何不食肉糜"而"名垂青史"。晋惠帝的皇后是西晋开国元勋、朝中权臣贾充之女贾南风。贾南风嫁给傻皇帝，她有追求幸福的自由，言其淫秽、淫荡小有不公，其公公晋武帝后宫能有三万美女，选美能全国禁婚，坐羊车幸美人，而贾南风找十几个帅哥恐怕也难言之如何。同样更不能因为贾南风长得黑粗且恶就不许她放荡？让人恶斥的是这位皇后，每当和帅哥亲热够了，快乐而抒情地笑后，这位和她床上共枕的帅哥便从此消失、蒸发了。杀人供乐，贾南风够残暴凶恶。她那一笑实际上就是送葬号。贾南风不会像董卓、高洋一样地狂笑、爆笑、大笑，但她的笑是阴笑、毒笑、鸫笑、不露声色的笑。这种笑也要命。就是在这种笑中，贾南风操纵朝权杀太子，杀重臣，杀封王，直到乱了朝纲乱了国，闹出了西晋"八王之乱"，她自己想学西汉的吕后没有学成，把刚刚统一了的国家折腾成四分五裂，国破家亡。

三

不该得意，不能放肆的时候不能笑，不能忘情地笑，笑也得偷笑，否则是笑不到最后的。

唐朝有位宰相名唤李林甫，李在中国成语中留有一著名成语：口蜜腹剑。李林甫会笑，会谄笑，会装笑，会伪笑；心里杀气腾腾，表面上却笑容满面，多大仇多大恨都埋在心中，都笑在脸上。结党营私，拍马溜须，阴谋诡计，都在一团甜笑之下进行。李林甫靠他的口蜜腹剑终于从一名青衫小吏爬到了穿紫袍的高官之位，当时的宰相是"开元盛世"的名相张九龄，李林甫依然依靠老办法，扳倒张九龄，自己粉墨登场。看过李林甫的石刻像，的确是一脸和气，有一脉淡淡的浅笑，且让人感到笑得很诚恳。

唐代的十大酷吏个个都是人间恶魔，像索元礼、周兴、来俊臣以杀人为乐，以酷刑为业。让人奇怪的是这些人间魔鬼并非凶神恶煞般审问施刑，恰恰相反，他们常常在谈笑之间制造人间冤案，创造人间酷刑。像"请君入瓮"一类的酷刑就是在推杯换盏之间，谈笑风生之际出台的。那种笑能让鬼神都战栗。

谄媚是后天的，媚笑似乎是天生的。唐时的酷吏其一为郭霸，不但谄媚确有功夫，媚笑更灿烂，能笑得像春天的桃花秋天的菊花。他在武则天面前可谓笑脸似花口甜如蜜，专拣武则天爱听的献媚。武则天最恨徐敬业，郭霸说："我恨不得拔其筋，吃其肉，喝其血，抽其髓！"武则天大悦，给他加官晋爵，封为监察御史，被人戏称为"四其御史"。

明朝还有"两字尚书"。让皇帝从内心笑也要下真功夫。

明宪宗皇帝朱见深从小就口吃，且越来越严重，尤其是当了皇帝要在满朝文武大臣众目睽睽之下办公，口吃越发严重，常常一个字憋得面红耳赤，张口结舌。朱见深深感痛苦，常常不愿上朝，更不愿张口。当时有位鸿胪寺官员施纯真下功夫，估计他把口吃人念吃音费力的字都一一推敲过，因此，不失时机地上奏，请皇帝把"是"以"照例"代之。两个字看起来比一个字在读音上要负担重，但在发音上却自然轻松许多，也流畅得多，不拗口，不吃音，不憋腔，朱见深一试，果然极爽，喜从心来，笑容满面。一笑之后，加官晋爵，一直封到尚书加太子少保，从四品官员一跃为一品大员，可谓飞黄腾达，也流传下"两字得尚书，何需万言出"。

笑也分痴笑、呆笑、傻笑，中了邪着了魔也笑，且是鼓掌大笑。范进中举以后的笑就挺执迷也挺神秘。

吴敬梓懂得笑里有学问。他那本《儒林外史》中最精彩、最叫人、最让人记忆的就是范进中举，就是范进那三笑。范进的"三笑"不比唐寅的"三笑"，唐伯虎的三笑是风流的笑，爱情的笑，才子佳人眉来眼去时的笑。而范进不同，老范既不风流也不倜傥，几乎穷得揭不开锅，处处受气，人人都可以指着鼻子训诫他，活得异常可怜、可悲、窝囊、卑琐，被老丈人胡屠户当面骂得人不人鬼不鬼的。范进有可能忘记了笑，他可能已经不会笑，不敢笑，不能笑，也笑不出来。但他中举以后，竟然一脚踏翻天，咸鱼也翻身。吴敬梓言其有三笑：一笑是看了一遍报帖，不看便罢，看了一遍，又念了一遍，自己两手拍了一下，笑了一声："噫！好了，我中了！"说着往后一跤跌倒，牙关咬紧，不省人事。二笑则是刚醒过来，爬起来又拍手大笑道："噫！好！我中了！"这第三笑是老范神神癫癫一脚踏进池塘，一身泥一身水，还不如落汤鸡，披头散发，两手黄泥，傻子疯子一般拍着双手大笑着竟然直奔集上去了。范进的"三笑"比唐伯虎的"三笑"更深刻、更尖锐、更无情、更真实。

其实人到极致化为笑，喜怒哀乐皆可笑。相逢一笑泯恩仇，笑里有多深的沉淀？有多厚的内涵？有多少笑出笑不出来的内容？"仰天大笑出门去，我辈岂是蓬蒿人？"李白为何笑？又要仰天大笑？为何大笑未大哭？谁能言尽李白当时是一种什么心情？金庸先生指点江山称笑傲江湖，非笑不能傲江湖。

但有的人笑，笑得也特别。清雍正王朝和硕亲王弘昼，最大的乐趣是过死人瘾，假装自己死了，让里里外外的宾客家人、朝廷大臣都吊丧跪在灵堂里大哭，这位平时不笑尤其不大笑的王爷，看到此景竟然高兴地大笑，并且亲自吃自己的祭品，边饮酒边欢笑，直笑得周围人都莫名其妙，笑得家人后脊梁直发毛，笑得雍正皇帝生了气。

一九〇〇年秋，八国联军攻入北京城，日本政府的钦差大臣叫小村寿太郎，趾高气昂，不可一世地来到北京，鼻孔都翘到天门上了。他当众要羞辱李鸿章，把一口脏痰吐到中国政府脸上。他拿出早已准备好的一副楹联让李鸿章对，那副楹联的上联是"骑奇马，张长弓，琴瑟琵琶，八大王，王王在上，单戈独战"。这是个拆字联，意思是：日本驾神马，张满弓，琴棋书画无所不通。"大王"有八位，个个在上，单枪匹马就能踏平中国。这位日本钦差大臣得意坏了，抱着双肩，耸着脖子，又斜着小眼一声声时高时低地冷笑、阴笑、嘲笑、皮笑肉不笑、装腔作势地笑。这小子心里笑开花，他想把中国人彻底征服，他早就作好预案，一旦李鸿章手足无措，张口结舌，他就会仰天大笑，纵情狂笑，笑你中华天下无人。

李鸿章瞥了一眼"小日本子"，看他跳梁小丑似的表演，看他那并不高明的外交陷阱。李鸿章思忖片刻，大笔落素绢，一气呵成，令所有在场人皆目瞪口呆："倭人委，袭龙衣，魑魅魍魉，四小鬼，鬼鬼犯边，合手擒拿。"李鸿章掷笔捻须微笑，笑看眼前那群日本人，不敢笑，不能笑，笑不出来了。

四

其实，笑有各种各样的，千奇百怪的，有用嘴笑的，还有用舌头笑的。

一九五一年爱因斯坦七十二岁生日时，新闻界和科学界聚在一起为爱因斯坦祝寿。记者们希望爱因斯坦笑，笑一次，因为很少有人见过爱因斯坦笑，可能根本就没有人见过爱因斯坦笑，所以才提出希望爱因斯坦"对镜头笑"。谁都没有想到爱因斯坦对着记者们的照相机镜头，吐出自己的舌头，让舌头微笑，或叫"微笑的舌头"，公认"这微笑，百分之百爱因斯坦制造"。这张留世的照片我见过，那天爱因斯坦好像并未修面，头发也零乱着，眼睛圆睁，长长地吐出舌头。舌头微笑，天才的笑也别有风格。

有一个人的大笑，放声朗笑，纵情大笑，仰天欢笑，在联合国大会上那么庄严肃穆的殿堂上，当着那么多国家的外交家、政治家，那样的大笑，恐怕是空前绝后的，那就是乔冠华。乔老爷在一九七一年联合国大会上的一笑，那一笑可以说流芳千古。那一笑是代表着中国也是代表着世界七十六个国家笑的。一九七一年第二十六届联合国大会，进行了历史性的投票，七十六票赞同，三十五票反对，十七票弃权，通过恢复我国在联合国的合法地位的两千七百五十八号决议。

乔冠华作为中国代表团团长，该笑，该大笑，该开怀大笑，该忘情地笑，该舒舒服服地笑，该自由自在地笑，尤其应该在联合国大厅内仰天大笑，开怀大笑。乔老爷笑得纵情、放达、舒心、自由、忘情，也笑得漂亮、潇洒、任性、奔放。乔冠华酣畅淋漓的大笑，被西方记者称为："震碎了议会大厦的玻璃"，可以说是空前绝后的，震撼联合国历史的。

　　乔冠华这张在第二十六届联合国大会上放声大笑的照片得了普利策新闻奖，非常遗憾，那张照片不是我们新华社记者现场抓拍的，而是由一位叫梅尔·芬克尔斯坦的美国摄影师现场拍摄的。我一直认为，乔冠华那一笑是笑中最豪放的，最有内涵的，最值得回味的，现在仿佛依然能听见乔老爷那兴奋的朗声大笑。

终归一个"土馒头"

莫道棺材乃阴间冥物，见棺如官，见材如财。路遇棺材，求之不得。早年间，京城王侯贝勒爷出殡出棺，非亲非故想求缘求官求财的人要花上银子买上冥钱，早早站在道边，虔诚地祈祷，见到十八抬大棺材要顶礼膜拜，一头磕在黄土道上。

光绪三十四年，鬼节的朗朗月夜，时任清光绪军机大臣的醇亲王在他什刹海后海的醇亲王府开了一个规模不大，但品位极高的"堂会"，会后请各位来宾大员参观他的"寿材"，棺材也。西殿正堂摆着一副"大料"，此时此刻，来人方知，醇亲王为何对月而歌，对水而鸣，对众而乐。那副"大料"，官名金刚寿材，讲究声如磬，明如镜，重如金，色如胆，味如香。难怪醇亲王乐得合不拢嘴，众人皆喜上眉梢，献上恭维之言不说，更是争相抚摸，都暗暗许愿，增寿增福增爵增财，百年之后也能有福住进此等阴宅，也不枉阴阳两世。

在中国，考证不出多少年始出备棺如同备官，备材犹如备财。不仅帝王将相家，平头百姓亦然。当年齐白石从湖南千里迢迢闯荡北平时，家当不多，接近贫穷，但却随身携带一副"寿材"，这副松柏木的棺材就摆在他住的跨车胡同正房西间窗户外的走廊上，上面苫着防雨的油布。有一次几位友人来访，不知齐白石是显摆还是讲风俗，轻轻拉开苫布，原来是口棺材，白石先生不无几分得意地说，古来终将有去处。以后齐白石的画渐渐走红了，他就又从老家置办了一副更好的棺材。据说白石老人很会算账，认为用二十幅他的画换那么一副"青花钢"硬木棺材，是占了便宜了，但后人算账说，白石先生可是吃了大亏了，按价，白石先生的二十幅画留到现在至少值十几个亿，恐怕能买十副水晶棺材。即便那样，齐白石仍然没有把西间窗根下的那副松柏板的棺材卖掉。老人家可能舍不得。据说当年作画累了乏了就走出屋去西房窗根下看看，摸摸那凉森森的棺材，也真奇怪，疲劳困滞立马烟消云散。

几乎和齐白石同时代的梨园大牌金少山，号称"十全大净""金霸王"，曾唱红整个京城整个梨园。他曾经为自己置下一副极罕见的檀木棺材，视其为掌上明珠，每天练完功都要看油漆匠为其刷漆。晚年因年老而技衰，不能登台唱戏，又有抽大烟的嗜好，临到新中国成立前，卖房子卖地卖了一切，最后不得不卖了那口被他视之如命的棺材。金少山死时极凄惨，头枕半截砖，身躺半领破席，一无所有。还是梨园的旧友为他凑钱买了一口松木棺材才下的葬。

又想起宋代风流才子柳永，死时只剩一领薄衫，无亲无故，无依无靠，也无钱无地，是青楼女子集体捐钱，为柳三变置办了一副又大又厚重的柏木大棺材，且为柳三变收殓送葬。在中国历史上完全由青楼妓女操办棺材、墓地，由妓女们送葬、出殡，柳永当为第一人。据说棺材上还刻有字，但已遗失，无人记取。

一九四〇年五月，张自忠将军战死在沙场，其下属组成敢死队冒死从日寇手中抢回张自忠尸体。全军上下都有一个心愿，给张总司令找一副好一些的棺材装殓将军。最后找到一位清末光绪年间的武举人家中，老人家中停放着一口楠木棺材，据说已经上过四十九道漆，停放了二十多年，但那是老人的寿材，老人家也年迈苍苍，几乎天天看着自己的"阴宅"。没有人敢向老人家开口。据说负了伤的敢死队队长来到老人家床前，双膝跪倒，含泪对老人家讲述了张自忠将军是如何战死的，当讲到给张将军净身时发现身上有八处伤口，炮弹伤有两处，刺刀伤有一处，枪弹伤有五处，其悲壮之况难以口述。那位敢死队队长痛哭不已。老人家让人架着，一直架到停放棺材的小北屋，把那口闪着漆光的大棺材从头至尾细细地摸了一遍，老泪不禁滴在棺材上。最后示意：抬棺材！

棺材抬到院里，老人家让人架到院里；棺材抬到街上，老人家让家人架到街上。这时他才看见满街都跪满了人，黑压压的一片，都在向他磕头致敬。老人家老泪纵横，他甩开家人双膝跪倒在地，对着缓缓移动的棺材说了一句话："送棺如送人，给张将军送行了！"

现在城里五十岁以下的人几乎没有见过棺材，六十岁以下的人几乎没有人见过棺材铺。棺材伴随着中国人走过了漫长的几千年历史。它没有看见人的诞生，却装载着人的死亡。司马迁说，人固有一死，或重于泰山，或轻于鸿毛。司马迁没有说到，人固有一死，或黄土埋身，或葬于棺材。

棺材是人类从原始、从野蛮走向文明的标志之一，也是人类智慧的结晶。谁发明的棺材已无据可查，它可能是人类文明的必然，就像没人能说出谁是火的发现者。最早华夏子孙去世，是挂在树上，死在路上，弃在坡上，丢在石上。几乎和动物的死去毫无区别。大约到了夏王朝的后期，装殓逝者的木匣已经出现。到商王朝的后期，棺材即已出现，随后的周王朝，埋葬天子，不但有棺，已有椁，且不是一道。甚至可以说中国祖先的文明进步，最突出、最明显、最值得彰显的就是棺椁。中国文化已经把阳间的繁荣奢华、文明进步讲究到阴间，这从生到死的进步应该说也是一种文明的飞跃。

春秋时代天子驾六，三椁两棺。但其实已然礼崩乐坏，诸侯纷纷摆起天子的谱，甚至不是天子胜似天子。

从已发掘的秦景公的秦公一号大墓看，其规模、质量、陪葬品都远远超过周天子，比河南安阳商王的墓要大十倍。其中棺椁之讲究、之构造，让所有进场的专家瞠目结舌。棺椁之外的木炭层最厚处竟达三点三米，石膏泥厚达一点五米以上，棺分三层，棺有双棺、黄肠题凑，标准的春秋天子之葬。黄肠题凑乃古语、术语，黄肠指黄心的柏木，题凑是说将黄心的柏木加工成像今天铁路铺轨用的枕木状的柏木料，然后木心向里，木头相对，围绕棺椁，铺成二层或三层敦敦实实的黄心柏木"房"。秦景公用了七百六十四根一水儿的黄心柏木，其中最长的一根竟有七点三米，重达八百多斤。要十个军汉才能把它抬下墓坑，因为当时制作的棺椁太大太重，要把这庞然大物运到墓室，只好延长墓道，秦公一号大墓的东西墓道，相加竟有三百多米。据考证，春秋战国时代，墓葬棺椁的用料为百年乃至千年的古柏，且完全用榫卯结构。随着中国古代墓葬文化的不断成熟和冲高，中国墓葬文化中的棺椁的制作也在不断由实用转向奢侈。高雅、豪华、艺术，这也标志着中国封建文化的成熟和善美。

但中国棺材在什么年代逐渐变成一头大一头小？因何而变？何时而变？几乎成了一道无解之题。

比中国文明更古老更悠久的古埃及墓葬文化中的棺材用来装殓木乃伊的是挖空的一截原木，而中国人至少在公元前二十一世纪至前十九世纪时已经开始用棺材下葬。至少到西汉，用来做棺材的最上乘之料，已经用上金丝楠木，俗称楠木棺材。二〇一四年夏，我去江苏盱眙参观考察大云山汉墓，墓主是汉景帝刘启之子、江都王刘非，刘非下葬的棺椁使用的是极为珍贵的金丝楠木，虽经两千多年叩之仍然有金属之声，从棺材上残存的漆皮看，刘非的棺椁上至少应该刷过数十道高漆，并绘有神秘的图画。非常可惜，由于大云山汉墓被盗严重，已经很难辨判在刘非的棺椁上绘的什么图。据推测，极有可能是彩绘，绘的是当时人们想象中的另一个世界的极乐生活。甚至可能是公元前的艺术家所想象的宇宙和天地之外的生活。从棺材上可以清晰地看出，中国文化在先秦乃至西汉时期的飞速发展和高度文明。

曹雪芹先生对棺材有研究。

《红楼梦》第十三回"秦可卿死封龙禁尉，王熙凤协理宁国府"一文中，曹雪芹先生说到为秦可卿做棺材时薛蟠说道："我们木店里有一副板，叫作什么樯板，出在潢铁网山上，做了棺材，万年不坏。"曹雪芹先生说："只见帮底皆厚八寸，纹若槟榔，味若檀麝，以手扣之，叮当如金玉。"原来这副棺材板是为义忠亲王老千岁准备的，只因为后来这位老千岁"犯了事"才把这副世间罕见的木料闲置在薛蟠家的店中。这是一种什么木材？问之皆曰，应是一种极罕见的海南紫檀木，当时是有价无市，现在应该是无价无市。曹雪芹家是大家，曹先生应该见过这种棺材。想起林黛玉《葬花词》中一句"悼词"："天尽头，何处有香丘？"当年已七十三岁高龄的李鸿章为国难奔走欧美，随行竟让人抬着自己的棺材，随时准备"马革裹尸"。在古今中外的外交史上，抬棺出访，李鸿章当为空前绝后！可以死在天边，但不能黄土掩面。

光绪三十四年十月二十一日酉刻，三十八岁的光绪皇帝突然病亡，但他的棺材却早已备下了。皇帝的棺材叫"梓宫"，这座"梓宫"有多大多重？据清史记载，抬"梓宫"的杠夫一共有七千九百二十名，每天分为六十班，每班一百二十八抬，另外还有帮夫二百四十人，随时准备替换体力不支抬不动的杠夫。从"梓宫"起杠的景山东门起，经地安门走过阜成门，几乎走了整整一天，这棺材不愧为"宫"。真正见过"梓宫"的人不多，因为"梓宫"之前有排出五里多长的法驾卤簿仪仗队，两旁牵绳引带打旗穿孝的不计其数，从景山东门到阜成门尚未出城，就撒纸钱九十多万枚，重达一千多斤。而"梓宫"是由一根前安龙头，后镶龙尾的大杠为轴儿的"独龙杠"支撑。高高的金黄伞塔，四周镶龙的黄金纬床，把棺材装饰得严丝合缝。只能看出"梓宫"每移一下都仿佛移山般沉重。

　　当然，也不是所有帝王的"梓宫"都那么光彩，都那么讲究。隋炀帝被权臣宇文化及发动兵变缢死后，隋炀帝的尸体无处装殓，中国历史上最富有争议的一代帝王面临黄土掩面，最后是萧皇后和宫人在仓促之中，破床板改棺材，草草制作了一领薄皮白茬棺材，才把隋炀帝埋葬了。

　　清慈禧太后的棺材也神奇，一说是金丝楠木所制，一说是海南黄花梨，也有一说是小叶紫檀。神奇的是慈禧棺材是独板所做。据说慈禧差人在全国整整寻找了四十年，才找见这棵树王，高二十多丈，胸围十围，从伐倒到拉出深山老林就用了一年零二个月。整板整料，其厚皆八寸以上，油彩总在一百二十八道以上。慈禧皇太后对自己最终要住进去的"梓宫"是极其操心的，上有所好，下必甚焉。慈禧皇太后的棺材做得可谓"固若金汤"。以至于当孙殿英的部队历经千难万险来到地宫时，几乎对慈禧的"梓宫"束手无策。怎么也打不开棺材盖，最后找来长柄的大铁斧，抡圆了劈，费了九牛二虎之力总算把棺材打开。

　　开棺之景，几乎惊倒了所有在场的人。但见"慈禧太后平卧锦衾，颜面依旧，肤色则像刚刚死去的一样，二十年的尸体毫无腐败，依然完好。慈禧的凤冠、凤袄、裙带鞋履，以及一切殉葬的衣衾一应俱全。珠光宝物，熠熠发光，照耀得墓穴内犹如白昼"。（《盗陵将军孙殿英》）专家们称这都和慈禧棺材材质有关，都和慈禧棺材密封有关。都说慈禧的殉葬品哪样哪样是国宝，其实慈禧住的"梓宫"才是真正的不可再得的国宝。

　　中国有句老话：盖棺之定。其实盖棺也难定，据专家估计在中国被盗的陵墓恐怕要以百万计，而每座被盗的陵墓几乎都是盗破陵墓，然后劈碎棺材破棺而盗。许多堪称不朽的中国墓葬文化的结晶随着斧劈刀砍，被破碎肢解，荡然无存，那是中国文化不可挽救的损失。皇帝藩王大臣的棺椁上凝聚着中国当时最杰出最优秀最经典的绘画艺术，漆画艺术，金箔画艺术，美术、雕塑艺术，鎏金艺术，镶嵌艺术，天文、地理、阴阳八卦、神话传说，简直可以说是包罗万象，无所不有，且都是当时最杰出、最有名、最"高段"的"艺术大师"完成的，它们都是当时文化艺术、工艺美术的代表作，非常可惜，也非常无奈，它们都在盗墓者的贪婪和欲望中化为乌有。

一九五六年五月，由中国政府组织对明十三陵的定陵进行发掘，这是中国政府第一次，也可能是最后一次对皇帝陵进行发掘，历时两年零两个月。发掘的成果不是此文所涉及的，令人不解的是，当年发掘的明万历皇帝的棺椁不知为什么竟然被当作无用的垃圾扔在定陵宝城外的山沟里，这可是给皇帝做棺材用的金丝楠木，都是厚过八寸、长过八尺的大料，虽然在地下经过四百多年，可能有所朽变，有所腐蚀，但不会有大变。据有关材料记载，不知为什么，竟然像扔烂劈柴一样给扔掉了。当时在幕后和现场指挥发掘的绝对不乏大家、专家、方家，为什么会把皇帝的棺材板随便扔掉呢？由此还引出数条人命。据《风雪定陵》中记载，被丢弃的金丝楠木棺材被两位农民发现，当时拖走，虽然他们不知此为何物？但却看出这朽烂外表里面是一副尚好的木料。于是一户农民拉回家，给老伴和自己做了两副寿材，没想到第一副棺材刚刚做好，老伴突然就不明不白地死去了，第二副棺材也是刚刚完工老头儿也是一命呜呼，一时远远近近，传得沸沸扬扬，神神秘秘。

另一位捡到金丝楠木棺材板的农民一开始也是喜出望外，拉回家后做了两只大躺柜，端端正正摆在堂屋里，谁看了谁羡慕，谁看谁都多少有些嫉妒。有人传皇帝的棺材板不是老百姓随便用的，说得让人心惊胆战，悲剧还真发生了。有一天这家夫妻回家后发现儿女都不见了，急得四下寻找，后发现四双孩子的鞋都摆在大躺柜前，急忙打开躺柜，其惨状让人浑身战栗，惨不忍睹。原来四个孩子玩游戏躲进大躺柜中，不知为什么，躺柜的柜盖自动落下，而柜盖上的铁挂钩正巧扣住躺柜的锁鼻上，四个孩子曾拼命挣扎过，他们的十指都渗出鲜血，柜壁上布满了孩子们挣扎求生的痕迹，最后他们都痛苦万分，窒息而死。这四个孩子为兄弟姐妹，最大的孩子才十二岁，最小的女孩刚刚五岁……

据说人们都害怕皇帝的棺材板，害怕它会给村民再带来什么孽恶，就用柴火把它们烧了，没想到那皇帝的棺材板会发出那样一种怪怪的味道，一种腻人的香，香中还带有丝丝的甜味儿，人人都害怕，避之甚远。后来请教专家方知，那才是真正的千年的金丝楠木香，连那些专家也只闻过几片金丝楠木木屑的燃香。

棺材承载着人类文明走过整整数千年，而如今在中国已经渐行渐远，渐远渐无，也应该给予对人类文明做出贡献的棺材正名。它是属于物质文明还是非物质文明？

何处黄土不埋人

据柏杨先生考证：中国一共出现过八十三个王朝，五百五十九个帝王。据我所知，中国几乎所有王朝所有皇帝都"盖棺难定"，即使是秦始皇亦然，司马迁就坚信秦始皇的陵被盗、棺被开。但元朝历经一百六十二年、十四个皇帝，其陵其棺却未被盗被挖，中国的盗墓贼可谓"道高一尺，魔高一丈"，无陵不被盗，无墓不被毁，成吉思汗有何功何能能保住元陵安然无恙？

公元一二一九年成吉思汗率军西征，蒙古军队太强大了，可谓所向无敌，一举荡平占领了中亚五国，前锋竟然胜利突破印度河。其铁骑一部横扫伊朗北部，又越过高加索山，打败俄罗斯和钦察人的联军，直抵克里木半岛。成吉思汗是怎样训练他的军队，怎样指挥他的军队的，就像他的陵墓一样让后人不可思议。一二二七年，在扫荡西夏国的战争中"一代天骄"终于因病而故，成吉思汗的陵墓就开始被世人所关注。蒙古人和汉人在殡葬上的不同反映了两个民族的文化、生活、追求、信仰的不同。东汉王朝经历二百二十年，竟有二百一十年是在修皇陵，国家第一号工程就是修皇陵，全国征召能工巧匠，朝廷亲派大员寻找棺木。"事死如事生"的儒家思想不但为皇帝所接受，群臣百姓亦然，而且已经形成墓葬文化、墓葬传统，甚至墓葬思想。成吉思汗非然，他有自己民族的文化和传统，他在皇陵中独树一帜，没有查到成吉思汗生前是否为死后着想的史料，史书上说其"刳木为棺"，即找一粗实原木从中凿开，在原木中挖出一个和真人一样大小的空间，然后把尸体放进去，再把原木合在一起，这就是成吉思汗的棺材。其下葬亦特殊，出殡不声张，绝不大张旗鼓。搞得天下人几乎无人知晓。成吉思汗的枢车在途中，凡遇行人，无论官民，一律杀之，杀人灭口，悄然到达目的地后亦不声张，只有极少数亲王、公主到场，只作简单祭祀即入土为安。棺入土亦非汉民族儒家所致，起高丘、建祭殿、设围地、置"墓民"、设军队。蒙古棺入土讲究"密葬"，陵墓不起坟冢，不建殿堂，而是除挖一洞把棺深埋，然后复原，放出成百上千匹骏马，将埋葬成吉思汗的地方踏平踩实，然后再植上牧草，和千里大草原浑然一体，就像海洋一样，没人能在海面上准确判断出哪片水面下面有礁有石。唯一留下的线索是在埋葬成吉思汗的地方当着母骆驼的面杀死它的小骆驼，等明年周年之际再让那只母骆驼引路来到杀死小骆驼的地方祭奠成吉思汗，仅此而已。待那只母骆驼死后，则唯有萨满神知道陵墓所在。成吉思汗葬在蒙古的起辇台，后来蒙古的大汗，元朝的皇帝死后也都埋葬在那里，七百多年过去，元朝皇帝的陵墓至今未能找到，成吉思汗安静地盖棺而眠。

中国曾有十几支考古队带着洛阳铲在起辇台下过功夫，皆无功而返，成吉思汗的陵墓太神奇了。二〇〇八年十月二十七日新华社曾发过一条电讯，说美国加利福尼亚大学圣迭戈分校的科研人员计划用三年时间，采用最先进的、无破坏性的探测技术寻找成吉思汗的陵墓，现在已然过去八年了，全然不见踪迹，成吉思汗太伟大了，他究竟把棺材埋在哪儿了？当然也有人说，任何陵墓都逃脱不了盗墓者的手心，古今中外皆然，成吉思汗的陵墓没有被盗墓者发现是因为其墓为"白墓""空墓"，除那具刳木为棺的朽木，剩下的只有"一代天骄"的遗骨，没有盗墓贼会费九牛二虎之力寻找那截"原木"。成吉思汗生前所向无敌，死后也无人能敌。成吉思汗是"刳木为棺",而古希腊则是凿石为棺。我想那该是用意大利大理石做的棺材。

十九世纪美国出了一位"盗墓大使",此人名海因里希·谢里曼。曾在美国南北战争中发了横财,打造出一个富可敌国的庞大商业帝国,用中国话说,这位美国大亨剑走偏锋,竟然弃其"帝国"于不顾,一心一意,攻读三千多年前的古希腊著名盲人诗人荷马的史诗,不知道这位高度商业化的"大鬼"是怎样研究《荷马史诗》的?他坚信《荷马史诗》所记述的特洛伊战争发生过,而且特洛伊古城亦存在。谢里曼抛弃了他的商业帝国,他率领他的考古团队直奔希腊半岛,他要重现三千多年前的古希腊。谢里曼犹如中邪,一手拿着《荷马史诗》,一手拿着手铲,用中国话讲叫"按图索骥"。不知道是苍天不负,还是歪打正着,谢里曼验证了《荷马史诗》记载的真实性。他终于挖掘出特洛伊古城。随之又挖掘到了阿伽门农陵墓,就是国王之墓,这中间经过了漫长的八年。谢里曼挖掘出了阿伽门农的棺材,那是一副巨大、坚实、浑厚,极其漂亮美丽壮观的石棺。谢里曼没顾上细看那具有历史意义的石棺,对于谢里曼来说,更重要的是他发现了黄金,他揭示了一个黄金帝国,其黄金数量之多之丰富竟然远远超出谢里曼的想象。谢里曼曾激动地说:"全世界所有的博物馆的黄金藏品加在一起,数量也不及它的五分之一。"阿伽门农墓完全是巨大的石块砌筑成的,墓道内也置放了大量的巨大塞石,东西方的墓葬思维虽相隔万里但似乎是相同的。所不同的是,东方的商王朝"玩"的是青铜器,而古希腊人"玩"的是金器,陪葬的物品中几乎全部都是金器,金王冠、金叶子,各种金饰金件,甚至有金狮子、金鹿、金蛇、金鸟,其中最重要的发现就是古希腊君王戴的金面具,做得栩栩如生,五官端庄。我去希腊时曾经和一位博物馆的专家探讨,这个黄金面具是怎样做出来的呢?我的看法是先在死者的脸上浇上蜡液,成型后揭下再做成模板用黄金金液浇成。而在东方,西汉时的君王墓葬用的是金缕玉衣。古埃及人墓葬的办法和东方人也不一样。他们不像东方人在墓葬的地方起高土，筑高冢，砌四墙，建宫殿，修城堡，开城门，而是在沙漠上建金字塔，用巨大的石块垒起的庞大的金字型宝塔直指苍穹。秦始皇的大墓和金字塔的矗立代表着两个民族，两种文化，两极追求。什么样的陵墓也挡不住盗墓人的贪婪。我曾顺着盗墓人挖的通道，半爬着进入埃及最高大的胡夫金字塔，当我用手仔细地抚摸那棺室中大理石的石椁时，我充满了疑虑和不解，这么巨大、厚重的一块原石，古埃及人是用什么工具怎么样把它碹凿成一个棺材的？在三千五百年前这简直令人匪夷所思。最令我感到震惊的是图坦卡蒙的黄金宝石面具。

　　当图坦卡蒙的石头陵墓被发现挖开以后，谁也没有想到大约在两千多年前竟有先行人。盗墓者无所不至，无所不能。但古埃及的盗墓者为什么盗墓？为什么和中国的盗墓者不同？中国的盗墓贼潜入墓室后，会毫不犹豫毫不手软地把墓室中的金银财宝和所有能盗的全都盗光，然后还竭尽其能对墓室进行破坏，甚至放火焚烧。但古埃及的盗墓者千难万险盗进图坦卡蒙的墓室后，竟然几乎未拿墓室的"一草一木""一针一线"，也没有对墓室进行报复性的破坏，要知道图坦卡蒙墓室中黄金宝物不可胜数，随便拿走一件都可谓国宝，但那拨盗墓贼却像参观者，他们盗墓的目的似乎就在于过程。图坦卡蒙的墓室即终点，他们跑到终点就是胜利。不可思议的古埃及盗墓贼。

　　什么叫金玉满堂？什么叫珠光宝气？什么叫金碧辉煌？什么叫珠宫贝阙？什么叫黄金屋？图坦卡蒙的墓室即是。

　　图坦卡蒙的棺椁多达七层，层层是宝，宝中之宝。据我所知，中国的墓葬，未有七层棺椁的，即使是皇帝也不过是三层棺椁，秦始皇的棺椁有七层？

　　图坦卡蒙的棺椁前四层皆木棺，什么木质的棺材无史料可查，但棺材四周皆为黄金覆盖，是一座名副其实的金镶木的棺材。在中国未曾见过帝王陵墓中有金镶木棺材的记述。且这种金玉其外的棺材上，有无数精美的金錾金镶金嵌图案。称其无价之宝恐不为过。五层是一具石英石雕刻的石棺，石棺的棺盖是一块玫瑰色的花岗岩石所制。棺盖上刻有阴文，估计在这个世界上无人能识。六、七层皆为贴金錾花的棺材，最内一层棺材竟然是具人形的纯金制作的棺材，其厚约三厘米，纯金棺材的工艺极为精湛，极为精巧细腻，金棺在中国闻所未闻，古埃及人真敢想，真能造。图坦卡蒙是古埃及十八王朝埃赫那吞法老的女婿，图坦卡蒙留在这个世界上的图像竟然是重达十公斤的黄金面具，看那黄金面具，图坦卡蒙够英俊，也够年轻。据史料记载图坦卡蒙不到二十岁就因病死去，他的葬礼办得真够隆重的，他那张黄金面具简直可以称为世界之宝，是埃及国家博物馆的镇馆之宝。让人惊心动魄的黄金棺材。

欧洲人不讲究厚葬，不追求事死如事生，这可能和地域文化及宗教信仰有关。欧洲人不会把一国之宝都心甘情愿地埋在地下。但欧洲人何年何代开始用石棺殡葬似无准确的说法。据我考证，欧洲人用石椁应该是随着战争的扩大不断推广，随着宗教的深入不断巩固。至少在罗马统帅、国父、共和国的"终身独裁官"恺撒被身刺二十三刀身亡后，被葬在一座白玉石的石棺中。文艺复兴时期法国最著名的国王弗朗索瓦一世和他的王后，生前也忙着后事，让中国人不可思议的是，他们忙着如何让自己死后更真实、更形象、更传神、更坦荡地留给后世。他们生前一次次审视自己的裸体石雕，死后，他们的尸体放在教堂的石棺里，而他们的裸体石雕竟然一丝不挂地躺在石棺之后，以至于当我走进巴黎圣丹尼教堂时，首先看见的是一男一女两双光着的大理石脚丫子。据说弗朗索瓦一世和其王后，前后审改过"七稿"，最后终于满意了自己的裸雕。他们似乎不在乎自己的身体如何，更在乎自己的裸雕要真实再现。

欧洲的名人、贵族、王孙、将军都在石棺中安寝，且几乎是"裸葬"，陪葬品几乎一无所有，而中国的皇族帝王是从一登基就开始修陵墓，把能带走的一切都带到地下。在欧洲从未听说"要想富挖古墓，一夜挖个万元户"，但欧洲也失去了墓葬文化和墓葬财富。

在西罗马的都城拉文纳的皇帝墓室中，一座座石椁摆放得庄严肃穆，欧洲人不讲究入土为安。值得炫耀的是那些石棺的制作都极讲究，硕大的石棺上雕满了充满宗教信仰、生活渴望、人民追求的浮雕，雕工都极细腻、极工艺、极艺术，每一座石棺都是一件精美的工艺品。在罗马卢多维西的石椁上雕刻的宏大的罗马军团的战斗场面，人马相战，刀剑相搏；人的拼死，马的挣扎，武士的凶残勇敢，伤残者的痛苦求助，都栩栩如生，仿佛是一幅石头雕成的历史。

我去过三次美国的阿灵顿国家公墓，曾三次被埋葬在地下的二十二点五万军人的墓碑所感动，我曾在《陌生人看美国》一书中用专门一节来描述它。相信凡是去过阿灵顿公墓的人都不会忘记它。在那绿草地上，一排排、一片片乳白色的墓碑，整整齐齐地排列在那里，静静地伫立着，前后左右一样的间隔一样的距离，像即将接受检阅的士兵方阵。

美国人的棺材仿佛是统一的标准，两头平，像一张立体的军人行军床。我曾经问，一位将军和一位士兵的棺材一样吗？答复是完全一样，大小、高低、宽窄、质地都一样。和中国的棺材不同的是美国的棺材是有把手的，以利于人搬运，而且美国的棺材的盖是用螺丝拧上。不像中国的棺材是用一种特殊的又长又大的棺材钉在盖棺之后钉死。美国人的棺材质地也不十分讲究，一般都是一种当地的硬木，柚木、橡木、椴木、桃木、松木的都有。我曾问阿灵顿国家公墓的一位服务人员，埋葬在这里的肯尼迪总统的棺材是用什么材质的木料做成的？他茫然失语，认为此问古怪，不断耸肩膀，他也确实答不上来。他们的棺木都被铺上星条旗，放在古老的炮车上，用马拉着，在礼炮和鸣枪声中拉向墓地，但有一点似乎是美国棺材的特点，它们都被漆成高漆，油光锃亮一排排停放着，只有当它们在"安魂曲"中被安放在墓穴中，它们才仿佛闭上了眼睛。

拍马术初探

一

郭霸乃唐武则天时期一小吏，名曰霸实则有媚无霸，无时无刻不在琢磨如何奉迎上司以求发达。但世上精通拍马术之人多矣，且大多专而精，郭霸朝夕窥测终不得施展。

一日其顶头上司河南宁陵县令父病亡。此乃全县大事，四方吊唁，不胜铺张，送财送礼，其行成伍，有岐山斗宝之状。县令并不睁眼看，即使睁眼也视而不见。郭霸着急，五火攻心，恨不能出奇招以胜众人。出殡那日，哀者排队而行，但全是假哭、干号，有声无泪，无泪无悲，连县令本人也是跪在灵前闭着两眼干号两声应景而已。没想到郭霸冲到灵前，两膝长跪，放声大哭，真乃声泪俱下，泪如泉涌，直哭得昏天黑地，竟然几次昏厥，冷水扑面，救醒了再哭，哭得连县令都傻了。郭霸边哭边号：悲哉！痛哉！哀哉！苦哉！郭霸的哭号让全体哭灵的人都听明白了，尤其让县令一家人听明白了。郭霸言，老人家一路走好，您为我们全县人民生养了这么一个不平凡的父母官，全县百姓都沾了光，您不该现在走啊，您还没享福啊，县令他老人家忙，我找日子过去伺候您，您等我伺候。这最后一句终于使县令由假哭变为真哭。

灵棚未撤，郭霸已被提拔。

郭霸依靠其日益精湛的拍马术横行官场，战无不胜。他终于出乎其类，拔乎其萃。仕途一路爆红，官做到了中央，当上了朝廷监察御史。

一日，忽闻御史中丞魏元忠患病卧床不起，郭霸急忙来探视，但见上下左右人来人往都是"大人物"，携金带礼，门庭若市。魏元忠当时正红，说一不二，并未正眼看郭霸，乜斜他一眼就是礼。时机来了，魏中丞解完大便刚刚坐下，郭霸让人把粪便端过来，自己先是极认真极仔细地观察，像看天下奇宝，然后又把魏中丞刚拉出来的大便放到嘴里有滋有味地细嚼慢咽起来，俄而，极高兴极兴奋地对大家也对魏中丞说："大人之病即愈，我拜尝了大人的粪便，其味又苦又涩，说明毒已排出，大人病无忧矣！"

郭霸拍马有术！

二

汉文帝时期有一宠臣，其名当时声震寰宇，邓通是也。汉文帝得了一种怪病，其名为痛疽病，浑身上下长满了黄水疮，脓血乱流，奇臭无比，连汉文帝自己都觉得恶心。邓通极通晓人意，他虽不是大夫，但极善思考问题，就试着用嘴吸吮汉文帝身上散发着恶臭的脓疮，汉文帝舒服多了，有病去如归的感觉。了不起的是邓通，不但没有一丁点嫌弃和恶心厌恶的感觉，反而极兴奋极欢乐。因为皇上不痛苦了。邓通拍马有术，敢出真招，比汉文帝刘恒的亲儿子、太子刘启都孝顺。刘恒难受时想让刘启像邓通一样给他吸吮脓血，刘启痛苦得如同上"老虎凳"，让刘恒心中很不是滋味，他差点把汉家的江山传给邓通。邓通拍马有术，但也有人反驳，言之刘恒是"断臂山"同性恋，与他是"同志"之间的关系，那不是拍术，是爱情的力量。

中国的拍马术源远流长。湖南长沙马王堆出土的汉代竹简经整理有四术：堪舆术、占星术、炼丹术、房中术，其实还应有一更古老、更杰出、更经典之术——拍马术。

人类源于猿，猿本性之一即拍马溜须，地位低的猿都会想方设法向地位高的讨好，千方百计献媚献殷勤，帮助人家梳理毛发，挠痒痒，捕捉寄生虫。

先秦时代齐宣王好大喜功，自以为其力可拔山兮，经常秀其力量，彰显威武，他拉弓时众人都做极惊讶、极不可思议状，眼瞪如铃，脸红如血，一起称赞。然后有猛士上，拉弓至中而止，只能拉开一半。齐宣王让那群人"忽悠"得如仙如神，自以为老子天下第一，大家异口同声称赞他能一把拉开九石的弓，那时一石大约合现在一百二十斤，其实齐宣王拉的弓充其量就是"三石"而已，这位大王至死都沉醉在自己两臂能开一千多斤硬弓的神话中。

"忽悠"自古乃拍马一术。

李白、杜甫皆中国唐诗大家，有诗仙、诗圣之称，拍起马来也有门有道。

一日唐玄宗问李白：朕与天后任人如何？白曰：天后任人如小儿市瓜，不择香味，唯取肥大者。而陛下任人，如淘沙取金，剖石取玉，皆得精粹。上大笑。李白拍马有术，拍得舒服得体，几句话，让玄宗大笑，李白拍马有水平。

杜甫拍马拍得比李白更直白，更袒露，更赤裸裸，但政治水平和拍马技巧较李白尚有差距。

天宝十年，公元七五一年正月，唐玄宗要连续三天举行三大祭祀，光宗耀祖彰显天子之威。杜甫得知，赶忙写下三大礼赋，猛吹猛拍猛歌颂，极尽低三下四之能事，让人看后觉得肉麻。杜甫是穷怕了，拍马事出有因："窃恐转死沟壑，伏惟天子哀怜之。"杜甫拍也没白拍，四年后终在集贤院得一实职。

五代时期有位官场上的"常青树"冯道，伺候过十位皇帝，乃四朝元老，一人之下，万人之上。他的门客在讲老子《道德经》时，看见冯道高高在上，立即改口，原文：道可道，非常道。为避冯道之讳，乃朗声诵道："不敢说可不敢说，非常不敢说。""不敢说"即不敢说道。没查出这位"拍家"马屁拍的效果，但却留下笑话。

三

我们都知道戚继光乃抗倭戍边民族英雄，却不知道这位戚爷也是位拍马高手。

张居正乃明万历内阁首辅，权倾天下，家中姬妾成群。张首辅治国之能臣，亦好色、贪色。有一属下拍其马屁，送一绝色玉雕美女，张居正把玩不肯释手，感叹曰：若为真人才好。那位拍马之人心领神会，即送上美女，张首辅一见其美如玉，大喜。

戚继光窥其首辅如观兵书，他深知张首辅要"招呼"那么多美女，必然要求助于壮阳药物。戚继光所管辖的登州海中有一种海兽，其名"膃肭脐"，其睾丸阳力巨大，能解张首辅之急。于是戚继光调动军汉民工，下海猎杀这种"膃肭脐"，只取其睾丸，送给张居正，张首辅一试，果然好生了得，第二天早上上朝虽三九严寒，但"膃肭脐"睾丸热力不散，内火炽热，以至于他虽光着头仍觉得其热难忍，众臣望见张首辅光头上竟然腾腾升起一团团热气。戚继光拍马果然有术，有效，被张居正提名官进署都指挥金事，掌管登州、文登、即墨等山东沿海。当然戚继光的高升不光因为献上了"膃肭脐"的睾丸，也因为戚继光不愧是一位高明的军事家、政治家。

拍马术无处不在。

据《宋朝事实类苑》记载，宋开国皇帝赵匡胤到开封大相国寺看到佛像，问庙中住持："朕当拜不拜？"住持即答："不当拜！"赵匡胤追问"为何不当拜？"住持回答："皇帝乃当世佛，当世佛不拜过去佛。"如此，寺院之中亦不乏拍马之高手。

据《啸亭杂录》记载，康熙皇帝南巡登上金山寺，欲题词，但眼前有景道不出，这时陪同出巡的大臣高士奇乃马屁高手，悄悄在手心中写上"江天一览"四个字，然后上前给康熙皇帝研墨。一伸手，让康熙皇帝看了个正着，康熙大喜，欣然题词，至今依然挂在金山寺。

关键时刻方显拍马技高。

据李伯元的《南亭四话》所载，乾隆在金山寺也想露一手，一不留神竟然把"江天一色"错写成"江天一包"，极尴尬，也极无奈，好在没人看见，问题是如何下台。此时此刻，旁边的大臣沈归愚果然老到，在手掌中写下了一个"色"字，然后跪道："请皇上把这幅字赏给微臣。"并以掌示乾隆。乾隆大悟，长出一口气，把错字赏沈归愚，另写一幅挂上。高手在官场！

还有一说，说乾隆在金山寺一高兴，挥洒脱了，把"江山一览"写成"江山一觉"了，改都没法改。所有人皆面面相觑，无法救驾。高手在寺院，老住持拍马术修行得了得，忙出来救场，先拜佛再拜皇帝，不慌不忙，有板有眼地说："红尘中，人苦于罔觉，果能览此江天，心头一觉，即佛氏所谓悟一之旨也。大佳！大佳！杰作！杰作！"令工匠镌刻，高悬殿堂。高手就是高手。

李克用也是唐末时期叱咤风云的人物，指点江山，左右天下，常有"司马昭之心"。但此人先天不足，瘸一足，眇一目，无天下统帅之威，而李克用又好显摆，就让人给他画像，条件是自然，何谓之自然？就是让人看不出他又瘸又瞎。李克用不是好伺候的人，说翻脸就翻脸，视人命如草芥，画得不满意，立时推出去斩首，或者当场剁碎。但民间的确有高人，一名画师把李克用画的单膝跪地，正挽手射箭，正好闭上一目向远瞄准，真是自然又不失风度。把李克用拍得舒服透了，重赏拍者！

拍马屁也有风险。有的马屁拍不得。

唐武则天时曾号召天下人告发违规之人，并设告密箱。有一小子平时善于钻营，尤善阿谀奉承，削尖脑袋往上爬，见此机会大悦，以为天赐良机，给武则天上书，直接拍皇帝马屁。他设计一种告密箱，分四格投孔，分别标有告密告哪一级的官吏，从中央到地方分为四级，分类投入，又各不相通，互相保密。武则天大喜，令全国各地都摆放此种告密箱，并重重奖赏此人，封官加爵，此人叫鱼保家。鱼保家得意洋洋，几欲上天。没想到好景不长，有人往这种告密箱中投入告密材料，告鱼保家曾经为反对武则天称帝的叛乱者拍过马屁，打造过兵器，武则天大怒，不但把鱼保家一撸到底，严刑拷打，然后刀斩此人，仍不能解恨，又灭其族。

鱼保家非但未能保家，反遭灭族矣。有时候马屁不是随便拍的。

高　票

一

不懂"高票"。似乎是一政治术语,如言之"高票当选"。但皇城根儿下的老北京人懂"高票"。那年月京城有句顺口溜:"皇城无处不丝弦。"喜欢京剧的人,比现时北京城里玩手机的还普遍。即便是蹬板车的、送煤球的、担挑卖菜的、进家收货的、大字不识一箩筐的,都会唱几嗓子京剧。得意了、高兴了、吃饱了、喝足了、闲了、忙了、醒了、乐了,都即兴而发,有的嘴里打着锣鼓点,操着琴打着板,一发不可收拾。京城一景,京城一乐。不会唱两句"西皮"的肯定不是皇城人,肯定没在皇城根儿下住够三年,熏也把人熏出来了,连拉骆驼从西直门进城送炭的山西帮,一进城门不知不觉地就把哼哼的"北路梆子"改口"西皮流水"了。更别说当年宫里宫外,府上府下,穿补子官服的、戴戴顶花翎的、穿军装蹬马靴的、坐绿呢大轿骑高头大马的,甚至坐汽车穿洋服的,京城有一个算一个,提笼架鸟的,遛弯吊嗓的,上澡堂子进戏园子,下饭馆子泡茶馆,没人不时不时地"走"两句京剧,京城称"玩儿票"。"玩儿票"的不论身份高低,有钱没钱,吃上吃不上,都像湍流中的落叶由不得自己不去喜爱那口儿。票友里确有"高票","高票"乃圈内话，呼之"高票"因其高，唱得出众，不同凡响。

在全国名气甚大但名声不好的"辫帅"张勋就是位"高票"。

张勋在历史上除了留下一条不屈不挠的辫子，就是在梨园留下好人缘，好名声。杨小楼、余叔岩、王凤卿、梅兰芳、马连良，没人不说"辫帅"爱戏、懂戏、会戏，是位可以挂头牌演出的"高票"。

有一次"辫帅"查兵营，忽听得有人唱戏，静神一听，踢门进屋，怒不可遏，言："《捉放曹》，陈宫是这个唱法？糟蹋戏！"原来兵士们闲下无事，有好戏者票友也，相聚会友。唱得跑风走气，"辫帅"不干，竟然自拉自唱，惊得大兵们欢声雷动，叫好声比冲锋号还响。

说"辫帅"高票是因为他曾经挂髯口、扎硬靠、登靴、勾脸和杨小楼、马连良登台合演《群英会》，连余派创始人余叔岩都夸赞他，不吃军饷吃开口饭也饿不着。"辫帅"唱《回荆州》扮的刘备，登台一开口，台下票友，包括不少"高票"误以为是王凤卿王老板唱的，那做派、台步、甩腰垫步，掌声、喝彩声、叫好声炸开锅一般。"辫帅"晚年失意，避居天津，有一年曾登天津大剧院唱过一出《文昭关》，园子里的票卖完了，不得不加座。据说当时在北京的不少达官贵人，甚至连梨园的"名角儿"像梅兰芳、马连良都坐火车赶去见见"辫帅"，听听"辫帅"的京白、京韵、京腔、京调，老到，地道！"高票"也！

袁世凯亦是一位"高票"。他八十三天复辟当皇帝把他"高票"的风采给搅和了。

袁没有太多的嗜好，唯有好京剧。袁极聪慧极有天赋。据说戏文听一遍能暗诵，听二遍能上口，听三遍能唱出韵派，余派、高派、谭派、马派，老生唱得出彩、出味、出韵、出神。袁世凯在小站练兵时，军纪如铁，执法如山，私出军营者军棍五十伺候；赌钱的一百军棍打完剥下军装滚蛋；如有抽大烟的，找个理由拉出去枪毙。袁有个理论，抽上鸦片烟就是废人，生不如死，死不如快死，快死不如枪毙。但袁喜欢弟兄们学唱京剧。操练下来，来一段铜锤花脸《二进宫》《单刀赴会》，有个兵来了段《挑滑车》，袁世凯高兴，亲自给打的家伙操的琴。过年、过节，袁都要在军营中和军士们一起过，高兴之余上妆扎靠，上台唱一出《四郎探母》赢得营内营外满堂彩。那时候袁世凯操练的北洋新军称三友：战友、跤友、票友。袁世凯在军营中的第二大乐趣是鼓励大兵摔跤，设坛打擂，兴一股武风。说袁世凯为"高票"的乃京剧大师谭鑫培。谭老板亲自给袁世凯点过戏，教过戏，也曾登过袁家堂会唱过戏。只不过袁世凯后来称帝，谭老板从此不和袁世凯过戏，袁世凯再请谭老板唱堂会，给点拨唱腔，指教京剧的"四功五法"，谭老板装聋作哑，避席不入。给多大戏份，不去！谭老板骨头硬。谭鑫培去世时，有副挽联曾震撼梨园内外。写挽联的是和梁启超相交三十多年，并称那个时代"双子星"的杨度。梁启超去世后，"四壁均悬挽联，白马素车，一时称盛"。其中杨度所挽众皆叹服："事业本寻常，成固欣然，败亦可喜；文章久零落，人皆欲杀，我独怜才。"

杨度挽谭老板的挽联："国事不如人，寄语衮衮诸公，无端莫学空城计；世情都是戏，除此幡然一老，有谁知得上台难？"

杨度不但懂戏懂人，而且是票友，很可能是位"高票"。

民国当过大总统的"高票"不少。背着"贿选总统"恶名的曹锟就是一位。曹锟发迹前有一诨名：曹三傻子。说他缺心眼儿，也说他文盲，大字识不得三斗。傻子，即近乎白痴。其实曹锟是傻相于外，猴精于内。曹锟精明之处是算大账，吃小亏。他自幼家贫是真，无力上学读书是实，当兵吃粮是史，但曹锟极聪明，很多事情无师自通，一点即透。

民国的大总统几乎个个都是"高票"，那年代"玩儿票"是时尚也是文化，就像现在的网络文化，你不沾它，它网你。京剧何等厉害？不敢说一统中国，可以说垄断全京城。曹锟的"票"高在京韵道白。京剧讲究四大功夫：唱、念、做、打。梨园界素有"千斤念白四两唱"。言下之意，念白比唱更难学难演。因为唱腔有"场面"伴奏，而念白则无丝无弦，无板无鼓，全凭演员张口念白。京剧的念白讲究大发了，口型、口腔、音调、音频，讲究脆亮悦耳，清爽有韵，富有极强的节奏感、音乐性，一句京味十足、韵性四溢、底气淳厚、脆响八方的念白能让整个戏园子为之一振。据说，金少山、马连良、谭富英、李少春的念白俱称一绝，用票友的话说只听一耳朵，数日有回音。

曹锟大总统的念白深得其妙。他擅长谭派老生，常常自扮自演《定军山》中的老黄忠，行家看后都翘大拇指。那年马连良马老板曾亲自去曹帅府听曹锟唱《霸王别姬》，其实曹锟那两口不值得马老板那么大角儿亲自听，马老板是去听曹锟念道白："战英勇，盖世无敌，灭嬴秦，废楚帝，征战华夷。（定场诗）嬴秦无道动兵机，吞并六国又分离。项刘鸿沟曾割地，汉占东来孤霸西。（道白）孤，霸王项羽。自与刘邦鸿沟割地，讲和罢兵，请回太公吕后。谁想他反复无常，会和诸侯又来讨战……"马连良听着暗暗叫好。念白让马连良喊彩的就是挂头牌的名角儿都不多，曹锟不称"高票"何以有高者？过去说"坑灰未冷山东乱，刘项原来不读书"，看来不读书不识字也能带兵，还能成"高票"。

抗日战争时期有个大汉奸叫王克敏，曾经充当过伪华北临时政府行政委员会委员长，他虽是罪大恶极的汉奸，但的确是位"高票"。王在北洋政府曾出任过三任财政部长，当过中央银行总裁。钱多得和泛滥的黄河水一般。王独好京剧，不惜重金请名角儿来家唱堂会，请名角儿教戏，据说和当时梨园中的名角皆有交情，是公认的"高票"。不但懂戏、会戏，能上台唱戏，能和当时最有名的"腕儿"搭台唱戏，而且还能讲戏。他独爱"老生"，数十年喜"生"不辍。他能讲余派（叔岩）老生的用气，能讲言派（菊朋）老生的用力，能讲高派（庆奎）老生的用腹，能讲麒派（麟童）老生的鼻音拖腔，能讲马派（连良）老生的底气神韵，能讲谭派（鑫培）老生的武功运气。连那些名角儿都听得全神贯注，如学童听课。

王克敏变节当汉奸后，那汉奸也不是好当的，像日本人养的一条狗，有时候被主子踢了一脚后，也一肚子怨气愤恨，回到府中，这家伙自排发泄的办法是一个人唱京剧，且尤其钟情于唱《击鼓骂曹》，唱得也是慷慨激昂，骂得也是仇恨愤然。至于他为什么选唱这出戏，没人知道。下人只知道"委员长"一唱这出戏，肯定又让日本人"踢了个窝心脚"。抗战胜利以后，王被逮捕下了大狱，在等待判决期间，这家伙两眼一闭，仿佛闭眼等死，但嘴里是全套的"场面"家伙，一遍又一遍地唱他的《击鼓骂曹》，临死嘴里哼唱的依然是一段"西皮散板"。

二

"高票"不是其地位高，身份高，有钱有势就能成为"高票"。"高票"和梨园中的角儿一样，是"熬"出来的。没有角儿就没有"高票"。没有人给"高票"下过定义，但确有人给角儿下过标准。何人敢言？袁世海也！袁世海曾说什么是角儿？怎么也得会二百出戏，演过的也得有百十出。唱不够这个数恐怕不能称角儿。即使这样还不行，光在北京唱红了那也不能叫角儿，还得走外埠，外码头首推上海、次为天津，看你唱红没唱红？

袁世海堪称梨园名角儿，初学老生，经老前辈萧长华看后让袁改学净，唱花脸，而且主攻架子花脸。袁世海由此学成，成为郝派（郝寿臣）艺术的主要传人，把架子花脸演绝了，唱腔中又吸收了铜锤花脸的发声唱法，有"活曹操""活李逵"的美称。袁世海唱戏在我们这代人中观众最多，票友最多，因为他演的是革命样板戏《红灯记》中的鸠山。现时代的京戏唱不了过去那么红，角儿没有过去那么亮，那么高，依袁世海的标准看，还是功夫没下够。

但袁先生没有评论票友，更没有给"高票"下过定义。走访过不少票友，包括在一些票友圈中公认的"高票"，都没有权威的说法。总结起来，应该是迷、说、学、唱。和梨园中的唱、念、做、打不同。角儿们都坦言：没有票友就没有角儿。票友们也直白：没有角儿就没有票友，没有票友焉有"高票"？

何为票友？某票友在戏园子里听戏，票友从不言看戏，皆曰听戏。其子匆匆赶来急急而言家中起火，速归家救火。他却说，回去告汝母，这出戏就要唱完了，下一出是谭老板的"大轴"，听完一准回。说完即进入状态，如醉如痴，手打着板，脚踩着点，再不理儿子。等谭老板的"大轴"唱完了，他家也被烧成一片白地了。

京剧迷人，京剧叫座。

过去的老戏园子，从下午三点就开始唱，要一直唱到深夜一两点，最后一出戏最精彩，呼之"大轴"，次之为"压轴"，再次之为"倒三"。有些票友下午睡醒进戏园子，再也不出园，穷的一碗素馄饨，怀里拿出俩窝头；有的干脆让茶园沏一壶"高末"。什么叫"高末"？旗人好脸，就是沏一壶最便宜的茶叶末，一直要顶到听完"大轴"，喝彩叫好声比别人一点不弱。那瘾大了去了。有位"高票"曾放话，如果谭鑫培唱一百回，只要我能买得起票，哪怕砸锅卖铁，扒房卖瓦也要去听一百回。

京城的票友聚散仿佛都有一套约定俗成的潜规则。除去听戏，他们大多成"圈"聚在京城空暇之地，公园、城门楼子前、皇城根儿下、护城河边、小树林处、广场上、胡同口、高院内、茶馆中，有多少票友圈没人能统计出来，有人曾形象地说，京城的票友圈好比雨珠落平湖溅起的水波，谁能数得清？但公认的是每个票友圈都有二至三名"高票"，圈越大，越知名，"高票"越多越集中。当时景山有五大票友圈，板、鼓、弦、锣，全套"场面"从天亮一直响到中午，沿南河沿几十步就有一圈票友"练活"，那真叫丝弦之声相闻，唱腔之声此起彼落，京城一道亮丽的风景线。当时北京城有四大票友圈子，分别在北海的五龙亭，故宫的午门外，前门的瓮城内，天坛的圜丘坛外，这还不算中山公园的社稷坛，朝阳门外的神路街，圆明园的大平场，地坛月坛神农坛的坛场。

二十世纪三十年代，在颐和园曾经举行过一场"高票"会，又称"汇高票"。当时京城的大小报均有报道。

地点在颐和园德和园大戏楼前，颐和园德和园大戏楼是当年慈禧皇太后听戏的地方，专为老佛爷修建的，老佛爷是超级票友，但却不是"高票"。究其原因，老佛爷一不学唱，二不登台，三不说讲。只能是票友。那年月皇城根儿下有南城的"旦"，西城的"生"，北城的"净"，东西南北城的"调"。就在颐和园的德和园大戏楼前，平摆着两摊"场面"，有的琴师是拖着车来的，至少有三套胡琴备着，上午九点，一声高锣，南北两台戏，都是素装折子戏，开锣、打板、司琴、响鼓。

南边唱的是梅派的经典戏曲，《贵妃醉酒》《穆桂英挂帅》《霸王别姬》，当那位"高票"唱到"劝君饮酒听虞歌，解君忧闷舞婆娑。嬴秦无道把江山破，英雄四路起干戈。自古常言不欺我，成败兴亡一刹那。宽心饮酒宝帐坐，待见军情报如何？"叫好声一浪高过一浪，可谓声动德和园。慈禧当年在台前听大戏时没有见过此景。

北边唱的马派老生的名段。"高票"登场，先亮相，已经赢得一片抬头彩。也唱三折马派代表剧目，《十老安刘》《借东风》《汾河湾》，那唱得也是沉稳有力，潇洒飘逸，不愧"高票"，尽得马派之魂。

南北各三出折子戏，落板后，场面换，"高票"换。

南边唱的是京戏梨园一提都颤的"三大名净"的代表作，"金派"铜锤花脸，"侯派"架子花脸，郝派"架子花脸铜锤唱"。唱得山崩地塌，鬼泣神号。"高票"好生厉害。《铡美案》《探阴山》《取洛阳》《战宛城》

《盗御马》，让票友听得捶胸跺脚，炸开嗓子高呼好。

北边唱的是"谭派"独家戏，那司琴操得如同疯了一般，锣鼓点打得震天动地，京胡拉得好，一曲能把你送到天空的拐角处。估计是哪位大师的高徒，后取证，是齐如山的拐弯门徒。一位票友说，那琴操得不由你不提心，不由你不摄魂，不由你不跟着走，不由你不喝彩叫好。"高票"未出，已赢得碰头彩！"谭派"的"高票"唱得清脆流利，如山间清流，其声，经久不散如久旱逢甘露，其音，不沉不懈，不散不乱，音幅既宽又亮，既圆润又高亢。虽说是折子，由不得你不沉醉不失魂，唱得好！真如谭富英在唱，不愧"高票"。

南边唱的是"包公戏"。最有名的"三铡一打"。《铡包勉》《铡驸马》《铡判官》《打龙袍》唱得山呼海啸一般，唱得惊天动地一样，叫好声喝彩声急风暴雨似的。尤其在《铡判官》中《探阴山》一场，那位"高票"的二黄原板一口气唱出的四个"可怜他"，让票友们无可无不可。个个可着喉咙喊好。"可怜他初为官定远小县，可怜他断乌盆又被人参，可怜他铡驸马险些遭难，可怜他为查散下阴曹游过五殿哪得安然。"

"高票"一直唱了三天，颐和园险些"爆园"，那是票友们为在喜峰口抗日的二十九军将士捐款助演。

三

"高票"没标准，票友圈里认可即高。京剧道白：高出一丈为高，高出一指亦为高。

钱六爷是前门大栅栏一带小有名气的"高票"。吊完嗓，遛过弯，迈着带有台上老生步调的方步进永春茶馆。钱六爷家境不宽裕，人们尊敬他是因为他是"高票"。钱六爷三六九才进茶馆，进茶馆也只是点一壶"高末"。但钱六爷在票友中被高看一眼。沏着碧螺春，点着小八件的爷也得先站起来给钱六爷拱手。票友，一口的京戏京白："钱六爷数日未见，可忙可好可清闲？"钱六爷拖着京白尾音接上去："承蒙爷的关心惦记，一切安好！"真有些余派老生的道白韵味。有懂的票友听出"余味"会叫声好。

但凡是茶馆一见"高票"都低三下四，回头高声高腔："沏一壶新到的刚开封的西湖龙井！"因为"高票"能给他聚财。

"高票"不俗，现在十个博导教授恐不到其腰。

钱六爷清口、呷茶、品茶、吐香、深吸，才用眼神招呼茶馆内熟悉的票友，放盖碗，然后清咳一声，半是长吁半是叹，票友懂行。皆知此乃戏台上的"叫板"，好戏开始了。

钱六爷不愧"高票"，"高票"讲究"互动"。

问：唐老板的《捉放曹》都听过吧？唐老板指老生"唐派"创始人唐韵笙。见到众人纷纷点头，才徐徐道来，其中陈宫有一段唱腔"一轮明月照窗前……"六爷手敲着桌面，打着板唱了一句"一轮明月照窗前"，唱得高、亮、宽，不愧"关外麒麟童"，"关东伶王"，钱六爷学得真到位，"高票"是也。钱六爷食指中指击打桌面的节奏一变，"听过《文昭关》吧？伍子胥也有一段唱腔"，一声咳嗽，有票友熟悉这出戏，还用嘴摆开"场面"，钱六爷说伍子胥也有一段"一轮明月照窗前"，钱"高票"用手在颌下一捋，那是摆"髯口"，然后又学了一段奚啸伯的唱腔，唱得也真是委婉细腻，清新雅致，如诉如泣，如醉如歌。票友都听出味儿来了，张狂得齐声道好！最后，钱"高票"站起，托茶如托印，撩衣如撩袍。家伙什锣鼓点用嘴打起来，又唱了一段《清官册》中寇准唱的"一轮明月早东升"，是杨派杨宝森的唱段，钱"高票"学得惟妙惟肖，神韵俱在，尤其是那拖腔，一波三折，一折三回。当唱到京白不同于韵白，钱六爷果然有功夫，一句京白，一拍桌面，换家伙什换戏，杨老板唱红京城半边天的还是昭关戏。钱六爷陷入戏文的深情之中，一段西皮慢板，唱得满堂人失魂走魄，"我好比哀哀长空雁，我好比龙游浅沙滩，我好比鱼儿吞了钩线，我好比波浪中失舵的舟船"四句唱，四个好比，唱出伍子胥那时那刻的心情，是杨派的经典唱段，让茶馆几乎"爆馆"，让票友好生过瘾。

"高票"还有"高招"。

他就接着讲戏里戏外，台上台下。三杯清茶过后，钱"高票"说一段台上趣事。说杨宝森当年扮伍子胥，是"大轴"戏，那天杨老板着实困了，就在后台打了个盹儿。没人敢唤醒杨老板，直到前台的催人锣鼓打成一个点，杨老板才猛然醒来，赶快扎靠换装挂髯口，撩帐登台，才在台口迈出三步，下面的观众就闹上了，"通"声不断，有的甚至直喊要退票，这叫"炸园子"，后台慌得如热锅上的蚂蚁。

杨老板也纳闷，戏是熟戏，词是老词，还没开口，怎么就被"炸"了呢？三步之内，杨老板发现是髯口挂错了，伍子胥年轻时应为黑胡须，一口黑髯口，慌中出错挂的是灰白髯口，台下的戏迷几乎一水儿的票友，其中不乏"高票"，这出戏看过至少十几遍。几乎人人都能唱几段，这么大的"娄子"，忍无可忍，此时不"通"，即喝倒彩，老戏园子中谓之"通"，何时"通"？说话之间三步之外已到了台口，要么赶快"败"回后台，那就"认栽"；要么"救场"，压住这台下的起哄。杨老板"亮相""起霸""趟马"，一连串的动作真叫绝活，漂亮。紧跟着一声亮堂堂的长叹，拖着长长绵绵的尾音，此谓"叫板"。唤起琴声。杨老板迎琴和板先唱了两句台头戏："夜行晓宿催马狂，风餐露宿心发慌。"有板有眼这一唱，如石破天惊，场内立即鸦雀无声，站起来的赶忙悄悄坐下。后台的人从龙套到老板都长出一口气，园是"炸"不了了。杨老板真不愧是角儿。

钱"高票"钱六爷对杨老板是佩服得顶礼膜拜了。钱六爷兴奋得脸涨得通红，头上冒出雾气，人中都激动得乱颤。救场如救火。钱"高票"微微把茶桌一敲，多少角儿都折在这种小事上，戏台之上无小事，在戏台上跌倒就一辈子爬不起来。紧跟着，杨老板西皮快板，唱出四句定场诗："心中焦虑怒气冲，热血沸腾实难平。举目四望刀割肉，青丝何时染秋霜。"这回叫好之声差点儿"炸"了园，难得的是后台的叫好声也声贯戏台。台上台下一齐喊好，这在戏园子里绝无仅有。杨老板啊——钱六爷把右手大拇指高高挑起。

讲得真生动！"高票"就是"高票"。

第三辑

新华社大院中的秘密

前推三朝四代，落霞把宣武门装点得威武雄壮，顺着宣武门城门楼的马道下来，有一条黄土硬路相衔，此路从明朝神宗皇帝重修宣武门城墙开始，就叫顺城路，路顺着高大坚实的宣武门城墙直向西去。当能够远远望见西便门城楼时，此时城墙外的护城河最宽，河水涟漪，波澜不惊，最叫人称奇的是护城河北岸不知何年何月竟然长出一片芦苇，春夏青青翠翠，秋风一吹又是金黄一片，京城的雪未下，那片芦苇是芦花如雪。隔着城墙，那片芦苇正对着的就是四百年后的新华社大院。

那时候新华社大院这地方还有一景，被称为"白云青天"。那时候这地方长着一片茂盛苗壮的松柏林子，多大面积史上无人记载。每年夏秋之季都有百十只白鹭飞来，一为以护城河中鱼虾为食；二为用来筑巢繁殖，百十只白鹭齐栖在翠柏绿松枝头，很多附近的居民都要登城墙看风景，"白云青天"不胫而走。

朱棣迁京之后，朱棣门下的大和尚姚广孝看中了这片宝地，北京城修成现在这样南北一条中轴线的格局，姚广孝当为第一功臣。他把北京城设计成"二龙相聚"，一条为"木龙"，从永定门到钟鼓楼，京城南北一条龙，永定门为龙头，紫禁城为龙身，钟鼓楼为龙尾。姚广孝还设计了一条"水龙"，南海为龙头，中海、北海，什刹海的前海、后海为龙身，积水潭为龙尾。

新华社所在的这块地方，为姚广孝相中，他命人在此地建"象舍"。因为姚广孝为和尚，大象本乃佛国吉兽，释迦牟尼降生，有六牙白象相迎。故选象馆非姚广孝亲选不可。他选中了宣武门西方的这块宝地。当年东南亚的一些明朝的"藩属国"每年都要向明朝进贡大象，最多时在这片象馆中曾饲着三十九头大象。每年大喜大吉之日，都要把大象打扮起来上街，增加欢乐气氛，现在新华社西南依然有"象来街"，其名已有五百多年矣。一八九〇年七月，北京暴雨十数日，宣武门内积水一人多深，无法开城门泄洪。有人想到大象，结果引来四只大象，借象力打开城门，化险为夷，大象曾为京城百姓立过功。一九八八年十二月十四日《北京晚报》曾经登过一条很短的消息，说十二月九日上午，在新华社院内施工，距地表三米处的地下，挖出一具大象遗骸。据查，此地乃明清时期大象栖居驯养地。

清朝末年，内忧外患，已到穷途末路，慈禧亦感叹道："深念数十年积弊相仍，因循粉饰。"不改革政治体制恐怕清王朝大厦将倾，她派载泽、徐世昌等五大臣分赴欧、美、日"考察政治"，最后终于接受了立宪建议。问题是咨政机构设置在何处？慈禧讲了原则：远了不行，近了也不行；不显眼不行，太显眼也不行。光这个咨政院建在哪里便众说纷纭，好不容易议定了，报进去又被留中，不符合慈禧那"四条原则"。朝内朝外都等着立宪改革，这可真如急病人遇上了慢郎中。最后还是请李莲英出马，李莲英只和慈禧说了一句话，咨政院的院址就定下来了，就在现在新华社大院这块地方。李莲英到底对慈禧说了一句什么话，真乃字字如珠，连醇亲王载沣都猜不着。后来流传出来，李莲英对慈禧并没有说那"四条原则"如何，他只说了一句，那地方有棵菩提树。

"求法偈"："身为菩提树，心如明镜台；时时勤拂拭，勿使惹尘埃。"

"得法偈"："菩提本无树，明镜亦非台；本来无一物，何处惹尘埃？"

宣武门内到底有没有菩提树？查地方志和一些史料，无文字记载。但传说在南河沿大街西口南侧，是一片茂密的灌木丛林，其中有一棵显眼的"花皮树"，即菩提树。

王懿荣就住在这里。写《老残游记》的刘鹗曾经在笔记中写道，王懿荣门前有棵"吉祥树"。"吉祥树"是旗人从宫中传出来的，不直呼菩提树。

王懿荣在中国历史上能留一笔是因为他发现了甲骨文。公元一八九九年，王懿荣生病，家人抓来中药。王祭酒对着药方查看抓来的中药，发现药中有一味"龙骨"，拿出一片一看，"龙骨"上有人为的划痕，王祭酒是京城有名的大学问家、金石家、历史学家，也是一位信仰佛教的"槛外佛家"。王祭酒细看"龙骨"心中一动，让家人去中药铺把所有的"龙骨"都买回来，王懿荣经过研究发现了已经消失了三千多年的古文字——甲骨文，因此有甲骨文之父之称。

王懿荣的宅子就在南河沿大街，对照现在保存基本完好的"中华圣公会教堂"，王祭酒的家应该在现新华社西二门一带。因为光绪二十六年一九〇〇年八国联军攻破北京城，慈禧和光绪仓皇西逃，王祭酒没逃，他仰天长啸，对众盟誓："吾义不可苟生！"王祭酒先是吞金，未死，痛苦万分，此时枪声临近，鬼子顺宣武门下的顺城路逼近，王祭酒誓死不降，又爬着投了井。

王祭酒殉国后，家境败落，他收藏的一千五百多片甲骨文由罗振玉收买，罗振玉亦中国考古专家、金石专家、大收藏家，使这批极为宝贵极为珍稀的甲骨文没有流失。当时有人劝罗振玉把王祭酒的宅子买下来，因为和王宅对着有棵"吉祥树"，劝他买下这座宅院的正是他的知音，也是他的亲家刘鹗。刘鹗后来和罗振玉共同研究，于一九〇三年出版了甲骨文专论《铁云藏龟》，而王祭酒的宅子却被平了，因为王祭酒是八国联军提出要严办的中国官员之一，但这块风水宝地却有"二毛子"

通风报信，于是在王祭酒宅院的西北，由意大利人修建了一座天主教堂，即今天的"中华圣公会教堂"。因此有人推测，那棵菩提树应在"中华圣公会教堂"正东不远处。

清朝末年苦难重重，辛亥革命风起云涌。一九一二年一月一日，孙文在南京就任临时大总统，向全国庄严宣告：国家之本，在于人民，合汉、满、蒙、回、藏诸地于一国。亚洲第一个共和国正式诞生了。但那时还没有国会，没有宪法，没有民选政府，什么也没有，黄兴到南京政府财政部提取军费时，人家告诉这位陆军总长，国库可谓一穷二白，库底只有大洋十元。

孙中山这位大总统当的，从一九一二年一月一日宣誓就职，仅仅过去两个月零十天，一九一二年三月十日袁世凯就在北京就任临时大总统，用中国老百姓的话说，孙中山屁股连临时大总统的椅子都没坐热就被逼下台了。好在孙大总统下台之前两天，签署了《参议院法》，中华民国大总统必须经过国会选出。

国会会址要定在北京，安在北京哪里？

据说选定中华民国第一届国会的会址也有四条要求：离政府和总统办公地点不远不近，办公场所要求不古不洋，即不进王爷府，不驻外国饭店。先在北海的后海找到了一处清朝时期的仓库，又在海淀看中了一处清朝时期的兵营，最后终于找见了宣武门内南河沿大街的这块风水宝地，当时此地为清朝政府的财政学堂。请来德国建筑师罗克格担任指挥，罗克格施行的一整套完整严谨的德式管理办法，从设计到施工，从材料到标准，全部德式要求，国会大厦的所有建筑材料，从下水管道到一砖一瓦，一桌一椅，全都从德国进口。二〇〇一年，新华社建社七十周年，对当年这座中华民国的国会大厦进行翻修时发现，九十多年过去了，连排水排气的管道都基本完好。国会大厦完工时，罗克格曾经自豪地对验收的国民政府大员们说，这项工程不是我满意，也不全是你们满意，是上帝满意。汤化龙议长看后只提了一条，怎么越看越像德国教堂？

围绕着国会大厦，建有仁义楼、礼智楼、信字斋，即今天在新华社被称为工字楼、红一楼、红二楼、圆楼和图书馆楼，形成了完整的国会建筑群。群楼都隐没在参天古树之中，三季有花，四季长青，鸟语相闻，树影婆娑。

国会大厦建成以后，按中国人的习俗一是题门匾，二是挂对子。一说是首任议长林森题，二说是立宪派领袖宋教仁题。题三个大字"众议院"，因为不像匾额是为国会立名，就没有再题对联。众议院这三个大字是何时被打掉的，亦无定论，看现在以红五角星代替，其风格作风应是在二十世纪五十年代初。很可能是新华社进驻以后，把国会大厦作为新华社大礼堂，上面写着众议院觉得有些不伦不类故打掉换上红五角星。

这犹如一件乾隆时期的官窑瓷器，却让后人把"款"涂改了。

当时国会临时大总统是中华民国最高权位之人。众议院议长林森主持大会，临时大总统袁世凯及国务院总理唐绍仪率领内阁各部总长集体前来亮相。袁世凯踌躇满志，戎装灿烂，腰间佩剑，神情端庄，众人群星捧月，簇拥向前。袁世凯像初升的太阳。进入国会大厅，林森迎上来第一句话，义正词严，掷地有声："袁大总统，参议院是立法最高机关，是一块神圣之地，例行是不得携带武器进入的，请大总统阁下解除佩剑入席，以崇法制。"把袁世凯着实震住了，你大总统也不能为所欲为，袁世凯愕然之际连声说："是的，是的。"当即解下佩剑。后面跟着挎枪佩剑的，都慌忙解除武装。袁世凯的笑容凝固在脸上，这个国会大厅不是好进的。

一九一二年五月一日，临时参议院正式开会，林森辞职，新当选的吴景濂也不是摆设。吴议长见到袁大总统以后，毫不避讳，毫不掩饰，直接面对面地，当着袁世凯的总理、部长们对袁世凯说："吾愿总统为中国之华盛顿，不愿总统为中国之拿破仑。"袁世凯抬头望望天花板，他想比较一下到底是大总统大还是国会大？是皇帝大还是国会大？

袁世凯曾经在国会众议院的台阶上用穿着的德国特制的军靴跺了跺脚，又似乎侧耳细听什么，没有人懂这位大总统在想什么？但有位记者看到后猜想，袁大总统是想跺跺脚，听听国会颤不颤？

一九一三年四月八日，现在的新华社礼堂，当年的中华民国国会门前喜气洋洋，车水马龙，名人荟萃，鲜花簇拥，庞大的西洋乐队分东西两列站好，东队是鲜红的制服，西队是蔚蓝的制服，西洋乐器闪闪发光，音乐声排山倒海。红地毯直铺到台阶下，议员们胸佩徽章庄严肃穆，鱼贯而入。再看国会大厅内部，窗明几净，中华民国的国旗十字交叉立在主席台上，楼上楼下一尘不染，文房四宝每人一份，侍从两旁站立，鸦雀无声。主席台上红木大讲台，上有五个行书大字：国会演讲台。下面有一行小字，国会讲台人人平等。

国民政府内阁全体部长集体前去祝贺，每个人都似乎被感动得五脏六腑齐翻腾，总统府秘书长梁士诒代表袁世凯上台讲话时不知为什么所绊差点儿把国会讲台推倒。袁世凯听说后夸奖梁秘书长，早晚要推倒。讲话完毕，梁秘书长代表袁大总统振臂高呼：中华民国万岁！民国国会万岁！梁秘书长下台后对一亲信嘟囔：什么万岁？怕你活不到十岁！这家伙不愧是袁世凯的跟屁虫。

国会大厦从此威风起来，昼夜都有军人持枪站岗。

一九一三年十月六日，是国会最值得纪念的日子，这天中华民国的国会隆重开幕，要选举中华民国第一届大总统。议员们都把胸脯挺得高高的，把徽章别得正正的，他们要代表全国人民选举大总统，心情还多少有些紧张。其实最紧张的是坐在中南海新华宫中的袁世凯，他知道国会中第一大党国民党很多议员都不会选他，二十多名候选人要民主选举，无记名投票，尽管他在底下做了大量的工作，但依然忐忑不安。

袁世凯估计到这场选举的艰难，他做好了预案。他派亲信坐镇在国会后面的圆楼二楼大厅现场指挥。这座圆楼修得奇特，迎面是两根罗马立柱，小遮顶，开脸是半圆，两侧是立方，二楼格局，南北通透，有罗马古建筑之韵味。此建筑现为新华社老干部活动中心，在当时是政府总统、总理、议长、副议长会前会中休息的地方，因此木质地板及扶手都是从印度进口的红木所做，大厅内的装修完全是德国风格。袁世凯派他的秘书长、内政部长等亲信坐镇圆楼，离国会仅仅十几步之遥。

袁世凯果然政治老到，七百五十九名议员选了一天，投了两次票，均不到三分之二人数。袁世凯就派人先把国会里三层外三层包围得水泄不通，紧跟着断水断电断进出，上万"公民团"义愤填膺，恨不能生吃了议员，他们要求议员赶快投票，选袁世凯当大总统。在圆楼直接指挥下，"自发"围困国会的公民一连三次冲击国会，每次都几乎冲进国会，要不是德国建筑师修建的国会楼坚固，后果不堪预料。随着时间的推移，"公民"们眼睛都红了，他们要拉出议员论理，有的人甚至爬上层顶，有的人爬上窗户，声讨之声声震国会，有的议员吓得两股战战，面皮变色。

袁世凯的办法简单实用，选不出我，就饿着、渴着、晾着、吓着你们。袁世凯果然厉害，国会的议员们可以自由议，自由选，经过十二个小时三轮的投票，袁世凯终于如愿当选正式大总统，国会内几乎鸦雀无声，似乎是一种悲哀的沉默；国会外却欢声雷动，锣鼓喧天，鞭炮齐鸣，真乃奇观。

一九一三年十月十日，中华民国的第一个国庆日，中华民国第一任正式大总统宣誓就职。国会要求袁大总统到国会就职并向议员发表就职演说。袁世凯颐指气使，趾高气扬，他说他再也不进那个"笼子"。他在清王朝紫禁城的保和殿举行就职仪式，图个吉祥，有帝王之气。对皇帝那一套袁世凯更感兴趣。袁世凯践言，直到死他再未踏进国会一步。他恨国会，也恨那幢国会楼。

谁都没想到，国会一个小动议，百年之后尚有余波。

国会议定，把宣武门至西便门的顺城路改为国会街，拨款重新修建。它是国会前面的唯一大道，更名国会街，响亮时髦。当时有外国记者报道，说这条国会街是世界四大国会街之一。实际上，这条路只是把国会楼到参议院之间的路重修了，其余的地方只有其名，未见其实。非常遗憾，中华民国实行的二院制，参议院的旧址早已荡然无存了，什么年代拆毁的也无明确记载，只知道中华民国的参议院大致应在新华社印刷厂一带。

三十多年前新华社礼堂上仍然钉着国会街的门牌，新华社大院管理处的正名仍是新华社国会街管理处。国会街在全国是独一无二的，它是中国探索民主的第一次尝试，那是历史。

一九二三年九月十二日，国会又因曝出贿选总统而"名存青史"。国会楼见证了这一中国民主的丑剧。曹锟靠贿选如愿以偿当上第五任中华民国大总统。现在很多人把曹锟骂得一钱不值，"曹三傻子"也因此出名。其实曹锟不简单，不是大白脸，也不是三花脸。曹锟在河北任直隶总督时，创办了河北大学，从全国请教授，他曾问，在北京一位大学教授一个月关多少饷？回报大洋五百。他说咱河北大学也得是这个价！只要有空，每临发工资，曹锟都亲临大学，把包着红纸的大洋托在托盘里送到教授手里，对每位教授都点头哈腰，口中连说辛苦，辛苦！夏天保定天热，曹锟看教授讲课辛苦，曾亲自搬椅子进教室，还规定让学校杂役向讲课的教授送凉毛巾，在北大教授也没这个待遇。

曹锟晚年下台后寄居天津，日本人千方百计要他出来组织伪政府，汉奸一批接一批上门当说客，曹锟秉持民族大义，不为所动。死后被国民政府追封为一级上将军。他不识字，但是他信誓旦旦地说不能叫河北的子弟们再当睁眼瞎。他开办公费乡学。

有人对曹锟说，想当大总统犯不上费那么大劲，咱有的是枪，每个议员腰眼上顶杆枪还怕他不选？曹帅说，放屁！这是民国，国会要民主，咱就给钱办民主。一张选票开到五千大洋，当时国会后面的克勤郡王府败落后，曾经以五千大洋开过价。现在已经是北京市实验二小了。曹锟出价够狠的，但也有一条，开的是"白条"，要等当选后才兑现，曹锟不傻。当年在六国饭店还有一摊儿反对曹锟上台的，向议员们开反对票，每票八千元，但未能拦住曹锟。

曹锟对国会是毕恭毕敬，从来不穿军装不穿马靴进国会，走路都是蹑手蹑脚的，不敢像袁大总统在国会使劲跺地板。曹锟怕国会。

仁义楼和礼智楼是红色的二层排楼，红砖、红瓦、红屋顶，典型的十九世纪德国建筑风格，老北京人曾给它们起过一个雅号：喇嘛红。楼两边有木质楼梯相通，上有遮雨的栅蓬，因为民国初年北京雨水勤。新华社最早把它们用作编辑部，俗称红一楼、红二楼。仁义楼和礼智楼是议员们工作的办公室和临时休息室。它们的东面最早曾有一排灰房子，那便是国会常务办事处的"交通处"，五十多辆崭新的人力车是日本领事馆送的，拉洋车的都统一穿国会的号衣，前后都写着两个大字：国会。一路畅通，行人车辆都回避。后因新华社盖职工食堂拆去。红一楼、红二楼曾经光辉灿烂，不是什么人想上就能上的。每当国会有大事，民国要选举，名人要员都满脸堆笑，双手抱拳地挨门拜访，唐绍仪、陆征祥、段祺瑞、徐世昌等都曾率其阁员拜访红一楼、红二楼。其中有一位名士值得一提，即杨度先生，他曾经受袁世凯委托，为做议员们的工作多次上红一楼、红二楼，可能在此还办过公。后成为"安筹会"六君子之一，袁世凯复辟倒台后，曾被民国政府全国通缉过。一九二七年经周恩来介绍加入中国共产党，有人讥讽他又投机革命，投机共产党。杨度曾说，现在人避之不及，我冒死参加，何机可投？说得倒也掷地有声。

一九二七年四月初，杨度参加曾为中华民国总理的熊希龄长女的婚礼，得知张作霖已经决定要派兵进入东交民巷苏联大使馆抓捕李大钊，他赶忙通知共产党人，让李大钊马上转移，后因李大钊没走，被捕遇害，杨度曾双手捶胸，悔之深刻，后悔自己没亲自去说服李大钊转移。呜呼哀哉！

张作霖不愧是东北胡子出身，奉系主政后，二话不说，解散国会，议员工资一分不发，全部遣散，国会门口放四个兵，谁去抓谁，那才叫门可罗雀。直到一九四六年七月胡适由美国回来，任北大校长雄心勃勃，他倒十分看好国会这地方，他要在此建北大分社。双十节时，胡适先生曾登国会讲堂，作过一番北大如何发展的演讲。据说胡适先生还曾饶有兴致地去看了那棵菩提树，因为胡适不太相信在北平这样纬度的地方还会有"菩提树"？

毛泽东一挥手："俱往矣，数风流人物，还看今朝。"但去看看这些已经饱经岁月沧桑的国会建筑，方知那就是中国走过的一段真实的历史，就在新华社大院里……

烟袋斜街上的斜门歪店

北京城胡同多，胡同的名字也千奇百怪。但北京胡同中把"街"叫进胡同的不多，把斜街喊进胡同的似乎除地安门大街鼓楼下的烟袋斜街就更少了。

烟袋斜街很难称得上是条街，地道的胡同，称其斜倒名副其实，不正，歪歪着就斜插出去。据说先人们给它起名时有根有据，其形其状皆像烟袋，东口往里是烟袋杆，西口往里像烟袋锅，迈着四方台步从胡同东口出西口半个钟点就到了。但烟袋斜街的名气大。老人们的话：有皇上的时候，甭管穷的富的，当官的为民的，男的女的老的少的，谁能离得开烟袋？甭管它是旱烟袋水烟袋。提起烟袋，你就知道了有烟袋斜街胡同，这胡同还能了得？

同治年间，烟袋斜街胡同差点儿废了，当年要在胡同西口，对着什刹海为庆亲王的贝勒爷修建贝勒府，在胡同东口，守着鼓楼要建巡查营，要不烟袋斜街胡同早在一百四十多年前就烟消云散了，但同治爷"驾崩"了，一朝天子一朝臣，重打鼓另开张。可能从那时候，人们不再叫烟袋斜街胡同了，仿佛从一天早晨起就约定俗成喊烟袋斜街了。

烟袋斜街的神奇在于它的名副其实。它不但形似烟袋且"瓢"也是烟袋，在这条短短的斜街上开着七八家烟袋铺，除了卖各种旱烟、水烟袋，还定做各种烟袋、卖各种烟丝，最有名的是在"烟袋杆"头一家六间门脸儿的烟袋铺子，正堂横卧着一支足有一丈长的旱烟袋，烟袋锅子锃明瓦亮、金光闪闪，和田玉的烟袋嘴白里有翠，和光温润。玻璃柜中有一根"老烟袋"，蟒皮纹的杆花，黄铜碹的烟袋锅。青白玉的嘴，下面有一鉴：大清王朝吏部尚书、体仁阁大学士刘墉用的烟袋。称"天下第一烟袋"。

烟袋斜街专卖他的烟袋，像琉璃厂专卖他的古玩，但烟袋斜街当年出名是在那家"歪门斜店"上。此店在光绪末年，应该是在光绪二十七年开在烟袋斜街烟锅子拐弯处，最不显眼、最不"起山"的地方，门随街走，斜街斜门，门脸儿两间半，青瓦灰砖，枣木窗榆木门，腊黄木横匾，三个东倒西歪的大字：汲古阁。知道内情的行里人都懂，此店系一位琉璃厂的大掌柜开的，三个看起来并不显山露水的字乃清宫大内总管崔玉贵的字，可见其背景。但为什么在烟袋斜街的拐角口开这么一个"不阴不阳、正不正、斜不斜"的小店？无人知晓。

真相是可怕的，唯一的原因是离故宫近。琉璃厂的大掌柜的要求"越灰越冷越清静越好"。其妙处难与君说。

故宫内有一个"三希堂"，是乾隆皇帝的书房，匾额也是乾隆皇帝亲题的，据说皇帝写了十几幅，这幅是反复挑选出来的珍品。两侧也有他书写的对子，"怀抱观古今，深心托豪素"。三希堂里乾隆收藏了晋以后历代名家一百三十四人墨迹三百四十件以及拓本四百九十五种，其中最著名是"三希"，即王羲之的《快雪时晴帖》、王献之的《中秋帖》和王珣的《伯远帖》，这三件国宝，皆世上绝无仅有的无价之宝，当今这个世界上亲眼见过这三件国宝的人已然凤毛麟角，谁能想到这后两件就是通过烟袋斜街的斜门"汲古阁"悄然流出皇宫，又神鬼不知地流向民间的。这其中该有多少莫测风云？该有多少惊心动魄？该有多少波谲云诡？

琉璃厂的大掌柜在烟袋斜街设店铺乃事出有因。因皇宫内的宝物一再流失，流失的方向大都指向琉璃厂，而且绝大部分宝物都是皇宫内的大小太监监守自盗。因此清廷缉查开始把网撒在琉璃厂，也查获了几件大案，最后为破案，甚至把卖宝人抓到衙门剥光衣服查看是否为太监。

烟袋斜街的"汲古阁"应运而生。

故宫后门离"汲古阁"比离琉璃厂近得多，宫女太监们出故宫后门过北海不过三四十分钟，那时候那条街也清静也背人，乌鸦落一路，见人都不飞。

"汲古阁"掌柜是位山西籍的"老汉"，姓叶，叶掌柜的平日大门不出，二门不迈，抽着旱烟袋，喝着大叶茶，戴着一副又厚又圆似棕似灰的石头镜，一顶青皮小帽下露出一条谁都想不到的又粗又大、又黑又亮的大辫子。再看叶掌柜的那脸那眼那皮肤，叶掌柜的懂得养生也讲究吃喝。这位叶掌柜的从来不张罗生意，来客也好，清静也罢，总是笑眯眯地坐在桃木桌后面养神，属于那种"三年不开张，开张吃三年"的掌柜。其实不然，他是属于姜太公钓鱼，愿者上钩。他心里有底，稳坐钓鱼台。

行家不打诳语，圈内人要见他的真功夫，行语叫"趟水"，看你趟过趟不过。

一位文质彬彬的中年人送来一幅古画，打开一瞧，画古旧得已经残破了。叶掌柜的打那位夹着画的人一进门，就开始不动声色地打量着来人。石头镜真奇妙，他看人家真真切切，人家看他雾里看花。三眼过后，叶掌柜的已经判断出此人系宫中人，且是位有一定地位的公公。坐椅不靠不倚不跷二郎腿，喝茶先端示礼不吹不晃不摇摆，抽烟不呼噜，吐烟不冲天。净脸无须，细嗓尖音，更主要的是叶掌柜的一眼就看见来人无喉结，估计应在七八岁入的"蚕室"。

这是一幅赵孟頫的山水，丝麻底，细网衬绸托裱，看画那气势云蒸霞蔚，既满眼春风，一派好山好水好诗情，又细腻真切，一笔一画一个感受。用墨用气用功，题词印鉴留跋。那位太监并不心急，稳稳地坐着，慢慢地品茶，两眼似看非看，对叶掌柜的常规问话也似答非答。

良久，叶掌柜放下放大镜，笑容可掬地坐到来客的对面，敬烟上茶，然后绵绵地说，此画的确是宫里的，但不是元代赵孟頫的画，题款是"吴兴赵孟頫"为后人伪款。应该是明朝张宏张君度仿的，张君度仿的画极少，也算是好东西，一件宝贝。来客不再赘坐，行礼道谢，夹起画来走人。

叶掌柜清楚这是宫里人前来"趟水"。

几天之后，又有一位客人带着一个木匣来见。打开木匣是一柄青铜剑，来人断言是春秋越王勾践的宝剑，剑的尺寸、大小、形状、薄厚都对，剑首外翻卷成圆箍形，内铸有间隔的同心圆，剑身上有黑色菱形暗格花纹，前锋曲弧内凹，上有鸟虫书铭文"钺王鸠浅"和"自乍用剑"。叶掌柜审视再三后把脸一沉，并无二话，端茶送客，伪作，这可能是同行"趟水"。

"汲古阁"终于不显山露水地开始进宝。有资料说当年王献之的《中秋帖》和王珣的《伯远帖》都是经过光绪皇帝的爱妃珍妃的姐姐皇贵妃瑾妃之手，"顺"出去的。据说瑾妃感到宫用用度实在拮据，只好忍痛割肉。本想把"三希堂"中王羲之的《快雪时晴帖》也"顺"出去，但慑于王羲之的这幅帖名气太大，恐怕出手时会引来大麻烦，就拿起又放下了。王献之和王珣这两幅名帖是何时从烟袋斜街"走"出去的说法不一，叶掌柜当为个中之人，但因是国宝，叶至死未提。

叶掌柜收过一对从故宫直接送过去的明成化斗彩鸡缸杯，说白了，就是明朝成化皇帝的御用酒杯。有多珍贵？现在北京故宫博物院仅存有两只，据说还有专家认为那两只斗彩鸡缸杯不是成化年间的，很可能是明晚期仿制的。二〇一四年一只明成化斗彩鸡缸杯竟然拍出二点八一二四亿港元。

　　叶掌柜打开包装刚一看到这对成化斗彩鸡缸杯时，竟然觉得双膝一软，男儿膝下有黄金，叶掌柜是方家内行，他一眼就看出那是两座金山。

　　他毕恭毕敬地擦干净手，轻轻地摘下石头镜，拿出老花镜，又掂起放大镜，屏住呼吸，目不转睛地看起来。他看得那么认真那么仔细，那么一丝不苟，眼珠瞪得仿佛要跌出来。叶掌柜心里明白，这对宝贝是从宫里"顺"出来的没假。但成化斗彩鸡缸杯从明朝嘉靖、隆庆、万历年间就开始仿制，热度没减，官窑和民间的高手纷纷献艺，到大清王朝的康熙、雍正、乾隆更是仿得几乎天衣无缝，看漏一眼就可能被蒙混过关，叶掌柜就可能家破人亡。叶掌柜的生意不好做，那是在刀锋上玩儿悬。

　　当送"东西"的太监喝茶喝到第三壶时，叶掌柜像刚刚动完一台大手术走下手术台的外科大夫，他长长地出了一口气，身上的血液仿佛才开始一下畅流起来，他敢拿身家性命担保，这一对明成化斗彩鸡缸杯是货真价实的地地道道的真品。他不敢想象这么珍贵的宝贝玩意儿怎么会从皇宫中"流"出来。但他掐掐人中清醒地觉得，大清王朝真的气息奄奄了，人命危浅了，朝不虑夕了，这么贵重的国宝就那么"仨瓜俩枣"地出手了。真可谓败家子，大清王朝不亡谁亡？

　　这对宝贝当年是珍藏在慈禧居住的慈宁宫中，有一说是被总管崔玉贵"顺"走的，但怎么出宫的传得极度神奇。

　　当年怕太监盗宝，因此出宫把得极严，检查分三道，最后一道要一丝不挂赤身裸体，这对成化斗彩鸡缸杯如何能"纹丝不动"地溜出皇宫，几乎是一道跨不过去的门槛。机会终于等来了，宫内有一太监因病暴亡，但死不发殡，一直挺着放着捂着，虽说是三秋之中，但尸臭之味渐起。这时候，才按宫中的规矩抬出宫去入土。人是死了，但出宫检查依旧，把死太监要随身携带的行李翻得几乎底儿掉。连破鞋烂褂子都翻过来掉过去地检查。一丁点儿毛病都没有，是个穷太监。最后一道关就是验身。尸体都发臭的太监也得剥光，熏得检查的官员差点儿背过气去，真乃一丝不挂，一无所有。只是在其两腿裆下有一不大的白布包，也肮脏得灰白不分，斑斑点点让人疑为血迹。这是从"蚕室"中取回的太监的"根"，进宫时被阉割的"男根"按太监规矩，死后要"根"附身，和人一块儿下葬，保佑来世转世一个囫囵男人。这东西也应该解开验看，但哪位官员愿下手解开系"根包"的系带？又臭又脏又污秽，谁下手谁会倒霉的，那东西又丑又脏又恶心，男人没人愿见，也没人敢见。民间有宁去杀一人，不去阉一人之说，更不能看被阉下来的"男根"，那是要遭报应、遇恶鬼的。官吏们捂住鼻子，挥手让走。明成化斗彩鸡缸杯就这样被"顺"出皇宫。

有一种说法，韩滉的《五牛图》从宫中"流"出的第一站也是烟袋斜街的"汲古阁"。但叶掌柜否认，他说"汲古阁"没经这道手。

叶掌柜经商是"逆思维"，生意越火越大，调子越低越沉。每天"开脸"不洒水不扫街不掸门窗，不擦家具，不招呼客人，不拉买卖。叶掌柜就像见不得风的产妇，从不站在店门口张望，绝不和闲人多说一句话。到点关张，从不拉晚儿。就这样，朝廷的缉查终于顺着烟袋斜街找到了"汲古阁"。

两位缉查把"汲古阁"踅摸了个够，又把叶掌柜问了个烦，终于安营扎寨。"汲古阁"刚刚一开门，二位准时进店，叶掌柜挂板下班，二位才抬屁股走人。渐渐地，叶掌柜三天打鱼两天晒网，他坐的圈椅上慢慢积了一层薄薄的落尘。

"汲古阁"什么时候摘匾转手的，烟袋斜街上的人没注意，就像投进什刹海里的一块小石子，涟漪也不过溅起三圈半。叶掌柜也无影无踪，直到抗战胜利，在东北吉林长春赶巧了，那地方也叫个什么斜街，新开了一间古董铺子，掌柜的正是京城烟袋斜街"汲古阁"的叶先生。人老了，但做派不改，更沉稳更老练更有底了。叶掌柜在那个"乱劲"开古玩店就是瞄着伪康德皇宫中的宝贝，叶掌柜看得更远、更深、更准。他铺里雇有两个会日语的伙计，专门做走街串巷收古董的生意，且专门上日本人住的街巷，敲日本人的房门。这在老北京，称这类上门收古董的为"打鼓"的。那个时候日本军官的家属区就像被开水灌过的蚂蚁窝，没死的全靠当卖东西过日子，有的还不敢去当铺，也不熟悉中国的典当行。全靠"打鼓"的随口价。叶掌柜真有眼光，真会捡漏儿，他说不能让鬼子把中国的好玩意儿"顺"回日本。叶掌柜曾收到一对元青花云龙纹一尺六高的梅瓶，一看能把人惊得魂销三分，地道的皇宫宝贝。在战乱期间能保存这么好真叫人难以置信。主人是个日本军官，已经被苏军打死，但叶掌柜判断，那个死在异国他乡的老鬼子一定是位十分懂中国瓷器的日本专家。叶掌柜够狠，他只花了一百块钱外加两袋高粱米。他心里挺平静挺踏实，因为他觉得谁知道死了的那个老日本鬼子是怎么从中国人手中抢去的这对国宝？

新中国成立以后，抗美援朝那年，叶掌柜曾雇了辆三轮回了趟烟袋斜街，在他的"汲古阁"老地方，他让车夫停下来，静静地看着，仿佛在回忆那一幕幕惊心动魄的历史，但他没有下车，只是远远地注视着，一言未发，"汲古阁"那地方已经变成了五金杂货铺，改卖烟筒铁炉子洋铁壶了，谁也不知道叶掌柜在想什么？叶掌柜用脚轻轻点了下车底踏，示意走人。从此叶掌柜再也没回过烟袋斜街。

走出教堂说教堂

没有人能说清楚世界上有多少座教堂，正像没有人能说清楚中国有多少座寺庙，但我知道的世界上最古老的教堂在中东的伯利恒，在耶稣诞生的地方。

耶稣一生坎坷，自幼便是个苦命孩子，当年他母亲玛利亚怀着他一路辗转奔波，来到伯利恒时连个店也住不起，就在路边把耶稣生下，用布包裹起来放在马槽里，耶稣从此诞生。随着基督教的诞生流行，伯利恒逐渐"红"起来，"热"起来，耶稣也一步步走向神坛，伯利恒也成为善男信女们朝圣的地方。公元三三九年，大约相当于中国五胡十六国时期，拜占庭帝国推崇基督教为国教，便在耶稣诞生的"马槽之地"建起了"圣诞教堂"。

欧洲的教堂追求高大宏伟，庄严肃穆，富丽堂皇，无论是在罗曼时期、中世纪的哥特时期，还是在文艺复兴时期。我没有想到，在伯利恒建起的圣诞教堂却别有追求，它更倾向于古朴、淳厚、凝重，甚至孤独。所有前来朝圣的人，即便是孩子也都肃穆以待，整理衣冠，蹑手蹑脚。

令我吃惊的是，教堂的大门不大，是扇名副其实的小门，世界著名的圣诞教堂为什么这么吝啬地开一道"细门"？只能容一个人弯腰才能走进去。这在全世界的教堂中绝无仅有，堪称圣诞教堂风格。后来求教神职人员，方知当初建此教堂并非如此，但后逢奥斯曼帝国时期，伯利恒基督教徒为防止穆斯林的骑兵进入教堂，从而亵渎和破坏圣诞教堂而刻意改建的。

圣诞教堂中最让人激动的是玛利亚怀抱着刚出生的耶稣的石雕像，那石像雕得那么亲切，那么母爱，那么温暖，那么平凡。

有人告诉我，这是一排罗曼时期也就是公元十到十二世纪时期的排椅，古老得有些笨拙，那上面已经印下了人坐时的痕迹，该有多少人静静地坐过，虔诚地在倾听玛利亚的不幸，在倾听耶稣的诞生、耶稣的苦难、耶稣的复活；多少人静静地来，又有多少人静静地走；谁能知道？有谁知道？只有这排座椅，只有这古朴幽深的教堂和慈祥亲切的玛利亚母子。

欧洲的三大教堂，圣彼得大教堂、巴黎圣母院、科隆大教堂，在中国知名度最高的当数巴黎圣母院，也是为圣母玛利亚所建。它之所以名扬中国，是因为有雨果所著《巴黎圣母院》。一九七八年，电影《巴黎圣母院》开始在北京各部委礼堂半夜作为参考片上演，一时以看过《巴黎圣母院》为牛。雨果长着和马克思一样的胡子，但却洁白如雪。雨果曾下过断语：巴黎圣母院是最漂亮的教堂。我去时正赶上朔风乍起，塞纳河畔落叶纷纷，一片金黄。走进巴黎圣母院百感交集，但第一感觉仿佛在寻找卡西莫多，在找寻吉卜赛少女埃斯梅拉达。巴黎圣母院太辉煌、太艺术、太讲究了，难道又回到枫丹白露宫？又走进了卢浮宫？仿佛那不是宗教场所，而是艺术博物馆；仿佛一脚踏进的不是教堂，而是"天堂"。琳琅满目，目不暇接。即使是在倾听神父讲课的信徒，也时不时地顾看四方，张望那四壁上的瑰宝。当教堂外的阳光透过数十米高的七色玻璃射向神台上的耶稣受难图时，巨大的风琴突然鸣响起来，唱诗班的歌声渐渐在巴黎圣母院中升起，让每个人都产生了幻觉，这种幻觉仿佛只有在巴黎圣母院才有，仿佛圣母玛利亚已经复活，圣母玛利亚正在向你走来，啊，祈祷吧。

中国人有个说法：巴黎归来不看城，瑞士归来不看湖，科隆归来不看庙，荷兰归来不看花。

科隆大教堂了不得。

站在科隆大教堂前用中国的一句成语形容最贴切：翘首仰望。那高耸入云的双姊妹塔状教堂高达一百五十七米多，她们造型一样，风格一样，尖尖的塔尖上都矗立着一个端庄秀美的十字架，直入云霄，像献给蓝天白云的图腾。仰望久了，你会觉得那孪生的姊妹塔教堂会渐渐走近你，把你融化在其中，你会情不自禁地向上帝祈祷，这可能就是宗教的力量。

科隆大教堂仿佛是按照上帝的旨意，依靠上帝的力量建造的。整座教堂都是用磨光的石头砌成的，据说一共用了四十多万吨石料。还有一点让我惊讶不已的是这座德国教堂始建于一二四八年，一直到一八八〇年建成，前后共经历了七个世纪，整整建了六百三十二年。那么多能工巧匠，一代一代，年复一年，代复一代，为信仰的追求，为艺术的实现，前仆后继，锲而不舍，无怨无悔，有始有终，这也是宗教和信仰的力量？

走进科隆大教堂，如像走进一个拱形的天主教世界，教堂内到处都是天主教旨的历史演进，一幕一幕《圣经》故事活灵活现。

祈祷开始了，唱诗班的歌声刚刚结束，巨大风琴的回音还在教堂中盘绕回荡，渐高渐远。神父开始为教徒们分发圣食。我静静地坐着，想听一听科隆大教堂独具魅力的钟声。教堂顶上共安装了十二口大钟，最大的一口钟名叫圣彼得大钟，重达二十四吨。钟被敲响时，教堂的钟声能传遍整个科隆城，在莱茵河上航行的航船都十分注意倾听科隆大教堂的钟声，尤其是晚钟，钟声穿过暮雾，透过森林，会有天主教的善男信女们闻钟祈祷。

　　但在德国最值得一提的还有易北河畔的德累斯顿圣母教堂，远远望去，这座巴洛克式的新教堂宏伟华丽，巨大的砂石拱顶，斑驳的石料拼接，让人不得不驻足观望的是教堂的正门侧面有高达几十米的黝黑石墙，以及教堂前小广场上耸立的一截残墙断壁，原来它们是德国在第二次世界大战中被美英盟军空军空袭德累斯顿时，这座圣母大教堂遭到轰炸时的残存物。为了勿忘历史，勿忘过去，在重修这座圣母大教堂时把它们原封不动地保留下来，并且还在战争废墟中挑出了三千块旧砖，在重建时尽可能地把它们砌在了原来的位置上。圣母会为它们祈福。

　　美国教堂多，因为美国信徒多，在美国凡是美国人"扎堆"的地方就有教堂。在曼哈顿闹市，矗立着三一大教堂，让我吃惊的是教堂的侧面竟然有一片教堂墓地，它与近在咫尺的喧哗闹市恍若隔世。我问，这里是寸土寸金的地方，为什么没有被拆迁？答曰：上帝不允许。

　　美国人把宗教信仰奉为至高无上，一七八九年四月三十日，乔治·华盛顿在纽约联邦大楼二楼平台宣誓就任美国第一届总统，华盛顿左手抚在胸口，右手就按在《圣经》上。从此，美国总统就职时，当着全美国公民的面，面向全世界，都要手按着《圣经》两眼平视，宣誓：愿上帝保佑美国！美国参众两院开会时，是从牧师祷告开始的，大家起立，虔诚、认真地倾听牧师的教诲。美元上印着："我们信仰上帝！"在美国军队中也有随军神父，即使在炮火连天的战场，死神已经光临，他们也愿意坚信："上帝与我们同在。"美国国歌中有"上帝保佑美国"。美国《独立宣言》《美国宪法》都有"我们信仰上帝，上帝保佑美国"，上帝仿佛无所不在，教堂在美国就无所不在。

　　我走进美国的伯克利大学教堂，甚至走进美国西点军校的"校立"教堂。据说有个士兵想家乡父母了，他想找个地方哭一哭，无处发泄思乡思亲之情，后来他到教堂里痛快淋漓地哭了一场，没想到，一出教堂门看见他的长官们就站在教堂门外，他知道这下闯祸了，没想到，他的长官们却向他毕恭毕敬地行军礼。军官们告诉他，上帝与我们同在，你向上帝倾诉是最佳选择，我们都要向你学习。美国人真会来事，真会做思想政治工作。

一天下雨，我被雨淋，正好有一座教堂，在美国教堂无论大小，绝对不会收门票，当我推开门进去时，着实吃了一惊，原来教堂里坐着黑乎乎一片人，他们正在专心致志地听神父讲《圣经》。正在吃惊之余，神职人员给我送过来一条干毛巾，从他的眼神中我看出来了，他把我当成一位冒雨来做弥撒的信徒了。

神父的讲课我一句也听不懂，这倒让我更专注地注意周围的善男信女的表情。教堂不大，也没坐满人，但我相信，冒雨前来的除我之外皆虔诚信徒也。坐在我左侧的一位鬓发皆白的先生，一直直直地跪在脚踏板上，一动也不动，仿佛是一尊雕塑;紧挨着的是一位中年女人，拿着《圣经》嘴唇一吮一动，似乎在无声地跟着神父朗诵，像位专注的中学生。

所有人都全神贯注地在听神父讲，一些本该在家听爵士乐的年轻人也心无旁骛地专心听讲。教堂内鸦雀无声，只有神父那略显苍老的男中音在教堂中回荡。

我曾在美国印第安纳州一个小城市的教堂里，正赶上神父给一个三岁的小孩洗礼，装着冷水的大水盆边上插着三根点燃的蜡烛。两位神父把赤裸裸的小孩拎起来放到冷水盆中"洗"，他的父母和家人都跟在后面，小家伙高兴得又蹦又跳，又喊又叫，身着白袍的神父打开夹子，极庄严地念着什么，然后把一份好像是证书一类的东西发给站在小孩身边的父亲和另一位男人，我猜想那位男人可能就是小男孩的教父。从那天洗礼毕，小孩就入教了。

我想起在俄罗斯东正教在给孩子洗礼时，他们不像美国人是在教堂中，而是在室外凿开一尺多厚的冰，把小孩赤条条地提起放在冷冰冰的水中浸泡。当时的气温估计应在零下十几度。入教"受戒"过程，无论什么教派，信仰什么宗教都是极严格，极庄重，极规范的。

突然，神父合上书走下讲台，一切肃静下来，一丁点声音都没有，望着圣母玛利亚，望着耶稣受难像。渐渐地，歌声从教堂深处响起，是唱诗班在深情地唱着圣经歌；渐渐地，教堂里做弥撒的人都小声地跟着哼唱，又渐渐随着歌声的响起，人们开始放开嗓子一起哼唱圣经。每个人都唱得那么专注，男人、女人、老人、学生都半仰着头，饱含着感情在唱，有人还在流泪。

神职人员默默地给每个人点燃手中的蜡烛，吃过象征着耶稣血肉的一小杯红酒和一小片面包后，一个大托盘从前往后慢慢地传过来，传到我面前时盘子里已经放满了绿色的钞票。那是你对上帝的奉献，并没有人督促，更没有人要求，甚至没有人去注意，放不放、放多少全由自己。我突然想别出心裁一下，悄悄地拿出一张人民币放在最上头。

走出教堂竟然雨过天晴，湛蓝湛蓝的天空中教堂的十字架显得格外有神。啊，教堂……

何处闻书香

国人是从何时起不待见读书的？

此言有些刺耳。以读书立国立家立业的华夏民族，以读书破万卷，下笔如有神自豪，以立功、立德、立言为己任，以万般皆下品唯有读书高为人生准则，以学而优则仕为目的，何朝何代，何年何月不读书？不是耸人听闻吧？

孔子之所以伟大，之所以有"天不生仲尼，万古如长夜"是因为孔子为千百世读书人树立了榜样。读书立说，读书传人。孔子"有教无类"，弟子三千。活了一辈子，学了一辈子，和书相伴了一辈子。

那时候读书有"前景"。战国时期的苏秦，头悬梁、锥刺骨，拼命读书。果然从一个落魄的穷书生，一举成名，佩六国相印。登峰造极。当年鄙视他，逼得他只有发愤读书的其嫂吓得伏在地上乱颤，说了一句大实话：位尊而多金。那时代，读书真能改变人的一生，比中彩辉煌。秦始皇焚书坑儒，并未能改变中国人读书的潮流。中国人以读书为高尚，为前程，为一生。隋开皇三年在全国实行科举制以后，读书人便勇往直前，终生不悔。去过中国四大书院的人无人不感慨，那年月真乃一生为读书，读书为一生。朱熹先生就题有"傍百年树，读万卷书"。书中自有黄金屋，书中自有颜如玉。吴敬梓说得深刻。范进家穷得吃了上顿没下顿，用其岳父胡屠夫的话说，不知倒的哪辈子霉，把女儿嫁与你这现世穷鬼，闺女嫁过来十几年，不知猪油可曾吃过两三回。范进可谓彻底的无产阶级，一穷二白，但他苦读苦学，偷偷去参加乡试时，家里愣断炊三天。但高中状元以后，一步登天，由穷鬼变为权贵，连他那凶神恶煞般的岳父胡屠户因为要解他"中了"的迷窍，打了他两巴掌，竟然手也疼了，掌也肿了，自己懊恼，归根结底是他千骂万责的穷姑爷如今高中了，咸鱼翻身了，他有一句妙语：果然天上"文曲星"是打不得的，而今菩萨计较起来。哈哈，范进成了天上的文曲星，谁还能挡得住天下人读书呢？"知识就是力量"不是英国人培根首先说出来的，是中国读书人千百年来的行动。比培根还要深刻，知识就是财富，知识就是官职，知识就是资本，知识就是权贵。当然，知识就是进步。

到了知识越多越反动的时候，毕竟是历史长河中的一瞬。等我们这一代跨入大学，二十世纪七十年代后期有一句话既是口号又是每个人的自觉行动：把被"四人帮"耽误的时间夺回来。不敢说持烛达旦夜读春秋，但确实是在拼命读书。

从什么时候开始，读书不吃香了？人们不再爱读书，不再下功夫读书，把读书看成是光明前程了？有份统计资料看后让人痛心。

国民图书阅读率十年走低。全世界平均每人每年读书统计显示：以色列为六十四本，俄罗斯为五十五本，美国为五十本，日本为四十本，法国二十本，韩国十一本。二〇一三年我国为四点七七本。有些臊得慌。

中国人讲究读书破万卷，现在有人读万卷书吗？

看看我们的前辈是怎样读书的。

钱穆乃中国国学大师，被梁漱溟称为中国"最后一个大儒"，钱穆先生和胡适先生在当时有"北胡南钱"之称。钱穆先生读书是真下功夫，竟然能暗诵《史记》。张恨水自喻恨水不成冰，写小说哭笑怒恨不由己。和现在被"吹红"的小说家不同，张恨水先生有真本事。能背诵《三字经》《左传》《论语》《孟子》《大学》《中庸》《诗经》《易经》《礼记》《古文观止》，仅《古文观止》就三十七万二千多字，张恨水先生读书好生了得。史学家曹宗仁先生奉行"书读百遍，其义自现"，《儒林外史》读过一百多遍，《红楼梦》读过七十多遍。茅盾先生当年曾经背诵过《红楼梦》，胡风当年在狱中凭记忆批注《红楼梦》，鲁迅先生也曾暗诵过《纲鉴》。

前辈们读书真让我们汗颜，真让我们敬佩。

前几天去北京图书大厦，发现其格局大变，一些原先卖书的地方都摆摊卖手机卖玩具甚至卖金银首饰了。大惊，问了方懂，买书的人日少，书店开销日大，只好把地方出租给能赚钱的人。问曰：卖何物能赚钱？答曰：卖什么什么赚钱，只要别卖书。问曰：为何？答曰：公款消费时还行，但很多持卡人也是卖卡不买书。现在禁止公款消费了，谁还买书？叹曰：有钱的不买书，没钱的买不起书。买一身名牌衣服花一万块心甘情愿，心花怒放，四处显摆。买一百块钱书就犹如抽其一根肋骨。风气使然？

嗟乎。

石头文化纵横谈

　　石头文化是人类文化的经典。史前的人类要用石头表现一种什么文化？表达一种什么信息？表示一种什么象征？什么祈祷？什么告诫？什么气场？什么昭示？什么庆典？直到今天，人类对于世界的认识已经几乎无所不至，甚至探索到宇宙的黑洞、磁力场、引力波，但史前的石头文化却依然未能破解，依然是个奥秘，依然让人类困惑。

　　英国史前的巨石阵，它是三十根巨大石柱上架着巨大的石头横梁，石头彼此之间用榫头、榫根相连，形成一个封闭的石头圆阵。在巨石阵东北侧先人们留下一条神秘的通道，在通道的中轴线上竖立着一块完整的"飞来石"，高四点九米，重约三十五吨，而每年冬至和夏至从巨石阵的中心远望"飞来石"，日出正巧隐没在"飞来石"之后，只见霞光不见日。据现代科学家研究早期人类根本就不可能建成巨石阵。这个巨石阵已经存在四千三百年了，比金字塔还要早七百多年，至今仍然神秘地傲立在苏格兰南部的沙利斯伯里，依然傲对青天、碧海、绿地，向后人求解，难道再过四千三百年依然无解？

　　土耳其东南的哥贝克力石阵更古老、更伟大、更隐秘，石头文化的咒语究竟在哪里？

　　据史学家考证，这是由数个巨石祭坛组成的巨大的石头布阵，每个祭坛由重达数吨的 T 形巨石呈环状排列，数十根巨大的石柱排成一连串的圆环，让人更加感到奇妙和神秘不解的是，一些巨大的石柱表面是光滑的，而另一些则环绕雕刻着狐狸、狮子、蝎子、秃鹫。要知道这个极伟大、极巨大、极神秘、极不可思议，至今仍未破译的石头布阵和修建是在大约一万一千五百多年以前。我们中国人常说万岁，喊了两千多年，其实人类的祖先在土耳其摆下的石头迷阵才真正是万岁。

古埃及金字塔屹立在开罗也有四千多年了，胡夫金字塔高达一百四十六米，在建成之后的三千八百年间一直是星球上最高的建筑，它由大约两百万块巨石构成，巨石平均质量达到二点五吨。现代机械工程学家认为，即使利用现代的建筑科技，想要再建一个屹立数千年的金字塔也绝不可能。古埃及人当时是如何把重达数吨的巨石搬运到金字塔的顶端的？千百年来各种稀奇古怪的解答无奇不有，有的甚至认为是外星人帮的忙，外星人也懂石头文化？很多去埃及旅游的中国人都要去参观卢克索神庙，古埃及的王朝因对石文化的追求而发生了变化。自胡夫王朝之后，国王们不再修建大型的石头金字塔，其中可能有一个原因，再高高不上天，再大大不过胡夫，因此他们改修神庙。卢克索的卡尔纳克神庙占地竟达三十多公顷，有大小神殿二十余座，其中最大的宽一百零二米，深五十三米，由一百三十四根巨大的石柱支撑，其中十二根巨柱各高二十三米，直径约三点五米，周长十五米，顶端之大竟足以容纳五十人站立。用中国人习惯的计算方法，紧凑点摆四桌麻将。卢克索神庙完全是一座赋予石头以生命、以文化的石头世界。

二〇〇七年我去智利访问，当我站在大西洋岸边时，我才发现那六百多尊巨人石像离我还有三千六百多公里，去复活节岛的飞机每周只有两班，我无缘去探望那些充满神奇、充满诡秘、充满传说、充满疑惑的石头巨人。六百多位可能诞生于公元四〇〇年的石头巨人，高七至十米，重三十至九十吨，有的石头巨人还头戴一顶帽子，而这顶帽子竟重达十吨之多，所有的石头巨人都没有腿，只取其半身，表情格外传情，额头狭长，鼻梁高起，眼窝深凹，嘴巴上翘，大耳垂肩。据看过的人说，每个石人都不能久看，越看越活，越看越动，仿佛要把人拉入到面向大海的石头人中。一千六百多年过去了，无数科学家、学者都来考证过，这些石头文化究竟要表现什么？他们代表什么？他们张望什么？他们述说什么？他们又期待什么？这些巨大的石头是怎样运到复活节岛上的？仿佛已成千年之谜，恐怕还将迷惑人类数千年。

二〇〇八年正值初秋时节，我率新华社国外工作考察组去希腊，时间安排得非常紧，省去吃饭时间，一路紧行，去雅典城外的卫城，那是古希腊文化的经典，也是世界石头文化的圣城。

卫城在雅典城外，是建在一个不高的山丘上的"石头城"，刚一踏进卫城就有一种巨大的肃穆之感，这就是和老子、孔子一个时代的建筑物？这里曾经留下过苏格拉底、亚里士多德、柏拉图的足迹？这阔大的厅堂中就曾经回荡过这些先哲激动高亢的声音？我想起一个故事，据说当张仃第一次走进山西大同云冈石窟时，他被感动得抑制不住地嘤嘤哭泣起来，那是艺术撞击心灵所产生的力量，催人泪下。我仿佛听见卫城也有嘤嘤的哭泣声。

地中海的余霞照耀着帕特农神庙，爱琴海的凉风吹拂着多利安石柱，我悄悄地坐在伟人们走过的石台阶上，感受那还微微发烫的余温，抬头望，那威武雄壮的帕特农神庙，有谁心中会不怦怦直跳？那时那刻不知是你走进了三千年前的历史，还是古希腊的文明史融进了你。

公元前八〇〇年，古希腊人就建立起了卫城，那大约相当于我们的西周后期。古希腊人不知怎么想的，卫城建的不是皇宫，是神庙、剧场、体育场，那可能是雅典的第一风水宝地。有石头做证，三千年未灭，其可能一万年不变。

卫城最著名的是帕特农神庙，它供奉的是雅典娜女神。但帕特农神庙中的雅典娜女神雕像已经毁于三百多年前的战火。但那些巨大无比的石头还在，那石头雕刻制作的文化还在。那足以让你魂走魄游，心往神驰，足以让你震撼，足以让你沉醉，足以让你流泪，足以让你臣服。

帕特农神庙建在高高的石阶之上，石阶底座上都有花雕镶嵌，它长七十多米，宽三十一米，有四十六根高大的石柱支撑着巨大的石头梁顶，梁下有一排排古希腊时代的雕塑，我估计都来自古希腊的传说，它们都是古希腊文化的见证。虽然经过两千五百多年的岁月侵蚀，却依然风采奕奕。那迎面的八根巨大的多利安石柱，矗立，笔直，威武，雄壮，古希腊人当年是怎样把它们雕塑得那样精细？又是怎样像摆"积木"一样把它们竖立起来？建设起来？那么精细，那么高雅，那么艺术，那么伟大。那些从附近山上开采出来重达四十吨的巨石，巨石和巨石之间的建筑缝隙只有一毫米的二十分之一，头发丝也插不进去，要想看清巨石与巨石之间的接合处，需要放大六十倍才能看清。公元前四四七年的那些伟大建设者是怎样建起这座伟大的石头工程的？抚摸着，瞻仰着这些世界文明的"大石头"，仿佛在聆听一场古老文化的大课。

公元一六八七年，占领雅典的土耳其人把卫城当成了防守古城的要塞，他们在帕特农神庙中储存了大量的弹药。在战斗中，进攻者威尼斯人的大炮击中了这些弹药引发了一系列惊天动地的爆炸，它罪恶地摧毁了帕特农神庙的殿堂，即使是成吨的弹药猛烈地爆炸，它也不能把代表古希腊文化的古建筑彻底摧毁，帕特农神庙当与地中海、爱琴海长存！

比帕特农神庙晚数百年的秦王朝的宫殿，被项羽一把火，烧得灰飞烟灭，公元前的中国古建筑荡然无存。

这是历史的悲剧，也是木文化的必然！

在帕特农神庙的侧后，是著名的埃利赫特神庙，也是一座无限神奇的石头文化的结晶，让世人赞颂和震惊的是埃利赫特神庙那巨大的石头屋顶，由六位美丽如仙的希腊少女，姿态优美地共同顶起，那是世界上最美的石柱。

我在中国看到过盘龙的石柱，贴金的石柱，彩绘的石柱，却从来没有看到过六位各具风姿的少女石柱。那六位希腊少女还清晰地保存着两千五百年前的微笑、青春、风采、神态。古希腊的石文化太神奇了，为了建筑的美，更为了建筑物的千秋万代，他们把少女的头发留成像现代的披肩长发，这样就可以增加少女颈部的支撑；他们又让每一位少女头顶上都戴着一顶橄榄枝叶编成的花冠，这样就分散了大石头屋顶的压力，使其数千年纹丝不动。古希腊的建筑设计大师和艺术大师，数千年以后也让人敬佩不已。

我们在新华社驻希腊分社社长梁业倩的带领下来到一座古希腊剧场，埃皮达夫鲁斯剧场。

埃皮达夫鲁斯剧场是一座两千五百年前建的石头剧场，它能容纳一万三千人同时就座，是一座露天大剧场，我不知道当年雅典有多少人口，两千五百年后的雅典，常住人口也不过几十万人。它修建的石座位，每排有二百六十个，一共有五十二排，采用阶梯螺旋建筑，由低往高，由小渐大，极像我们现代的露天体育场。埃皮达夫鲁斯剧场的高明之处在于无论观众坐在剧场的哪一排哪一座，无论在哪个角落，都能清楚地看见舞台上的表演，都能清楚地听见舞台上的唱词。没有任何音响设备，要达到这种视听效果，即使在今天我们也很难做到。我问那位陪着我们参观的希腊朋友，这座两千五百年前的大剧场的设计奥秘在哪里？他微笑着说，说出来可能并不复杂，但是要做到那就太复杂了。不是吗？阿基米德说给我一个支点，我能把地球撬起来，杠杆原理自阿基米德发现以来已经不是秘密，但谁能像阿基米德说的那样做到呢？您心中千万别笑，如果阿基米德健在，谁又能断言大师做不到呢？

更让我吃惊的是，埃皮达夫鲁斯剧场不是博物馆，不是展览馆，它正在上演四千多年前的古希腊悲剧，三百多出古希腊悲剧至今在埃皮达夫鲁斯剧场已经上演了两千多年，演出了一万多场，他们对我说，不但现在演，将来还要演，希腊人民，欧洲人民，全世界人民都喜爱她。

暮色降临，华灯初上，灯光下的埃皮达夫鲁斯剧场更美了。来看古希腊悲剧的人已经开始陆续入场了，那么多男男女女，说说笑笑地从四面八方走来。我悄悄地问了一下，每张入场券大概要四十多欧元，比正在上演的美国大片还要贵，人们还愿意看四千年前的古希腊悲剧，宁可擦着眼泪出来。这也是石头文化的永恒。正如古希腊的悲剧大师欧里庇得斯死后两千多年，歌德就说："没有一个人能给他提鞋跟。"

我从埃皮达夫鲁斯剧场最高的一排座位，一级一级地走下来，又一级一级地走上去，我仿佛在穿越那伟大的石头文化。

石头文化是欧洲文化的代表。

古希腊灭亡了，消失了，但古希腊的文化还在，还在一代一代繁衍，石头文化不会变成朽木粪土。

古希腊文化又迎来了古罗马文化，石头文化又长出了新的花枝。

那天我们到罗马时正赶上秋雨，绵绵的细雨，让排在罗马斗兽场外面等着进去参观的队伍变成了一枝开着五颜六色鲜花的枝条。到过罗马的中国人多忙多急也要挤时间去看看那座两千多年前的斗兽场，那该是古罗马文化继承古希腊文化的证明，也是石头文化的另一枝奇葩。

这个能容纳八万多人的竞技场，建成的年代相当于中国的春秋战国时期，竟然建设得那么雄伟，那么壮观，那么巨大，那么"现代化"，那么"科学"。凡是去过意大利罗马的人可能都去看过这座闻名世界的斗兽场，虽然你可能会闻见血腥味，不错，就在这座用石头建造起来，充满古希腊古罗马文化的超级竞技场里，第一场人兽大战竟然持续了整整一百个昼夜，有九千头狮子和五千多名角斗士血染场中黄沙。据说一共有七十二万人死在这座至今让罗马不知道是该骄傲还是该忏悔的大斗兽场里。凡是参观过这座曾被战争破坏，但当年雄姿依旧的石头建筑物的人，都会被它高超的建筑设计和科技运用所折服。那是石头文化的又一座经典标志。如果是土木结构的建筑，早就在战火和数千年磨难中烟飞毁灭，变成一丘黄土了。

离大斗兽场仅一箭之遥，便是罗马凯旋门，它是世界上十几座石头凯旋门中的第一座凯旋门，它至少要比巴黎的凯旋门早一千五百年以上。罗马凯旋门是罗马军队胜利的标志，也是石头文化的一座里程碑。

罗马万神殿，那用巨石搭架起来的建筑美，几乎到了让人击掌称绝的地步。其规模之大，造物之美，装修之精，穹顶之高，已经远远超出现代人的设想。万神殿整整修建了一个半世纪，真应了中国人的那句老话：慢工出细活。在中国知名度很高的法国巴黎圣母院，是公元一一六三年开建的，相当于中国的金朝最鼎盛的时期，两百年过去了，当巴黎圣母院建成时，金朝已经灭亡了。意大利有座美丽的城市叫米兰，在米兰广场上有一座米兰大教堂，白色的大理石建筑，有一百三十五个尖顶高高地指向蓝天，它是世界上最大的哥特式建筑。非常巧合，米兰大教堂是一三六八年开始建设的，恰恰和朱元璋建立明帝国同年，而它整整建设了五个多世纪，当它完工时，在中国早已改朝换代，已经到了清王朝的光绪年间。亚琛大教堂比中国现存最古老的寺庙之一的五台山佛光佛还要早。她现在高高矗立在莱茵河畔，虽然经历了那么多战争却完好无损，她是德国第一个被评为世界遗产的大教堂，也是世界上最古老最伟大的教堂之一。离亚琛大教堂不远的便是德国的科隆大教堂，前后一共修建了七百多年。中国还没有哪一个帝国王朝的"朝龄"能达到七百多年。我从来也没听说中国的哪家庙宇寺院经过一百年甚至数百年才修建而起的。道理似乎很简单，我们的建筑物是土木结构的，我们的寺庙中供的神龛都是泥胎塑就的。而欧洲是石结构的房，石结构的堂，石头雕塑的像。石头文化让欧洲的古代文明避开了多少天灾人祸，躲过了多少战火兵燹，又留给后世多少珍贵无比的艺术珍品和文化经典。我去过意大利的那不勒斯的庞贝古城。公元七十九年十月二十四日，维苏威火山突然喷发，由天而降的火山灰埋没了整个庞贝城，直到一七八四年一位农民在深挖自己家的葡萄园时才无意中发现了埋葬在地下长达千年的古城。当我二〇〇五年去参观时，古庞贝城近两千年前的一切几乎毫无损坏地保留下来了，石头街、石头墙、石头院、石头屋，石头建造的神台、广场、法庭、商店、剧场、殿堂，凡是石头建造的都保存下来，凡是木头建造的都消失了，燃烧了，毁灭了，只有石头文化和文化石头保留下来了。它为人类保留下了两千年前世界上最美丽最繁华的一个城市。

欧洲文明、古埃及文明，乃至底格里斯河和幼发拉底河的两河文明，都是依靠石头作为基础，作建筑，都是依靠石头才留下了辉煌灿烂的石头文化。

当我站在梵蒂冈圣彼得大教堂前，我深深感到宗教和艺术结合的完美和产生的巨大冲击力量。仅仅是矗立在大教堂廊檐上的十一尊高大的大理石雕像，就足以让人抬头仰视，驻足细品。我在中国也看见过不少几百年前的石雕人像，几乎都是僵硬地挺立在帝王陵的"神道"两侧，那些臣子、将军、使节、内侍的造像都是那么千篇一律，好像是从机器中压铸出来的"模型"。面目呆板，有形无神。

中国也有石文化，也有辉煌耀眼的石头文化，那是在遥远的北魏时代，公元三八六年。

那时候鲜卑族出了一位堪称伟大的人物，拓跋珪，十五岁就"心胸天下，放眼世界"，提刀跃马，带兵征战，结束了中国历史上最混乱的五胡十六国时代，结束了长达一百三十多年昏天黑地的军阀大割据、大混战时代。就是这位拓跋珪统一中国北方后，定国号为魏，史称北魏，成为北魏帝国的开国皇帝，他和北魏第三位皇帝拓跋焘皆人杰，中国皇帝榜上的开明治国安邦皇帝，上马提刀能破敌，下马治国能安邦。

就是在北魏时代，中国的石头文化得到了宗教的力量，有了极度的发展和卓越的成就，跻身于世界石头文化之林，让世界的石头文化惊讶。

云冈石窟、龙门石窟、敦煌石窟已被称为中国三大石窟，都是在北魏时期建造的。麦积山、少林寺也都始建于北魏。北魏时期曾有三万多处梵宫、佛寺、石窟、石刻、碑铭……

我不止一次地站在云冈石窟的大佛石像前凝视。

那石头高大雄伟，又善良慈祥，既在天上，又在人间。

圆鬓方额，高鼻深目，眉眼细长，嘴角上翘，巨耳垂肩，膀阔肩宽，五官端正，双手叠放，威中有慈，庄中有亲，气度既恢宏又睿智。云冈石窟中最能代表云冈艺术兼收并蓄的当数第十二窟，此窟分前后两室，前室北壁上，伎乐天们手持中原、草原、西域、中亚的各种古代乐器，或拨或弹或吹或奏或击或打或敲或拉，一支一千年后再看也不落伍的大型交响乐队。中国的石头文化为何到北魏就似乎到了顶峰了呢？

我登泰山，泰山上的碑铭、石刻、石文化多达六千多处。其中有秦时的李斯碑，虽然仅存九个半字，但弥足珍贵。经石峪的《金刚般若波罗蜜经》石刻，现存一千零六十七字，每个字竟有半人之高，南北长五十六米，东西宽三十六米，彰显中国石头文化的魅力。

到大唐初，贞观年间，还有"昭陵六骏"石雕，不知为什么，是什么力量使石头文化销声匿迹？是什么原因使中国的石头文化竟然从此如白蜡入火……

我多次冥想，两千五百年前，古希腊的建筑为何能告别土木结构，进入石头时代？为什么中国的建筑，以至建筑代表的美术、艺术、文化、文学却始终停留在木结构时代？

空谷有回音，如逆风过耳，为什么……

再无魏晋之风

一

想起刘半农先生曾撰一副对联送鲁迅先生："托尼学说，魏晋文章。"都俯首认同，大先生也极首肯。

魏晋不但出文章，亦出思想，出追求，出风流，出雅士，出故事。

中国历史上最有"嚼头"的当推魏晋时期，有人云："斗酒纵观中国史，不谈魏晋是枉然。"

至今也未敢有人言熟读魏晋文章。魏晋南北朝的历史积重太雄厚，雅士高论太博大，连陈寅恪先生都言似懂非懂，谁敢言懂？宗白华先生曾断言："汉末魏晋六朝是中国政治上最混乱，社会上最苦痛的时代，然而却是精神史上极自由、极解放，最富于智慧、最浓于热情的一个时代，因此也就是最富有艺术精神的一个时代。"也是让人琢磨不透的时代，"怪人""怪事""怪思想""怪精神""怪作为"，奇谈怪论层出不穷；超自然、超时代的独立、自由、放达、超越、重情、尚美、风流、高雅，应接不暇；前无时代能比，后无朝代能继。

魏晋之风，其风难测。

魏晋出清谈。清谈，魏晋之风也。坐而论道，论而谈玄，谈而有道，玄为无限，无限之中又有道。魏晋士人形成的清谈之风，玄谈之妙，谈之雅，谈之高，谈之清飘玄妙，形成社会风气，上至朝廷，下至江湖，无不以清谈、玄谈为雅为上，且形成学派、流派，不但影响文坛风气，而且影响着政治、社会。

清谈之风起于士大夫中，形成于政坛朝廷之上，风靡于士大夫之内，一度影响到社会风气，甚至社会的发展，此风三千年再未见。

魏晋之风，风源在清谈。清谈非空谈，非浊谈，亦非闲谈、胡侃、侃大山，言之空谈误国，绝无一人云清谈误国，混淆清、空二谈是因为不知魏晋清谈为何谈？谈什么？怎么谈？

冯友兰先生曾谓"真名士自风流"，要做一名清谈玄谈雅士，精神世界须有四个层面：即"曰玄心、曰洞见、曰妙赏、曰深情"。清谈之士的门槛可谓不低。风谓八面即可，魏晋清谈雅士形成的魏晋之风却有十二面风：美容之风、品鉴之风、服药之风、饮酒之风、清谈之风、雅座之风、豪奢之风、任诞之风、隐逸之风、艺术之风、嘲戏之风、清议之风，风风不断，气场盈盈。

清谈的入门谈是必修课，即先谈《老子》《庄子》《周易》，没有这三本"大书"作底，闭口不谈，耻于相谈，无话可谈，此谈非彼谈，想说什么，谈什么；想聊什么，扯什么；信口雌黄，嘴里跑火车。清谈是谈"经"论"道"，谈玄是谈儒家的经典，道家的著作，墨家的哲理，阴谋家的推论，谈锋所至为对"三玄"的认识、解读、讲述、判断，谈题涉及抽象哲学的命题，伦理社会的思辨，甚至天文、地理、数学、物理范畴的推论、思维、探索、理解。魏晋清谈很主要的是谈在讲中，谈在论中，谈在辩中，当然谈也在学中，交流商榷、推演之中。为什么后人觉得魏晋清谈，云里、雾里，也玄也虚，也神也痴，皆因为未解其中的深奥，未知其中的思辨思维，以至于把清谈与空谈、虚谈、醉谈、梦谈相联，实风马牛不相及。

清谈的前提是熟读"三玄",方有"玄讲""玄释",不能把《老子》《庄子》《周易》等儒家、道家经典读进去,走出来,岂能坐而论谈?想玄"也难玄",也"玄"不起来,魏晋的清谈之士会避而不谈。

魏晋的清谈"沙龙"讲究聚而有道,谈而有别。不但内容严格,形式也追求清雅别致。营造清谈的氛围。

魏晋清谈雅士往往会挑选一个清幽安静、风景依依的"世外桃源"之地,或园林深处,或山水之畔,或老舍高楼,先在环境上、气场上、氛围上远离现实,避开尘世;思想入境,人先入境。或酒、或茶、或棋、或画、或琴、或磬、或吟、或唱。玄谈谈玄。魏晋时期第一次出现了人的觉醒,探索与发现,开始理性地去把握和追求生命、命运、世界、空间、臆想、意识、观念、形态。很多领域正是在玄谈中开始悄然揭晓,豁然发现,哲学的魅力在魏晋开始彰显。

对命运、生死的探求正走向深处。

"竹林七贤"是其典型的代表。这个文人雅士之群体,皆大学士、大学者;皆有新时代的哲学思想,既敢推陈,亦望创新。绝非一提"竹林七贤",第一印象即为阮籍一醉六十日,神志不清,烂醉如泥。无一日不醉,无一时清醒;阮步兵当为阮不醒。刘伶更玄,唯酒唯大,唯酒唯一。说刘伶经常坐着一辆鹿车出行,"携一壶酒,使人荷锸而随之",言之凿凿:"死便掘地以埋。"为醉为酒死不足惜,视死如醉,视醉如归,甚至与猪共饮共醉。

其实"竹林七贤"皆魏晋大家,学富五车,青史留名,是"建安风骨"的继承和光大之人,清谈、玄谈高士。

正因为群星灿烂,光照天际,才引来政治上的无端迫害,才为避祸而饮酒,饮酒避死,避灭门灭族之难,为此焉能不饮?陆游曾言:"个中妙趣谁堪语,最是初醺未醉时。"

《晋书·阮籍传》讲史讲实:"籍本有济世志,属魏、晋之际,天下多故，名士少有全者，籍由是不与世事，遂酣饮为常。"

阮籍豪情不输曹操，嵇康豪情不输阮籍，可惜他们这批大雅大家皆为政治所压迫，被政治迫害所变形，屈从政治而自伐。

阮籍的《咏怀》："夜中不能寐，起坐弹鸣琴。薄帷鉴明月，清风吹我襟。孤鸿号外野，翔鸟鸣北林。徘徊将何见？忧思独伤心。"

比他年长六十五岁的曹孟德在建安十三年赤壁大战爆发前夜，五十四岁的曹操踌躇满志，心高如天，豪情满怀，持槊赋诗。曹操不愧是建安三曹、建安七子的中坚人物，也是清谈高士，魏晋之风的始祖。他立战船船头，尽揽长江，波澜滔滔，无一句豪言壮语，更无一言大话空话套话官话，开头就唱："对酒当歌，人生几何？譬如朝露，去日苦多。慨当以慷，忧思难忘。何以解忧？唯有杜康……"

清谈出诗章，也出真理。"何以解忧？唯有杜康。"到竹林七贤，则为何以避祸？唯有杜康，不醉则祸，不醉则死，方有竹下七醉。

嵇康先生乃清谈之大师，魏晋旗帜也。大学问家也。不但诗书皆通，清谈通宵达旦，听者众众，皆不知困倦。嵇康先生讲完离席，听者皆不散，愿听先生再讲，且听众越聚越多，唯恐先生离去。嵇康先生还精通音乐，精通古琴演奏，他创作并亲自演奏的《广陵散》，虽已绝世千余年，但《广陵散》却青史有名。据说毛主席当年写"一万年太久，只争朝夕"，也是有感于嵇康的名曲《广陵散》失传，因为嵇康被处决之前曾抚琴弹奏《广陵散》，听者无不掩面而泣，无不泣不成声。嵇康先生临刑前慨然长叹："袁孝尼一直想学习《广陵散》，我以为来日方长，执意不肯教他，而今我这一死，《广陵散》从此绝矣。"引颈就刑，那年嵇康才四十岁。"海内之士，莫不痛之。"来日再论长短，今日只争朝夕。

嵇康人格魅力如山，符合清谈雅士的十二风，艺术之风、美容之风，其身高七尺八寸，风姿特秀，见者叹曰："萧萧肃肃，爽朗清举。""肃肃如松下风，高而徐引。"

更让人感到嵇康先生乃十二面风范之士的是，他被司马昭判了大刑。《世说新语》注引王隐《晋书》中载："康之下狱，太学生数千人请之。于是豪俊皆随康入狱，悉解喻，一时散遣。"就是陪嵇康坐大狱也是有条件的，不够清谈之士入狱不得，无陪狱资格。嵇康真了不得。司马昭非杀其不可，杀嵇康之心，恐怕也是"司马昭之心，路人皆知"。"康临刑东市，神色不变。太学生三千人请以为师，弗许。"嵇康先生临刑竟有太学生三千多人送行。古今未曾再见，亦未查到魏晋时代有多少太学生？余之推测，应为名士俱出，无一遗漏，几乎全国之太学生集体为一就刑先生送场，何曾再听说过？可见嵇康先生之学问、之名气、之气场、之才华、之清谈。魏晋风骨、魏晋风度、魏晋风流，嵇康当属。

二

从古至今，死有万种，捧杀、骂杀、害杀、冤杀、自杀等，据《地狱十八阶》中言，阎王符中，死因万千，死法千万，独不见看杀。

魏晋清谈大家，卫玠竟被看杀，因众目睽睽而亡，被看死也不过二十七岁，青春年少，风华正茂，有倾城倾国之才，几乎具备所有魏晋清谈雅士的十二面风。卫玠为少年天才，他到建康南京后，有两大惊人之处，之一是在"六朝金粉"之都，竟然能"人闻其名，观者如堵墙"，被围观者围得风雨不透，针插不进，水泼不进。卫玠的魅力可以动鬼神。

关键是卫玠的学问，清谈玄谈之妙得。

江南清谈名士谢鲲，清玄之学高深，开篇先谈《老子》《庄子》《周易》，须有问有答，答有出处，讲有创新，谈有立意，说有玄妙，否则请离席，否则请免谈。清高之士，常常连朝中大臣，像王敦这样掌握一朝大臣生死大权的大将军也不拿正眼观之。杀、死随意，尊重难从。沐十二面风而立，何惧权贵？他与卫玠就在大将军府中对谈，两位魏晋清谈高手，从玄谈入口，谈锋不断，谈意愈浓，皆妙语连珠，令人神魂颠倒，既深入浅出，又引经据典，俱相识恨晚，王敦自恃饱学玄学，以清谈雅士自居，但竟一语一字都插不进去。两位清谈大师一谈竟夜，通宵达旦，竟然仍谈兴未尽，有后人认为卫玠绝非看死的，实际上是谈死的，清谈、玄谈到底有多大魅力？

"建安七子"中的王粲，据说是"建安七子"中才华最卓越杰出者。曹魏时代有"潘安貌，子建才"，也有人正之为"潘安貌，王粲才"。曹丕就认为，王粲才高于曹子建。所以当王粲死了以后，曹丕十分痛心。《世说新语》讲过一个故事，"驴鸣送葬。""王仲宣好驴鸣。"喜欢骑驴觅诗境的人不少，王维、杜甫、贾岛、陶渊明、陆游等等，"细雨骑驴出剑门"。但像王粲喜欢驴叫，痴醉于驴鸣的似乎不多。王粲一定能从驴叫中听出歌来。王粲别出心裁，王仲宣独树一帜，此后似乎再无此好者。

王粲死后，"既葬，文帝临其丧，顾语同游曰：'王好驴鸣，可各作一声以送之。'赴客皆一作驴鸣"。

文帝即曹丕，那时曹丕已是魏王曹操的太子。在好友刚刚起坟下葬后，带头学驴叫送王仲宣一路走好，说明曹丕也不同流俗，不同习礼，不拘身份、地位，曹丕是以清谈玄谈雅士的身份来祭奠与他志同道合的人。每人都在友人坟前学唱驴歌，以此陪同同志西行。

王粲有个性，曹丕有个性，都是沐魏晋清谈玄谈雅士之风而立者。不愿入俗流，不愿禁锢自己，不愿循规蹈矩，不愿受压迫。魏晋之前的西汉王朝，最大的悲哀就是禁锢人们的思想，扼杀了百家争鸣、诸子百家，搞"独尊儒术"，让天下人只能顺着儒家思想钻一个针眼。而魏晋之风就是对汉时独尊儒术的强大反动。王粲是典型代表之一，放纵不羁，唯我唯大，不甘于俯首帖耳，视天下为小儿。尔要登堂听钟鸣，吾偏要旷野学驴鸣；尔要正衣冠着正装，吾偏要赤膀短衫，斜躺歪坐；怎么舒服怎么来，潇洒随吾耳。

魏晋之风，王粲算春风，风不在大，却吹绿万树。

东汉时代，蔡邕是大学问家，光焰几乎无际，连曹孟德都敬他三分，后退三十里。但王仲宣去见他，"闻粲在门，倒屣而迎之"，他竟着急得连鞋都穿反了，让他那些满座的高朋鸿儒都惊诧无比，蔡邕言之："此王公孙也，有异才，吾不如也。吾家书籍文章，尽当与之。"魏晋之时，高辈欣赏晚辈，常有两大礼遇：之一是嫁女，把女儿嫁他；之二是赠书，把藏书全部赠予。曹操人言之阴诈，就是打着这个礼俗，把自己三个女儿都嫁给汉献帝。王仲宣凭什么能彻底"拿下"蔡邕？学问！

《三国志》专为王粲设传。

《王粲传》中说其善属文，举笔便成，无所改定，时人常以为"宿构"。王粲厉害！举笔便成，倚马可待，且不用一点一笔的修改，即是好文章。

王粲"有异才"，其异还异在聪明上，记忆力亦过人。《三国志·王粲传》中有记："初，粲与人共行，读道边碑。人问曰：'卿能诵乎？'因使背而诵之，不失一字。"观人围棋，局坏，粲为复之。棋者不信，以帕盖局，使更以他局为之，用相比较，不误一道。"魏国既建，拜侍中，博物多识，问无不对。时旧仪废弛，兴造制度，粲恒典之。"

蔡邕未称王仲宣天才、全才，称其有异才，王粲也能当大事，具有政治眼光。当年他投奔刘表，未得重用，"表卒，粲劝表子琮，令归太祖"。曹操兵不血刃，尽收荆襄，王粲有大功。

作"异才"、奇才、天才也不易，和王粲同一时代的孔融、杨修都因才而累，因才而死，死于非命。

但王粲有说是死于服药。

魏晋清谈之士似乎有一个通病，皆服一种"兴奋剂"，即史书上记载的"五石散"，一种直接可以伤身害命的"毒品"。"五石散"即把五种矿石碾成粉末，紫石英、白石英、赤石脂、钟乳石、石硫黄，当然也有其他记载的，比如有雄黄、朱丹、紫青、石灰、绿松石，这种"五石散"魏晋时期在士大夫中普遍服用，我查了一下，王粲极可能服用"五石散"过量而中毒身亡。"五石散"药力何在？为何一举征服整个朝野？成为当时一种高尚、时髦的养生之举。"五石散"大概有五种作用。一为提神兴奋，服下以后神经极度兴奋，不困不累，不乏不饿。二是会有一种说不出的力量附身，感到力从天来，连眼睛都会发光发亮。三是身体发热，确有壮阳作用。据说发明"五石散"的孙思邈曾说："有贪饵五石，以求房中之乐。"滋阴壮阳，被称为"房中药""春药"，也是士大夫们迷恋"五石散"的原因之一。四曰能养颜助美，魏晋士大夫追求养生美颜比东汉更甚，其化妆奁已由九子奁升为十三奁，三层十三格，出则必妆，不妆不朝不客不行，服五石散，面则红润，发光发亮，能增颜增值，士大夫服之渐成时尚潮流。五是会有一种飘飘然的神秘感觉。据说百试不爽，极易上瘾，上瘾难戒，从现象上看类似鸦片那样的毒品。魏晋名士几乎都有此好，似乎不服用"五石散"就不够档次，不够身份，不够名贵。甚至互相之间还要交流服药的体会。王羲之就是其中之一，不但热衷服用"五石散"，而且乐于抒情，喜于交流，经常"与道士许迈共修服食，采药石不远千里，遍游东中诸郡，穷诸名山，泛沧海"。王羲之功夫是下大了，真乃踏遍青山人未老，乐在其中，心甘情愿，甚至标榜："我卒当以乐死。"

"五石散"其力无穷，征服像王羲之这样的士大夫也在须臾。我甚至怀疑，王羲之在会稽山兰亭聚会的四十二人中，可能绝大多数都是"瘾君子"，至少像排在前面的谢安、孙绰等，皆是"五石散"的热衷者。据陈寅恪考证，王羲之好鹅，还有更深层的原因："非右军高逸，而道士鄙俗也。"实乃鹅肉可解"五脏丹毒。"呜呼，不知下次再去绍兴兰亭，该不该在鹅亭前伫立，再瞻拜，再留影？据说魏晋时期士大夫普遍能喝酒，爱喝温酒，无节制地喝酒，也和服"五石散"有关，让"五石散"闹的，非酒不能扩其力。王羲之有段似真似假的"怪象"——"东床坦腹"。《世说新语》上说，郗太傅在京口，遣门生与王丞相书，求女婿。丞相语郗信："君往东厢，任意选之。"门生归，白郗曰："王家诸郎亦皆可嘉，闻来觅婿，咸自矜持，唯有一郎在东床上坦腹卧，如不闻。"郗公云："正此好！"访之，乃是逸少，因嫁女与焉。

王羲之古今名士，东床坦腹招婿之事传说很多，大都赞美王右军宠辱不惊，视官途富贵如浮云，相比他那些王氏家族兄弟，"闻来觅婿，咸自矜持"，故作姿态，故意表演，好像当今俊儿郎要考取中央戏剧学院一般，似乎只有王羲之超然，我行我素，根本没把招婿当成一回事，甚至最起码的见客礼节都不讲，我当我的"板爷"，我睡我的东床，一不起座，二不更衣，三不招呼，应了嵇康先生质询钟会的那句名言："何所闻而来？何所见而去？"那门生也亦回复郗鉴："闻所闻而来，见所见而去。"嵇康因这两句话重伤了钟会而亡命，王羲之却因之而成东床佳婿。其实我以为，人在世上，绝无神仙；既非神仙，绝无超然。王羲之亦凡人也。他的那些忙着表演的兄弟皆属正常，而他却属于非常，人非草木，岂能无情？王羲之绝非"特殊材料做成的人"，那么反常，必有内因，其因在服药，服"五石散"后不能自持，难以把握自己，不得不放任自然，由他去也。王羲之正因为此，方得超然神名。

王羲之之子王子猷更是神人。似乎整天魂不守舍，忽而山上，忽而江上；忽而喝酒通宵达旦，忽而悲歌狂舞；忽而急笔作画，忽而信手文章。他半夜来灵感，一挥而就《三都赋》，惹得"洛阳纸贵"，传之朝野。

王子猷恃才自傲，才气四溢，故事也四溢。史上留名的如"雪夜访戴"。

戴即戴逵，戴安道，魏晋时期杰出的学问大家，清谈名士，玄谈大雅，令戴卓然超立的是他的多才多艺，除儒学经典，诗词歌赋，他还是位高超的艺术家，集画家、雕塑家于一身，不但提笔成文，而且挥墨成画、抬手成像。和王子猷是好友，清谈昼夜，丝毫不倦，且都自视清高，目空无人，不入俗迹，我行我素，出没无常，行踪不定，皆为有几分"仙气"的"神人"。据说有一次王子猷去见戴逵，巧在戴逵正在寺庙中雕塑。而王子猷不信佛教，从不进寺院，就在寺庙门口坐等，一等再等，等得实在心躁起来，索性破一回规矩，进庙寻戴。谁知进庙抬眼一看戴安道雕刻的佛像，竟然如神降身，双膝不禁跪倒，且长跪不起，又对戴安道双揖到地。王子猷目空一切，视天下无人，曾服过谁？

一天晚上正是飘雪之夜，王子猷想起戴安道，想和戴安道雪夜长谈。王子猷的个性说风就是雨，一时兴起，竟如燃眉之急，急忙上路，急忙登船，急忙夜渡，风风火火，无人敢问何所急？何所念？也无人得知为何夜行？为何冒雪夜渡？一叶扁舟，连夜在剡溪上急行，王子猷独坐船上，喝了一夜酒，又经了一夜风，观了一夜江，又听了一夜雪落江声。一夜辛苦，终到戴家，但王子猷却突然吩咐船家，回渡返家，望见戴门而不入，既不访又何必连夜冒雪而来？这次确有人问其故，王子猷答道："吾本乘兴而来，兴尽而返，何必见戴？"王子猷真不同凡响。

郗超也传奇。少年得志，聪明多智。饱读"三玄"，是东晋有名的清谈玄谈之士，其身体病弱，极有可能和他长期服用"五石散"有关，加之生活不规律，久病成疾，斯命之所属。但他是孝子，知他死后，其父必然大悲，极可能会因此哭悲而逝，他深知父爱子之深情，无人能制止。到头来只能是泪绝而哭血，血绝而哭命。如到那时，就把我书籍中暗藏的书信拿出来让他看，"父必不哭"！果然，郗超死后，其父大悲哭得几经死去，痛不欲生，堂上堂下无人能劝，家人只得按郗超生前交代，把其书籍中暗藏的书信拿出来送给其父看，其父看后不但马上不伤心了，反而火冒三丈，拍案大怒。原来这些书信都是郗超与其主桓温商议篡权加害东晋皇帝的。郗超其父气得大骂：小王八羔子，怎么不早点死！再无一泪，再无一哭，喝酒去了。

郗超这种劝父止悲的招法，古今中外只此一例。郗超真够绝的。

顾恺之亦堪称魏晋时期传奇人物，我行我素，卓而超群，傲立不凡。

顾恺之不但才华出众，才思如涌，而且是清谈、玄谈的高手，谈锋所向，几乎无敌手；"好矜奇""好谐谑""率直通脱，出口成章"。为其"谈瘾"甚大，座席不动，昼夜不倦。有称其为"痴黠各半"，不为世人理解。有"三绝"之称，即画绝、才绝、痴绝，都已到顶峰，不能再高。当时的谢安就曾惊叹他："苍生以来未之有也！"天下第一，能让谢安这样的大手笔、大才子、大野心家由衷地敬佩，且佩服得五体投地，东晋唯顾恺之也！仅以顾恺之画论绝，他是中国水墨山水画的鼻祖，也是中国人物画的集大成者，能把人画活画出灵气来；把神、把仙画得能走下来，邀你走进去；画鬼画神能让你两股战战，几欲先走；画帝王将相能让你双膝发软，情不自禁要跪倒。真乃出神入化。所谓"曹衣出水，吴带当风"，顾恺之点睛，死人变活，活人变仙。《世说新语》上讲顾恺之画人"或数年不点睛"，究其原因说法有二：一是说顾言"传神写照，正在阿堵中"；点睛难，几年难以下笔；二是说顾不敢下笔，点睛则人活矣。后来"画龙点睛"即由此而来。顾恺之曾根据嵇康四言诗为嵇康画像，"目送归鸿，手挥五弦"，他曾讲过"画手挥五弦易，画目送归鸿难"。以后就有人提出画"香"难，"踏花归去马蹄香"，画"声"难，"十里蛙声出山泉"等等，顾恺之还是美术理论家。顾恺之的画作《洛神赋图》《女史箴图》《斫琴图》等等，虽然都是后世高人仿摹，已足以让后人赞叹不已。

魏晋才子，千古风流。"建安七子"，魏家"三曹"，"竹林七贤"，"六朝四大名家"，王羲之、王献之、王珣，"三王"横空出世，魏晋可能是继先秦之后中国历史上的第二个艺术人才高峰，让后人高山仰止。

西晋的奢靡之风，古之罕见，从皇帝到大臣，从朝内到边关，上下都琢磨着一件事，怎么享受生活，怎么豪华，怎么奢侈，怎么挥霍。

"司马昭之心，路人皆知"是言其想改朝换代，登基为帝；司马炎之心，亦路人皆知，是言其纵欲享乐，奢侈无度。为选佳丽充实后宫，这位皇帝竟然敢让天下人停婚一年，先等他选妃，皇帝选完，天下才能婚配。除司马炎再无第二个皇帝如此霸道。你选你的美，焉能不让百姓婚嫁？但在晋武帝看来，天经地义，国之大事。后宫美女有三万多人，司马炎也真聪明，每天幸驾，是乘羊车在宫中自由游，羊车停在哪儿就驾临哪里，以致后宫美女也不得不广开思路，不但在门前栽竹，而且在路上撒盐，"勾搭"皇帝，先"勾搭"收买驾羊车的羊，"上有所好，下必甚焉""越王好勇而民多轻死，楚灵王好细腰而国中多饿人"。没见到西晋大臣是否也驾羊车而幸，但府建如宫，美女充实。汉时有明确规定，诸侯王宫中美姬不得超过四十人，到西晋之时，文怡武嬉已成风气，府中美姬妖妾往往多达数百人。自晋武帝始，奢侈糜烂之风愈烈。大臣何曾也真敢讲究，"日食万钱，犹曰无下箸处"。一顿饭要"吃掉"一万钱，还嫌饭菜没什么可吃的。留下"何曾食万"的"豪名"。老子英雄儿好汉，其子更甚，"食之必尽四方珍异，一日之供，以钱二万"。天天进餐，天天国宴。更有甚者，《世说新语》中说，石崇每要客燕集，常令美人行酒，客饮酒不尽者，使黄门交斩美人。王丞相（王导）与大将军（王敦）尝共诣崇。丞相素不善饮，辄自勉强，至于沉醉。每至大将军，固不饮以观其变，已斩三人，颜色如故，尚不肯饮，丞相让之，大将军曰："自杀伊家人，何预卿事！"王法何在？天理何在？人性何在？记得当年读此书，读到此处，曾拍案大怒，言：直接把石崇送交日本宪兵队，严刑拷打。

西晋社会比豪华、比奢侈、比挥霍、比享乐、比造孽、比变态，已病入膏肓，难以自拔，就是这个该进日本宪兵队的石崇，"厕所有十余婢侍列，皆丽服藻饰，置甲煎粉，沉香汁之属，无不毕备，又与新衣着令出"。上一趟厕所，如过一个大年。再看王济，因为他是西晋大将军王浑的次子，赫赫有名的"官二代"，官拜中书郎至侍中。家中奢华到何种程度，言之无以复加恐不为过。《晋书》有记载，家中所用餐具，皆琉璃器。西晋时期，琉璃制品远贵于黄金，视其为"世之珍宝"，有婢子百余人，皆"绫罗绮绵"。如此阵容，可窥一斑。再看上的佳肴，有一道"蒸豚肥美，异于常味"，此蒸乳猪非彼蒸乳猪，为何其味美异常？原来这乳猪是"以人乳饮豚"，这乳猪是喝人奶长大的，作孽如此，岂不遭灾？

史上有名的"石王斗富"《世说新语》中描述得活灵活现。石崇王恺争豪比富，王恺是当朝晋武帝的舅舅，国舅爷，富可敌国，穷奢极欲。有一次"比富"，王恺让人端出一架高二尺许的珊瑚树，这珊瑚树还是当皇帝的外甥特意送的，以为天下第一矣，没想到，崇视讫，以铁如意击之，应手而碎。恺既惋惜，又以为疾己之宝，声色甚厉。崇曰："不足恨，今还卿。"乃命左右悉取珊瑚树，有三尺、四尺、条干绝世，光彩溢目者，六七枚，如恺许比甚众。恺惘然自失。

暴殄天物，穷奢极欲。以石崇为代表的西晋达官贵族无所顾忌，搜刮民财，肥己损国。只说石崇家养美女达数百人，皆锦衣艳妆，玉耳金翠。丝竹尽当时之选，庖膳穷水陆之珍。真可谓见所未见，闻所未闻。当时西晋王朝正值"八王之乱"，权臣孙秀听说石崇有一美女，其名唤绿珠，"美而艳，善吹笛"，派人去索要。石崇何人？大怒，"绿珠吾所爱，不可得也"！没想到孙秀一手遮天，权倾朝野，正弄权得意，把玩皇帝于股掌之中，何患崇哉？栽赃移祸造罪，要置石崇于死地。当抓捕之众围石府之际，石崇正欢宴于楼上，于是转身对绿珠言："我今因你得罪也！"可惜绿珠烈女，也可称之女中豪杰，望刀枪丛簇，虎狼之兵，泣而言之："当效死于官前！"言毕跃楼而下，一头撞死。

石崇最终落得个"诛三族"，"三族"之内，无论男女老幼一律东市枭首。

西晋皇族歌舞升平，高官显赫只有一件事就是纵欲享乐，每天都尽享天下之福，豪宴从早摆到夜，吃不下去，就自行呕吐，以便腾出胃口再吃美食，猪狗不如。更有士大夫渐行渐远，求仙追神，服药、清谈、敛财，直至装神弄鬼，竟然渐成风气，一帮朝中高官达贵，手执拂尘，宽衣广袖，剃面熏香，周围人也都装扮得似妖似鬼，似仙似神，什么国事、军事、政事，统统斥之"俗务"，不屑一览。谈则谈老子、庄子，清谈、玄谈，神谈鬼谈。魏晋之风渐入歧路，此风吹得西晋败，不亡不败天理何在？

汉奸，民族之毒瘤

抗日战争胜利已经整整七十周年了，但抗日战争时期一道看似十分简单的题目至今无解。

中国到底出了多少汉奸？

类似的题目都已有一解。

抗日战争十四年，中国共有四百一十四位将军为国捐躯，血洒疆场，其中张自忠是牺牲在抗日战场上职位最高的一位上将军。第一位为国战死的将军是佟麟阁将军，他战死时任国民革命军第二十九军副军长。佟麟阁战死后，一九三七年七月三十一日南京国民政府追授他为陆军二级上将。

中国在抗日战争中伤亡逾三千五百万人，经济损失六千亿美元，军队伤亡三百八十万人以上。

但抗日战争中国到底出了多少汉奸却似乎无解，中国出汉奸的速度让人瞠目结舌。比共产党领导的八路军、新四军和敌后抗日游击队发展得迅猛；比国民党领导的国民革命军发展得更凶猛。

据史料记载，中国共产党领导的军队到改编成八路军时一共编为三个师，总计有不到五万人，到抗日战争结束时已经发展到一百二十多万人。

再看看汉奸伪军的发展史。抗战爆发前，全中国未曾有一个伪军，更没有成建制的伪军军队，到一九四三年，全国沦陷区成立的正规伪军已经发展到一百多万人，多多少？说法不一。有的说有一百二十多万，有的说有一百五十多万。据《解放军报》报道，中国成为"唯一伪军超过侵略军的国家"，据说总数应在三百万人以上。日本投降时伪军为一百四十六万，伪警察为四十多万，被歼灭的大概有一百二十多万，这些仅为日本人投降时的约数，不是日本侵华最高潮时期的数字，而且不包括不穿军装，不穿制服的汉奸武装。从史料上可查，那时候伪军已拥有海军、空军、炮兵、工兵、骑兵，"中央"陆军军官学校，这还不包括那些文职汉奸，也不包括各种不穿军装的地方土汉奸武装，像形形色色的"便衣队""特务队""清剿队""扫荡队""搜索队"，各种各样的"铁杆汉奸"，以及保安军、治安团、反共团、清乡团、自治军、红枪会、保乡军等等，这类土汉奸武装多如牛毛，遍地皆是。在日本人的扶植下，这些汉奸武装发展极快，确有燎原之势。这类汉奸武装为虎作伥，助纣为虐，残害百姓，危害地方。也确实帮了日本侵略军的大忙。对于日本人建立和巩固其基层政权起到了无可替代的作用。这类汉奸武装到底有多少人几乎无人能说清楚，他们像狗身上的跳蚤、虱子，有人曾做过一个大概的估计，以"铁杆汉奸"为核心的这种汉奸地方武装发展最猖獗时，其人数应在五十万至一百万以上。

正是这些密如跳蚤、虱子一般的"铁杆汉奸"和那些正规汉奸武装，维持、巩固了日本侵略军扶植制造的各级汉奸伪政权。有的甚至还得到了发展壮大。甚至在日本投降的前夜，这些伪政权、伪武装竟然没有显露出马上要分崩离析、树倒猢狲散的现象，这是中国特色的汉奸现象。

中国的汉奸厉害。

在热河陷落的前夜，东北军崩溃，政权全部瓦解。日本人铁蹄尚未踏进，仿佛在一夜之际，热河省遍地滋生出无数汉奸武装和汉奸政权，甚至到处可见迎风飘扬的太阳旗，从省到乡竟然秩序井然，巡逻的、办公的、管事的、传话的比汤玉麟当热河省长时还有效，还负责。一九三三年三月初的一场大雪之前，全热河省没有一个人见过日本兵，每一个汉奸都像盼星星盼月亮盼着热河出太阳一样，盼着日本兵开进热河、开进承德。有些汉奸和汉奸自筹自建的政权做得更完全彻底，甚至"壶浆箪食，以迎王班"。有的还四处抓捕东北军散兵、热河政府的官员，五花大绑准备"献俘迎新"。这是民族耻辱，真实是可怕的，也是无情的。

以致日本人派来的只有一百二十八人的骑兵前哨，竟然人不下马，刀不染血，枪不拉栓，屁都没放一个就被前拥后簇地迎进热河省会承德，占领整个热河省。

岂止热河？"九一八"事变后，吉林的汉奸纷纷出动，大小汉奸争相表演，日本人尚未进长春，一整套完整的汉奸政权已建立完成。一整套迎接日寇进吉方案几臻完美。日寇兵不血刃，弹未击发，大摇大摆像英雄归家，"和平"占领长春。从冀东到山东，日本鬼子几乎是被汉奸列队摇旗，点头哈腰欢迎进来的。有的地方的汉奸政权还布置扭秧歌、唱大戏、踩高跷、划旱船，"皇军"是被"请"进来的，街道两旁有热茶、有蒸馍，有煮熟了的鸡蛋。汉奸活动之猖獗已经到了无以复加的程度。

认贼作父、丧心病狂、卖国求荣、无耻之极，汉奸都不怕臭，我们却蒙住双眼，不敢正视那段历史，不敢痛批汉奸。怕痛怕丑怕臊怕真实的民族恐怕不能称之为优秀民族。

"铁杆汉奸"是我们民族病灶的溃疡点。没听说日本有"铁杆日奸"，德国出了"铁杆德奸"，美国出了"铁杆美奸"。所有其他民族出的奸都不如汉民族的奸"铁"，都比不上汉奸更集中、更彻底、更浩荡、更卑劣、更无耻、更残忍、更畜生，更前拥后挤，更前仆后继。

一九四〇年三月三十日，汪精卫在南京成立"中华民国国民政府"。在此之前，汪精卫投靠日本人，甘心做大汉奸已然昭然若揭，他和日本人私下签订的卖国亡国条约已然昭示，全国已形成共诛共指的态势。没想到，几乎在一夜之间，聚集在汪精卫周围的形形色色的大小汉奸竟达数千人，仿佛在一夜之间，就组成了完全类似重庆政府的汉奸政权，且"人才济济"，争相表现，真应了百姓的那句话："忍看国军纷纷败，无奈汉奸滚滚来。"不能不提的是汪精卫是国民党二号人物，曾是刺杀清摄政王不成英勇被捕视死如归的革命斗士，其赴死悲歌恐怕无人能比。"慷慨歌燕市，从容做楚囚。引刀成一快，不负少年头。"就是他慷慨做汉奸，其伪政权中的二号、三号人物，著名的大汉奸陈公博、周佛海皆曾是中国共产党的创始人，没有这二位，中共第一次代表大会能不能开成？中国共产党能不能如期成立可能都有问题。这两个大汉奸亦是汪伪政权的创始人，在汪伪政权的建设中无人可代。汉奸特务机关的创始人李士群、上海七十六号的魔头，曾在一九二六年加入中国共产党。汪伪政权的另一个大将梅思平的经历更让人难以常理解释。"五四运动"中梅思平是大学生上街游行的带头人，热情、革命、无畏、勇敢，是他带领学生声讨三大卖国贼：曹汝霖、陆宗舆、章宗祥，率领学生冲击曹府，火烧赵家楼，梅思平是第一个点火的革命斗士。但就是这个梅思平在一九四〇年毅然决然投入日本人的怀抱，积极组织以汪精卫为首的汉奸卖国政府，立场坚定，可谓铁杆汉奸，因为直到抗战胜利，他被国民政府判处死刑执行枪决时，他依然认为卖国有理，当汉奸有功，至死不悟，至死不悔。跑到南京伪政权中当汉奸的原国民党中央委员就有二十多人，真如群蝇逐臭，趋之若鹜，难道这些人真的不知道背叛祖国、背叛民族要被钉上历史的耻辱柱的？是要遗臭万年的？难道汉奸真如臭豆腐闻起来臭，吃起来香？最典型的还有鲁迅的弟弟、北大教授堪称大学问家的周作人，日本人咄咄逼人，马上要占领北平，以胡适为首的十数位教授、学者、朋友纷纷劝其离北平南下，可谓陈其厉害，动情动理动义，想必周作人智商不低，但他不为所动，当汉奸的主意铁定。下水附敌后异常活跃，出任伪华北教育总署督办，一个文官还要全身日军戎装，和其他大汉奸、日本军官登上天安门城楼检阅汉奸青年组织"新民青年团"。周作人派头不小，贼胆不小，敢登天安门检阅人马，敢到日寇实行"三光政策"的"治安强化区"视察，聘请日本"教授""专家"到各学校对中国学生进行奴化教育。这位曾经"五四"运动的先驱，完完全全、彻彻底底地堕落成一个铁杆汉奸，抗战胜利以后以汉奸罪判其十年一点都不冤枉，问题是新中国成立后国民党的这一判决似乎可以推翻，才有人至今还为他这个铁杆鸣冤。

中国为什么会出现那么多汉奸？

到一九四三年，日本帝国主义已经即将走向崩溃的前夜，中国汉奸还正风起云涌，一浪高过一浪。仅国民党高级将领投降当汉奸的就达六十七人之多。且很多都是黄埔毕业，有些甚至还是黄埔一、二期毕业生，以至汪精卫授衔上将、中将、少将，一日授数将。这些将军率部投敌当汉奸的成建制的部队多至五十多万人。

庞炳勋是一代抗日名将，一九三八年台儿庄大战，庞炳勋以装备低劣、兵员不齐的杂牌军一万多人，和日寇侵华最精锐的号称"钢军"的第五师团在临沂城下血战。重挫了骄横跋扈的日军机械化部队的嚣张气焰，把日军阻挡在临沂城下数周，保证了台儿庄大捷。庞炳勋一举成名，受奖受勋受衔，后晋升为国民革命军第二十四集团军总司令，成为全国抗日名将。一九四三年太行山反"扫荡"失败后，庞炳勋被俘，竟然投降日寇，会见冈村宁次，面见汪精卫，被授以上将军衔"开封绥靖主任"，很快组织起一个方面军的伪军，彻底当了汉奸。

有时候，日本人了解中国民族劣根性比中国人还透彻。

南京沦陷后，日寇俘虏近十万中国军人，日本人要鉴别出这些俘虏中的军官，不像国民党和共产党那样，派政工人员一一鉴别。日本人的办法是把俘虏围好，让汉奸喊话，把混入俘虏中的军官指出来，否则全部枪毙一个不留。经过一段沉默以后，所有俘虏都把手指向混进俘虏中的长官，竟然千夫所指、同仇敌忾，长官们想躲都躲不了，有的索性被愤怒的士兵揪出队伍押解到日本兵跟前。混入俘虏队伍中的长官，无一漏网，精准无误。日本人的鉴别办法，可谓简单实用，刘启雄就是其中一位。

被俘前，刘启雄是南京保卫战国民革命军第八十七师第二六〇旅少将旅长，黄埔毕业，长期在国民革命军警卫军带兵，能打仗，会打仗，也会带兵，是蒋介石嫡系中的嫡系。二六〇旅打得不错，但全军覆没，旅长化装成挑夫瞒过了日本人的眼，成功地混在俘虏群里，但随着汉奸一声呐喊，几乎所有认识他的兵都把手指向他，有口莫辩，千夫所指，被日本兵揪出来。日本人办法真绝，随后便把那些"立过功"的俘虏一个不留地全部杀死，独独把刘启雄留下来。

刘启雄最终被汪精卫招安当了汉奸，被委以重任，授中将军衔，任和平建国军第二军军长。

有名有姓的大汉奸可恶，无名无姓的小汉奸可恨。

淞沪抗战失败，就失败在一个小汉奸身上。当时上海抗战正打得如火如荼，几十万国军在前线拼命，平均每天伤亡千人以上，但也让日本人吃了大亏。这时候日军高层就策划在杭州湾登陆，抄上海中国守军的后路。但所有资料和实地侦察都表明，宽泛的海滩滩涂根本无法登陆，日本人想到了，中国军方也想到了，调出所有地质资料研究，不止一次派要员实地勘察，得出的结论同日军一样，军队在此地登陆绝无可能！因此几乎没有设防。而日军中有一情报官认为，天无绝人之路，就化装成一名科学家深入这片海滩涂。他住在附近一个老百姓家里，与那个老百姓同吃同住同生活，每天付给房东十元法币，那个老百姓终于被感动，被收买，下水附敌，给日军指出了一条几乎无人知晓的"硬路"。于是日军第十师团就此登陆，抄了数十万国军的后路。引发国军大溃败，成千上万的国防工事不得不全部抛弃。

一九四〇年，八路军在山西长治黎城黄崖洞建成八路军最大的兵工厂。不但能造枪，甚至能造炮，日本人得知后多次调兵"扫荡"都打不进去。最后竟然一次出动五千多鬼子要端掉黄崖洞，彭德怀亲自坐镇指挥，打得日本人进退两难，黄崖洞的地形太险要了，又加上后面就是兵工厂，武器弹药源源不断。但谁都没想到，紧挨着黎城县的武乡县出了个小汉奸，他对两县相连的大山十分熟悉，竟然带着日军抄山路走一条古道，绕到黄崖洞后出其不意奇袭黄崖洞兵工厂，整个兵工厂被彻底捣毁。要不是彭德怀撤得快，很可能被堵在黄崖洞中，五千精锐鬼子顶不上一个土汉奸，汉奸厉害。

据考证，中国汉奸始于西汉，司马迁就因陷"汉奸门"而受辱。

西汉到汉武帝时和匈奴开战，著名的汉之名将李广之孙李陵参战，他以五千多兵力，抵挡住匈奴八万多骑兵的进攻，杀得天昏地暗，血染疆场。匈奴看这支疲劳征战的汉军真不是好惹的，八万精兵已折损万余，准备退兵。正在此时，李陵部队出现了叛徒，投降了匈奴，做了汉奸，他的见面礼就是向匈奴报告李陵已经没有箭了。于是匈奴不但不退兵，当晚就重新作了战斗部署，第二天在匈奴全军围攻下，李陵全军覆没，副将战死，李陵受伤被生俘。

无论李陵经受过多少委屈，多少不平，但他最终是投降了匈奴，这和苏武形成鲜明的对照。正像庞炳勋、刘启雄，无论他曾经立过多少战功，杀过多少日本人，他一旦投降日寇，为日本人效劳，他就是汉奸，无可置疑。司马迁为李陵当时辩白理由有三，一是有战功，"弹尽粮绝"而俘；二是兵败有因，支援不力；三是李陵可能先降后反，等待时机，"曲线救国"。司马迁错误，此辩无理。按西汉法律，兵败甚至作战不力都要被判死刑，李陵爷爷李广即是。李陵兵败师丧，又降敌为奸，被判死刑并不冤屈。

　　即使李陵逃回汉来，亦难免一死。李陵之所以投降，恐怕这是其中一原因。后误传李陵带兵侵犯汉界，汉武帝把李陵"夷三族"。按照西汉的法律，如果李陵果真带匈奴之兵侵犯汉朝，"夷三族"恐怕无误。唐王勃曾长叹"冯唐易老，李广难封"。但李陵被匈奴封为王，投敌且封王，或为汉王朝之劲敌，非汉奸乎？司马迁被判死刑改判阉刑，后人觉得太冤，实则是其有《史记》，否则何冤之有？否则李陵汉奸之罪早已定案。

　　在中国历史上有几十位傀儡皇帝，真正称得上完全彻底的汉奸皇帝的当推两位。

　　五代时期的后晋皇帝石敬瑭堪称中国历史上最彻底、最无耻、最卖国的汉奸皇帝，是地道地、名副其实地认贼作父。为当上汉奸皇帝，石敬瑭不惜卖国卖祖宗，竟然敢把燕云十六州全部割给契丹，对契丹国称父，称契丹国王耶律德光为爹。诚心诚意地跪倒在耶律德光的面前，一头磕到地，称父称皇。其实这位契丹国王比石敬瑭整整小十七岁。按年龄计算，耶律德光该拜石敬瑭为干爹，石敬瑭无耻到几乎无以复加的地步，可谓铁杆汉奸。

　　另一个汉奸皇帝就是溥仪，日本人一手扶植制造的伪满洲国康德皇帝。中国人说起康德皇帝，没有多少人知道是哪个皇帝，说起清末末代皇帝倒有些人知道。不光是中国人没拿这位汉奸皇帝当皇帝，就是日本人也没拿他当皇帝，他自己也没觉得是皇帝，不过是在太阳旗下的一个"楼长"而已，出了那个被虚情假意命名为皇宫的水泥楼房，他什么都不是，就是个小汉奸。

　　中国这地方真值得研究，是有出汉奸的土壤，还是有利于汉奸发育成长的环境？据有人考证，"汉奸史"研究仍属空白。中国的汉奸史不研究也罢。大宋王朝时期有《清明上河图》，值得骄傲，但却没有画出那个时代汉奸的种种可恶的嘴脸。提及宋代的汉奸，人们首先想到的是秦桧，其实秦桧只不过是芸芸众生的汉奸群中的佼佼者，在秦桧之前汉奸滚滚，秦桧之后汉奸汹汹。仅举一例，一二〇二年金逼宋割地赔款称臣，这还不够，金提出要宋之主战大臣韩侂胄的头。韩侂胄身为朝廷大臣因主张抗金，竟在上朝的路上被数百名汉奸一拥而上活活打死，朝廷竟然被吓得一声不吭。汉奸气焰何其嚣张！即使这样，金仍不允，死也要人头示众，朝内汉奸立即派人挖墓开棺，挖出韩侂胄的尸体，剁下脑袋毕恭毕敬送给金人。宋之汉奸群体之大，可能无人愿意去研究它，但其汉奸之气候氛围，汉奸之环境在中国历史上已近高峰。远的不去研究，离我们不到四百年的明末，汉奸出得可谓风起云涌、前赴后继、蜂拥而上、争先恐后。明朝可称汉奸大国，从朝廷王侯、国家重臣、封疆大吏、文臣武将一直到一般普通官吏、三教九流、士绅百姓，都纷纷投降改换门庭，愿意下水附敌充当汉奸。清朝十七万军队竟然一举荡平整个中国，真可谓摧枯拉朽，横扫千军，势如破竹，在中国历史上绝无仅有。清朝八旗兵没那么大力量，功在汉奸，全靠汉奸。明末和抗战期间，为什么出了那么多汉奸，的确值得研究。

清末出的汉奸也不少。第一次鸦片战争，英国一共四千多人的远征军没有后勤供应，没有兵源补充，没有可指望的援军，就这么一支孤军，打得有四亿国民、GDP几乎和英国同等的大清帝国举手投降，签订中国历史上对外第一个不平等条约。我们现在指出的理由有两条，之一是洋鬼子船坚炮利；之二是落后必然挨打，却都不敢再往深揭；汉奸兴风作浪，汉奸无恶不作，汉奸无处不在。有时候"假洋鬼子"比真洋鬼子更坏、更厉害、更知情、更要命。没有中国的汉奸，第一次鸦片战争，英国人打不赢。第二次鸦片战争期间，中国出了个不大不小的汉奸，但这个让后人指骂的汉奸在中国人心中投下了一颗原子弹，这个臭名昭著的汉奸叫龚半伦。

龚半伦是无名鼠辈，但他爹却是位名人，他爹就是龚自珍。毛泽东曾在一次讲话中引用过龚自珍的一首诗："九州生气恃风雷，万马齐喑究可哀。我劝天公重抖擞，不拘一格降人才。"使龚自珍在共产党干部中间一时声名鹊起。他爹是人，他是鬼。第二次鸦片战争时，龚半伦是英使馆翻译，那时中国人通常称之"假洋鬼子""二毛子"。这小子是真心实意卖国、毁国，是他在英法联军攻破北京城时玩儿"仙人指路"，告诉英法联军清政府的命门在圆明园，抢了烧了圆明园则清政府才能软下来，才能任人宰割。英法侵略军找不到北，又是龚半伦亲自带队，血洗圆明园，不但抢劫了圆明园，还一把火烧了这座堪称万园之园的皇家园林。万劫不复，让国人从此世世代代遗恨，不啻在中国扔了颗原子弹，这小子可谓铁杆汉奸。

当然并不只有一个龚半伦，英法联军的骑兵直扑颐和园，一点犹豫都没有，因为马队前面跑着七八匹快马，上面的汉奸似乎比洋鬼子还心急。对英法联军来说，是意想不到的收获，汉奸为洋鬼子效劳堪称无微不至。

令人想不到的是，百姓中涌现出的"平民汉奸"为洋鬼子干起活来也堪称"一不怕苦，二不怕死"。第二次鸦片战争中，英法联军不远万里，征战中国，并未"兵马未动，粮草先行"，洋鬼子几乎无须考虑后勤如何保障，他们似乎只需要一心一意打仗就行了。据当年曾任法军远征军中校的瓦兰·保罗在《远征中国》中记载，战争期间，有许多向他们运送"粮草"的船只，源源不断，有的甚至冒着大清边防军的炮火前进，"一个充盈着各式天然食品的市场奇迹般出现"。当时满载着法军军用物资的"快帆皇后"号在澳门近海失火，法军军服大量被烧毁，但法国人却未慌，他们说："多亏了中国裁缝的仿造才能，衣物的匮乏很快得到了缓解。"汉奸厉害，更让中国人面红耳赤的是，当英法联军进攻大清帝国首都时，紧紧跟随着英军炮兵部队的是一支由四千多中国壮劳力组成的运输队，除了做好运输工作外，还冒着中国军队的炮火向火线运输炮弹，甚至还参加战争，看到英国军队人手不够，就自愿加入战斗，中国人聪明，往火炮里装填炮弹的活一学就会，都干得热火朝天，汗流浃背，心甘情愿。好像在帮助我们自己的军队解放我们自己的家园。更让我们中国人臊得慌的是，瓦兰·保罗是这样记载的："中国苦力们泡在齐腰深的水中，冒着和我们的士兵同样的危险，但没有一个中国苦力面露惧色，所有的人都勇敢地完成了任务，为了坚守位置，十二名中国苦力牺牲或者负伤。"让侵略军由衷赞扬的中国汉奸！

一九〇〇年八月，八国联军进攻北京城时，按道理京城是可以一守的，攻守兵力不成比例。第一波进攻的八国联军只有三四千人，而守军多达十万之多，加之有高城厚垒，但八国联军几乎兵不血刃，不费吹灰之力，就顺利地打开北京城。原来也是汉奸之功，有汉奸引路，从一个外人甚至附近的老百姓都找不到的狗洞里爬进城去，日军当先打开城门放八国联军进城。进城后，八国联军分成各路纵队，队队都有汉奸带队，轻车熟路，直取皇宫紫禁城，直取各王府，官吏衙门，几乎无一漏网。据说北京城胡同有数千，但八国联军却没有迷路，没走一点冤枉路。跟在八国联军后面的竟然是一群群、一队队，兴致勃勃，意气风发，自觉组织起来的中国人，他们担着扁担、大筐，提着口袋，推着小车，急不可耐地要发"国难财"。在那些发黄的老照片里，这些帮助洋鬼子运输辎重的中国人，不怕困难，不怕疲劳，甚至不怕流血牺牲，把侵略军的弹药给养运到火线上。还有一些青壮年中国人，帮助洋鬼子铺路架桥甚至帮着洋鬼子架梯子、扶梯进攻皇宫紫禁城。他们不怕吃苦，不怕脏险，帮助洋鬼子扒墙、破门、拆院、抢劫，洋鬼子不要的他们都要，都抢，恨不能一扫而光，甚至比洋鬼子还凶、还贪、还狠、还坏。

北京城的失陷，汉奸功不可没。

没有人承认，在日本侵华期间，东北抗联风起云涌，遍布白山黑水，但整个东北抗联最后几乎全军覆没，一个重要原因是因为叛徒、汉奸层出不穷，防不胜防，抗联是毁于汉奸之手。抗联各路军、各军师的领导几乎不是被叛徒、汉奸出卖，被叛徒、汉奸打死，就是下水附敌，充当汉奸，成为剿灭东北抗联的帮凶。

一位老抗联曾经说过，没有那一批又一批的汉奸叛徒，光靠"小日本"是打不垮抗联的。

东北抗联流传最广、最激动人心的事迹是八女投江。为了掩护抗联主力部队转移，冷云等八位女抗日战士，打完最后一颗子弹后，高唱《国际歌》一起投入乌斯浑河壮烈牺牲。但她们不知道，她们以死相拼掩护的师长关书范在这之后叛变投敌当了汉奸。正是这位关师长的叛变给抗联带来极大的破坏，带领日本人和汉奸伪军几乎破坏了东北抗联二路军所有的据点和秘密营地，几乎把抗联二路军连根拔。与日本鬼子讨伐队相比，汉奸、叛徒组成的伪军更凶狠、更残酷、更无情、更能拼，也更顽强、更狡猾，更能吃苦，更不怕死，甚至更有战斗力。许多支抗联队伍都是被汉奸队伍追垮、打垮、打残、消灭的。碰上日本人，抗联队伍三甩两甩就能冲出包围甩掉尾巴。遇上汉奸队伍，他们甚至比自己人更熟悉，更知情，根本无法甩脱，队伍非残即垮，杨靖宇的第一路军就是这样被追垮、拖垮、打垮的，他自己也死于汉奸之手。

杨靖宇手下第一军第一师师长叫程斌，号称小杨靖宇，他的叛变使杨靖宇的部队几乎寸步难行，致使杨靖宇的部队处于不被打死就被饿死冻死的绝境。最后连杨靖宇的警卫排长都叛变当了汉奸，并且拉走了几乎整个警卫排，把杨靖宇的行踪全盘报给日本人，并且带领日本讨伐队不分昼夜追捕杨靖宇。当杨靖宇孤身一人与敌激战时，冲在最前面的几乎都是汉奸。一个身穿日军黄呢子大衣的日本鬼子站起来，用中国话大声向杨靖宇喊话，让杨司令投降。杨靖宇气得大骂，怎样尽是披着鬼子皮的汉奸，杨靖宇最终被一排机枪子弹射穿胸膛而牺牲，而端着机枪射击的正是曾经在杨靖宇抗联部队中深得信任的优秀机枪手，他和一帮被招降投敌当汉奸的抗联战士组成"快速挺进队"，彻底熄灭了长白山的抗日火种。至此，东北抗联十几万人的部队，垮的垮，降的降，逃的逃，亡的亡，再无大的抗日风潮，再无一支像样的抗日队伍。

到一九四五年九月，日本投降时，东北"黑狗子""黄狗子"、便衣队、治安队等等总数量大约应在一百七十万人左右，问题是这些汉奸队伍的兵员人员是如何补充的？史料上并无记载。东北有大规模的抓壮丁行动，许多警校、军校，还是自愿报名，经过考试才能进去的。据说这些警校、军校的门槛都不低，别说抓壮丁，就是自愿报名淘汰率也是很高的，难道当汉奸也不容易？

太平洋战争爆发以后，日本从中国大陆大量抽兵，很多县城只有十几个日本鬼子守着，但全县几十万人民愣是基本"平安无事"，该干什么干什么。日本人就是神仙也没那么能耐，他们靠的是伪军，靠的是汉奸，靠的是伪政府。

刘亚洲曾举了一个例子，说一位曾任军委副主席的老将军说过，他们县十几个鬼子撵得全县十几万人"跑反"。好像鬼子有多厉害，其实厉害的是汉奸，十几个小鬼子指挥着数以百计、千计的伪军汉奸，狗仗人势，其实是狗仗鬼势。八路军在抗日战争牺牲的最高领导是八路军副总参谋长左权，在辽县反"扫荡"战斗中，日军似乎轻车熟路，直取命门，其原因就是"扫荡"的日本军队每支都有不止一名汉奸领路，走的都是近路、小路、险路，摸到家门口了，哨兵还没有清醒过来，以至于让日本人差点儿端了锅。

披露一件史实。可见当年汉奸真的厉害。在辽县八路军总部附近就有不止一名汉奸，而且活动十分猖獗。朱德总司令的警卫员是跟随朱总司令长征过的一名红军，竟然被汉奸用美人奸计拉下水，几次想对朱德开枪，枪杀八路军总司令，在其马上要扣动扳机时良心突现，想起朱总司令对他的恩情，下不了手，又对汉奸组织交不了账，最后选择在警卫室开枪自杀。否则中国的抗战史上会有一笔肮脏的记录：八路军总司令不是战死在疆场，而是死于汉奸之手！

到日本人投降时中国到底有多少汉奸队伍？似乎又回到文章的课题，问题是这些队伍的兵员是怎样保证的？没有资料能证明伪军是依靠日本人抓壮丁补充和建立起来的，只有资料证明日本人抓劳工。那么，这么大数量俗称汉奸的伪军人员是怎样"新陈代谢"的？难道汉奸也吃香？真有亲人送子送夫当汉奸？

抗日战争胜利七十周年了，汉奸之论依然此起彼伏，汉奸之争依然时断时续，围绕汉奸的结论却越来越难作。

据当今网上所议，今日之汉奸最大的特点一是堂而皇之却不易辨认；二是卖国之事做得巧妙，很能蛊惑人，容易使人上当；三是卖国者身上往往罩有许多光环，有很强的话语权。据说浙江大学教授应四川大学的邀请，以校友的身份作过一次演讲，网上说其汉奸之论，曾被一百二十七次掌声打断。

郑教授说："日本人侵犯我们，因为我们出了很多汉奸，将来日本人侵犯我们，还会不会有汉奸？谁将是中国未来的汉奸？在座的诸位很大一部分将是，因为你们嘲笑爱国者，崇拜权势和金钱，鄙夷理想和志气。"

"谁现在就是汉奸？北大、清华的学生，因为用他们学习的知识帮外国人开拓中国市场，打败我们中国企业。"郑教授还举了一个例子，一位清华的才女跑到美国深造，帮助美国破译了中国的北斗民用密码，破译了中国军方密码，破译了信号发生器密码。而这些密码都是中国花了十几年数代人的心血，花费了上百亿做成的中国赖以对付美国保护中国国家安全的卫星导航系统，这样的人不是汉奸是什么？

汉奸厉害，汉奸可怕，汉奸要命，汉奸亡国不血刃。

但有一点似乎也是公认的，那就是汉奸可恶更可恨，可悲更可耻。凡是研究过中国汉奸问题的人，几乎都曾发出这样的疑问，难道中国这块土地上真的有产生汉奸的肥田沃土？

黑 话

毛主席也讲过"黑话"。

一九六六年七月八日毛泽东在"在西方的一个山洞"中写的一封信中说过"我那些近乎黑话的话",毛泽东把自己心中的话称为"黑话",可见"黑话"的威力。

但在中国流传最广的不是毛泽东的"黑话",而是杨子荣的"黑话"。那段《智取虎威山》中杨子荣与座山雕的黑话在二十世纪六七十年代可谓家喻户晓。座山雕:天王盖地虎。杨子荣:宝塔镇河妖。八大金刚:么喝么喝!杨子荣:正晌午时说话谁也没有家。这段胡子窝里的黑话竟然穿越世纪直到今天仍然能纵横中国,黑话好生了得!

那年月,还有一段黑话流传得也够广的。那时候全国有七亿人,有人估计至少有三亿人会说那段黑话,那是段共产党接头时的黑话。《红灯记》里的李铁梅和上门接头的地下党交通员的对话:我是卖木梳的。有桃木的吗?有,要现钱!《铁道卫士》中的黑话也曾经流传过。两个"特务"在公园接头暗语是:"我有一把锁,丢了钥匙。""我捡了一把钥匙。"递过去,用钥匙一捅,一把钥匙开一把锁。头接上了。但黑话的水平不行,当年远东情报局接头的黑话还不如深山老林中的胡子。南朝鲜特工的黑话水平高,在电影《看不见的战线》中,南朝鲜特工在朝鲜接头有一段精彩的黑话。当时我们正上初中，见面互相不说"白话"，不论男女，几乎全是那句黑话：你拿的是什么书？歌曲集！什么歌曲集？阿里拉！后来又有许多版本，都是黑黑的黑话，要是南朝鲜特工听见一定以为出现了叛徒。记得有这样的版本：你拿的是什么书？一个人的选集！什么人的选集？说出来吓死你！吓不死我就弄死你！《毛泽东选集》！那人佯做吓死状。

后来又演绎成：你拿的是什么书？瞎了？什么书都不是，是户口本！谁的户口本？阿里拉的！拿户口本干吗去？销户口插队去！

电影《老炮儿》一炮爆红，"炮爷"也一度热起来，其实冯小刚演的老炮只演出了"炮爷"生活的一面，老炮儿也有老炮儿的文化，黑话是老炮儿约定俗成的行语。

老炮儿较劲不是一上手就是王八拳、钢丝鞭、三节棍，像冯小刚演的自个儿抢着日本军刀上。那一般都是混混、青皮、无赖、流氓。老炮儿有派头，老炮儿出马，大都为说和，用老炮儿的黑话叫"消碴"。老舍先生曾在《断魂枪》中说的沙子龙就是位老北京的"炮爷"。徒弟们，无论拜过没拜过，无论认过没认过，闯下祸，闹下灾，惹起"碴子"，"炮爷"就要像那位沙子龙一样出马"摆平"，既不伤和气，又不损面子。双方先过话：口里口外？此话漂白了就是去家中拜访，还是去外面茶馆？对话：楼上是盅，楼下是壶。盅碰盅还是壶对壶？漂白了此话即是喝茶还是喝酒？问：茶是白茶还是红茶？酒是白酒还是红酒？漂白此话即是问出没出人命？流没流血？答曰：喝的是功夫茶，饮的是醉心酒。漂白此语就是：麻烦不小，伤势不轻。

有研究民俗的专家说："炮爷"的黑话应该是清末青红帮里的黑话的传承和变种。青红帮里的黑话要比东北座山雕的黑话文化得多，显然当初由一帮失意入帮的文化人制定的。东北胡子互问：蘑菇溜哪路什么价？我看你不是个溜子，是个控子！有一股冲人的粗野山林味。而青帮不是，问兄弟下的是什么船？船上几块板？板上有几颗钉？回答亦文绉绉的像秀才答八股文：兄弟下的是苏州船，船头有舵，舵后有板，板上有钉，七道八重二十四个圈钉。又问：拜的是什么堂？结的是哪桩亲？上的哪门香？跪的是什么佛？回答：拜的是青山堂，结的是梅花亲，上的是高杠香，跪的是朝天佛。青红帮的帮规最严，有几十条帮规，违反了都要三刀六洞，最轻的也要剁手赶出帮去。但如果是一帮的，黑话一字不错，那就要以命相助，绝不惜力惜财。

但闹义和团时，黑话也曾盛行一时。当年义和团内"筛锣"，大街小巷一起喊：吃面不搁卤。因为义和团组织十分庞杂，基本上是半组织起来的流民。因此，下达命令基本靠黑话。吃面不搁卤，意思是炮打英国府，要求义和团直取英国大使馆。如果"筛锣"高喊吃面不搁醋，就是炮打西什库，吃面不搁酱，炮打交民巷。准备跟洋鬼子玩儿命。

因为京城里一时涌进十万余乌合之众的义和团，自己人冲突、火拼也在所难免，互相之间沟通讲和靠的是黑话，如称："天灵灵，地灵灵，请来常山赵子龙。"河北进京的义和团；"上有天蓬大元帅，下有十万天兵天将，刀枪不入，过五关斩六将。"山西进京扶清灭洋的义和团；"一请窦尔敦，二请武二郎，三请秦叔宝。"山东的义和团。互相之间，也问哪路哪派哪门哪照？答曰：天路神府地门红灯照。五花八门，但都似乎约定俗成，有些像东北胡子圈里的黑话。

黑话也帮助我们办过正事。

抗日战争期间，苏北抗日根据地急需西药、通信器材、无缝钢管等物资，而这些又都是日伪严控严管的战略物资。当时在上海日寇的特高课和汉奸的特务组织活动十分猖狂，无孔不入，新四军的地下组织被破坏得很严重。但任务又很紧迫，关系根据地和新四军的生存和发展。当时新四军张渭清勇闯上海滩。他就是二十世纪六十年代电影《五十一号兵站》中"小老大"的原型。因为张渭清的身份是青红帮中的"小老大"，因此如同杨子荣进山，必先过黑话这一关。青帮红帮称其为"入堂"，又称"叫牌"。张渭清早有准备，胆大心细，不慌不忙，手势眼势，举手投足丝毫不错。问的如：乘的什么船？把的谁的舵？板上什么钉？舵上怎么摇？又问索是什么索？帆起有多高？有一老汉奸诈地问：翁、钱、潘应该拜哪祖哪尊？没点青帮经历的人是回答不上来的。好在张将军的功课做得好，无一破绽，无一错误。突然坐在其中的中国通日军特高课长问："佛在西，为何风从东来？"据说在青帮中，只有几位老大知道这句黑话，因为张渭清当年扮的是"小老大"理应知道。一时所有人的眼睛都盯在张渭清身上。黑话就是试金石。老鬼子有些得意了，因为"小老大"是从苏北来，他不相信他真是青帮里的"小老大"，他怀疑是苏北新四军肩负着特殊使命的神秘人物。没想到张渭清端茶放碗，起身掸衣，卷衣袖，正衣襟，一字一句，字正腔圆，答道：祖在南，尊驾自北来。

张渭清将军完成了一般人想都不敢想的任务，在日伪眼皮底下为苏北新四军根据地从上海运出一百三十三船各种军用物资。

晚年张将军见了故人，讲到当年惊涛骇浪旧事，依然饶有兴趣地说，那些黑话真是刻骨铭心，好多事情我都忘了，却忘不了那些当年必须熟记的黑话。

三八大盖和日本指挥刀

一

中国有个网站曾经对一百位日本成年人调查，竟然无一人知道三八大盖、歪把子、王八盒子为何物；调查一百位中国成年人，竟然没有一人不知道；有位接受调查的中年人风趣且又十分刻薄地说，如果哪位中国人不知道这几种家伙是什么玩意儿，他连当汉奸的资格都没有。

三八大盖、歪把子、日本指挥刀在中国可谓臭名昭著，家喻户晓。抗日战争期间，中国人有三千五百万人伤亡，其中至少有一百万死于上述凶器，战死的四百多位中国将军，除被日本飞机炸死、炮弹炸死外，几乎都是牺牲在三八大盖、歪把子、日本指挥刀下。上将军张自忠身有八伤，除了三八大盖射穿胸腔外，就是日本刺刀、日本指挥刀刺中身体。中华民族和日本三八大盖、歪把子、日本指挥刀有深仇大恨，中国人世世代代都不能忘记它们！

一九三七年九月二十五日，平型关大捷，这是中国军队在关内战场上第一次成批缴获日本三八大盖步枪、歪把子机枪、日本"王八盒子手枪"、日本指挥刀，八路军声威大振。人们都渴望看看八路军缴获的日本武器，开开眼，壮壮胆，也扬眉吐气一下。八路军就在灵丘县城举办了一个缴获日本军队武器小型展览，参观者挤满一条街。最让人称奇的是友军竟然有组织地来参观，并与八路军达成一条协议，排长以上的军官可以"下场"，亲自动手摆弄这些沾过八路军鲜血的"鬼子玩意"，一时之间，友军凭借军官证排队摆弄"鬼子的家什"，所有人都乐得喜上眉梢，都说"鬼子的家什"地道，一定也缴他几支三八大盖，弄他把洋刀挎挎，抖抖中国军人的威风。

平型关战役后，八路军伤员急需运往太原医院，有些伤员伤势较重。但当时从大同运往太原的物资堆积如山，八路军的伤员上不了列车。好不容易找到铁路运输局长，那位挂着少将军衔的肉头局长听说是平型关下来的八路军伤兵，十分重视，他说这是在山西第一支打败日本关东军的中国军队，优先安排，不能让打日本的英雄，没死在战场上，死在咱铁路上。但这位少将提出一个要求，要一把战场上缴获的日本指挥刀。

八路军——五师供给处处长邝任农派一位副主任骑快马赶到大同，给那位少将局长送上一把从平型关战场上缴获的日本指挥刀，告诉那位将军，在平型关战场上击毙的日本军官至死都死死攥着指挥刀不松手，为缴下日本指挥刀，八路军战士不得不把日本鬼子的手指掰断，有个日寇少佐都被打成筛子了，脑瓜子被削掉半个，但双手还死死握着指挥刀，掰都掰不开，战士们不得不用刺刀撬开。当时这刀上还有鲜血，那是我们八路军战士的鲜血。这位将军双手接刀，召集起他手下的管理人员，庄严地宣布运送八路军伤员的列车优先安排，第一时间放行，谁要不服气，让他看看这把鬼子指挥刀，谁能打鬼子，谁能缴获日本鬼子官的指挥刀，谁的列车优先！事情并没有完。八路军伤兵运到太原，太原医院也缺医少药，而伤员又正在流血，有的急需动手术。这次是八路军——五师供给处处长邝任农快马疾驰跑到第二战区总医院，这次有准备，随身携带着平型关战役缴获的日军佐官指挥刀，没想到那位挂着将军军衔的医院院长双手接过日本指挥刀，极其严肃，极其认真，也极其悲壮地说，医院中住的都是从前线抬下来的伤残军人，恐日成病，有的伤兵一天到晚喊着日本人厉害。希望贵军能暂借几支缴获的日本三八大盖在我们医院摆摆，壮壮军威。邝将军，邝任农，一九五五年被授衔为中国人民解放军中将，二话没说，派快马回部队，取回十支日本三八大盖，都是上了刺刀的，十面日本太阳旗，两挺日本歪把子，还有两身沾血穿洞的日本鬼子军官的黄呢子军装。这下，整个医院都沸腾了，随后出现了一个奇迹：伤员们自动腾房，为八路军伤员安置病床。医生、护士自愿加班，十几个小时不下岗。

当年八路军一一五师派专人去二战区要求补充平型关战役的枪支弹药损失和要求发放阵亡将士的抚恤金。阎锡山的后勤供应部一向以抠门著称，尤其对晋绥军以外的补充，更是锱铢必较，能少给尽量克扣，但这一次对八路军的要求，没打一分折扣，没找一个借口，而且雷厉风行，特事特办，把晋绥军要求补充的报告都放在后面，这是抗战以来二战区第一次也是唯一一次。当然也有额外的要求，八路军打了那么大的胜仗，希望能得点战利品。结果送上几十件日军黄呢子军大衣，十把日本指挥刀。为送给当时二战区后勤部部长一把日本佐官指挥刀，八路军一一五师把挂在师部的，也是平型关战役中缴获的最后一把佐官指挥刀送出去了，但大家都说值得，有的甚至说，缴获的日本指挥刀比黄金白银都管用，比二战区下的文件都管用。

二

日本鬼子在中国华北地区实行的"三光"政策不是靠飞机大炮坦克，而是依靠三八大盖、歪把子机枪和日本指挥刀制造的。中国人称日军为"小日本"是称谓有据，当年侵华日军平均身高只有一米五五，但日本士兵持三八大盖上刺刀却高达一米七五，比"小日本"高出半头。抗战初期恐日病流行，恐的是日本兵，怕的是日本枪，认为日本兵是魔鬼，不可战胜，似乎刀枪不入；三八大盖枪一枪能打十里，且枪枪咬肉，弹弹要命；说日本兵中途休息，有乌鸦在树上鸣叫，日本兵嫌烦，枪依然背在背上，用手指一扣扳机，枪响乌鸦落。又说日本兵专打国军中骑马当官的，一枪一个，专打天门，从不虚发，以至于国军有的部队在南逃时，军官不敢骑马。

　　挑起"七七卢沟桥事变"的竟是日军一个叫一木清直的少佐军官，这家伙身高只有一米五二，用中国话说五短身材，"三寸丁谷树皮"。但一木极猖狂，根本瞧不起中国军队，在他看来，他率领的一个大队的日军就能把整个中国军队打趴下，所以他悍然进攻宛城，准备一举荡平北平、华北，这个小鬼子野心和身材正好成反比。一木急不可待，甚至不管有没有军令，带着自己手下几百名同样猖狂的鬼子兵就敢和中国守军开战。一木当时是日军大队长，官衔是少佐，他竟然带着他一个大队的鬼子兵，在华北平原上横冲直撞，撵得孙殿英等人率领的十几万国军丢盔弃甲，狼狈逃窜。一木和他的鬼子兵手上到底有多少中国人的鲜血无法统计，但他和他的鬼子兵曾一次屠杀中国战俘数百人，且个个都是捅烂胸口，挑破肚腹，或者直接砍下头颅。一木屠杀中国人格外凶残，两眼圆瞪，五官挪位，哇啦哇啦怪叫，从不用枪，一律斩杀。由于杀中国人有功，一木官升至大佐，军刀换了三把。一九四二年四月，一木清直率领他屠杀中国人有功的"一木支队"去攻占太平洋战场上的瓜达尔卡那尔群岛。这个名副其实的"小日本"极嚣张，极狂妄，甚至不等重武器上船，他要求他的鬼子兵只带着上了刺刀的三八大盖就行了，仿佛不是去战斗，而是去屠杀。当一木刚刚踩在瓜岛的沙滩上，他就发出电报：登陆成功！胜利万岁！然后带着他身后嗷嗷怪叫的日本兵，端着上了刺刀的三八大盖，向美军阵地发起疯狂的冲锋。没想到，美国士兵的武器上根本没有刺刀，迎面而来的是密如雨点的自动武器喷射的密集子弹，日本兵成排成排，成片成片被子弹扫倒，个别窜到美军战壕中的日本兵挺起刺刀准备和美国兵搏斗，而美国兵根本就不和日本兵拼刺刀，他们几乎人手一支勃朗宁大口径手枪，一枪就把日本兵的脑袋打开花。一木烧了军旗，带领他残存的士兵作自杀式冲锋。而美国人冲出战壕和日本兵白刃的竟然是坦克，一木全军覆没，他也被美军的坦克碾成肉泥。没想到，日本兵的三八大盖、歪把子机枪竟然成了美军的负担。据说，瓜岛战役美军缴获的日军武器堆积如山，数万支三八大盖、歪把子机枪让美国人好生头疼，美国人把日本枪统称为"铁棍"，如同中国人说的"烧火棍"，根本不屑一顾，最后用推土机推到荒沟里一埋了之。

据我考证，太平洋战争中日本兵从未用战刀斩杀过一个美国兵，俘虏除外，日本指挥刀的作用就是剖腹自杀。

抗战后期，三八大盖在中国军队也已不再稀奇。抗战初期缴获的三八大盖一般都配备给主力部队的班长，但到了抗战后期至少八路军主力部队的老兵们不再"玩"三八大盖了，而是更偏爱国产的汉阳造中正步枪。在中国军人眼里三八大盖有两大优势：之一，射程远，精准度高，瞄上就跑不了；之二，三八大盖枪长，拼刺刀最有利。抗战初期一个日本兵敢和一个班的中国士兵拼刺刀，一个鬼子兵能刺倒一片中国兵，得力于三八大盖枪高刺刀长，得力于日本军队训练有素，老鬼子兵常年苦练的拼刺动作科学实用，一刺毙命。但时间长了，八路军渐渐琢磨出日本三八大盖的短处，所谓三八大盖主要是为防沙尘飞进枪机内在枪身上加一个防尘罩，但此"大盖"是和枪栓相连的，每拉动枪栓，"大盖"就跟着前后移动，既慢又笨。八路军战士说，我们和鬼子交手，都是伏击战、游击战、偷袭战，不可能在五六百米以外开火，往往是把鬼子放到七八十米处才开枪。而日本三八大盖弹丸小，子弹瘦长，一穿俩眼儿，打不到要命的地方死不了。抬下来的八路军伤员，只要不是弹片伤、刺刀伤，是三八大盖射伤的，八路军野战医院创造了一种探针疗法，把酒精棉捅到枪眼里消毒，一般残不了，六个月后再上战场。而中国的汉阳造中正式，是前面打一个眼儿，后面炸一个"碗"儿，命中非死即残，杀伤力大。八路军喜欢这种步枪，一枪毙命，能把鬼子打得血肉模糊。而在战场上和鬼子拼刺刀，就更不怕日本兵了。日本兵怕三八大盖穿透力强，战场上自残，于是一冲锋拼刺刀就先退子弹，端着空枪玩儿命。八路军聪明，摸准日本鬼子的"脾气"，一冲锋就先把子弹推上膛，中正式步枪五发一压，双方冲到一起，老兵讲究三米之内，鬼子一个标准刺，八路军一个标准射，前面的鬼子一头栽倒，瞬间，拉枪栓第二颗子弹又从弹仓里压到枪膛中，后面的鬼子兵刚好冲到三米线，又是一枪，很多时候中正步枪一枪能打爆鬼子的脸。抗战后期，日本鬼子甚至不敢和八路军拼刺刀。用日本指挥官僵硬的中国话说：八路军刺刀的拼，铁炮的给。

至于歪把子机枪，到抗战后期，连八路军都不太认它。歪把子机枪的弹仓是三十发装，但装弹是用一排五颗子弹，六排齐装，然后用弹仓盖把六排子弹压入弹仓，即使是熟练的老机枪手，也需要三秒钟左右。而中国军队普遍使用的捷克式轻机枪是枪身外装弹，只要把空弹夹拔下，插上新的就可连续射击，几乎无间隔。要知道在血与火的战场上，一秒钟的间歇就可能造成阵地失守，数十条生命丧生！

最让人费解的是日本的"王八盒子手枪"。抗战十四年，缴获了日本鬼子那么多"王八盒子手枪"，却从未正式装备过部队，即使是武器相对短缺的八路军也没配置过日本人的这种手枪。八路军营连以下的军官都配置德国制造或仿德国毛瑟手枪的"盒子炮"，团以上的军官配备勃朗宁的插梭撸子。在八路军中声誉最高的是德国制造的"快慢机"，从装弹十发到二十发的驳壳枪。而缴获的日本"王八盒子"一般交由八路军武工队、便衣队、游击队使用。用"土八路"的话说：宁使插梭撸子，不使"王八盒子"。"王八盒子"经常出机械事故，卡壳、跳栓、堵膛，且弹丸小，射程近，杀伤力弱，连日本特务，在执行特别任务时都不用"王八盒子"，改用勃朗宁。日本人的"王八盒子"彻底臭了。在抗日战争期间，除日本军官外，仿佛只有日本翻译官肩上挎着的是日本"王八盒子"，连伪军、皇协军都不愿挎，挎上"王八盒子"不托底，怕关键时刻打不响，让八路军一枪打开花。

但日本指挥刀吃香。

三

从抗日战争一开始，中国军人都以能缴获日本指挥刀为荣。因为日本军人笃信，日本军刀代表着"大和魂"和"武士道精神"。

据说无论国军还是八路军、新四军的军官在开会之余聚在一起都喜欢显摆自己缴获的日本指挥刀，以刀的级别越高越贵重越为荣。

当年长沙保卫战的英雄，国民党上将军薛岳曾经献给蒋介石一把在长沙战役中缴获的日军的将官刀，这把日本将官指挥刀是日本传统的"太刀"，刀为手工锻造，刀上有眉纹，刀柄有七颗金星。蒋曾一度把它挂在作战室中，并题有四个大字：扬我军威。

八路军也曾送给二战区司令长官阎锡山一把缴获的日军将官刀，刀鞘是棕红色的，鞘箍是黄金铸的。有人说是日军名将之花阿部规秀的指挥刀。

当时许多负伤的八路军指战员伤愈归队前，总要向医院送一把日本指挥刀以表达救命之恩。因此在八路军野战医院的荣誉室里常常挂满了缴获的日军各级指挥刀。我的一位发小的父亲就是八路军医院院长，家中有两把日本指挥刀，经我鉴定，是尉官刀，但抽出鞘仍有股森森凶气，拿在手上仍有股历史感。

日本指挥刀中最有影响的应该数东条英机的指挥刀，这个老鬼子有四把军刀，据说其中一把最"豪华"的被送给麦克阿瑟，其余的三把不知下落。当年美军占领日本后，缴获的日本指挥刀堆了数座仓库。美国兵都很仇视它，美国兵把那山丘一样的日本指挥刀统统作废钢铁回炉，其中不乏将官刀和一些日本名家的名刀。美国人做得干净彻底，据说现在在日本要找一把战时的佐刀、将刀都相当难。

在中国最臭名昭著的日本军刀恐怕要数南京大屠杀时两个日军少尉斩杀中国人用的日本指挥刀。一人说他刚刚斩杀了一百零五个中国人，一个说他刚刚斩杀了一百零六个中国人，这种杀人游戏好像才刚刚开始，谁也不服谁，于是擦干净军刀上中国人留下的鲜血，又起身去斩杀中国人了。这两把日本军刀的下落不明，真应该挂在南京大屠杀纪念馆里，那是国耻，让每一位中国人都"胆战心惊"，都没齿不忘。因为从新闻照片上看，那两个日本军官杀了那么多中国人，自己却毫发未伤，简直像儿戏。可见屈死、冤死、不明不白而死的中国人可能都是"引颈而亡"，不如垂死的兔子，因为中国人有句俗语：兔子急了还咬人。中国人临死也没咬人家一口。

我看过一些老照片，一九四八年一月二十八日在南京雨花台对这两名罪恶累累的杀人犯执行死刑时，没想到这两个杀人魔王身高竟然不足一米六五，猥琐、矮小，两肩绝望地抱成团，一副绝望下贱的表情，在拼命吸食着临刑前的最后一支香烟。身后一身戎装手提驳壳枪、高大健壮的中国宪兵，恐怕不必用枪，仅用两只手就可以毫不费力地拧断他们的脖子。那杀过数百名中国人的日本军刀何在？

在中国人眼里，日本指挥刀还用于自己宰自己，失败者到最后，输成光棍一条，日本指挥官就要拉出指挥刀，双手紧握刀柄，对准自己的肚子，切腹自杀。其实日本军人切腹自杀讲究武士升神，是把指挥刀切进自己的腹中，然后再左右搅动。这时候自杀的鬼子并不至于咽气，而是由站在他身旁的另一个日本人，通常是日本武士中的剑士，一刀把他的脑袋削下来，他就完成了去靖国神社的征途。

其实，许多日本军人也是徒有其名，自切的临终一刀也是哆哆嗦嗦地下不了手。杀中国人手硬，切自己心软。日本军国主义的最大头目，日本头号战犯东条英机在家中自杀，他家中有四把军刀，但这个战争恶鬼不敢用日本军刀捅自己的肚子，而是选择在心脏上画个圆圈，然后用手枪对准这个圆圈开枪，可惜这个圈没有画圆，杀几千万人都不手软的东条英机，枪杀自己时却心惊胆战，愣一枪没打准，还得麻烦美国军医进行昼夜抢救，再把他绞死在东京巢鸭监狱内，费了二次手。

鬼子完了，但鬼子的指挥刀没完。遗憾的是苏军在东北战场缴获大量的日本指挥刀，但无法处理，给国军，国军不要；给八路，八路也不要。最后全部被作废钢铁回炉，其中不乏将刀、佐刀。

而遗留下的日本指挥刀却像古董一样飞速地升值。一九八五年一把日本佐官刀要三百元左右，到二〇〇九年，一把日本佐官刀大约拍到四万元左右。据说，还有日本人专程来中国收购侵华日军的指挥刀。

中国人不能忘记侵华战争中的日本指挥刀，因为它上面有中国人的仇恨、鲜血和生命，也有中国人的教训和耻辱。

跋

下荆州，走江陵，临江而立，竟有股楚地沧桑尽入眼之感。江陵知名度并不高，考十者恐九不知。我没细算过，但在江陵立国建都的大小王国不会比北京少。楚庄王在公元前六八九年就把楚国国都建在江陵，这位三年不鸣，一鸣惊人的"楚霸王"，就是在此称霸天下，为春秋五霸之一，以后都此二十代楚王，翻翻历史，共四百一十一年。在中国，都城而雄踞四百多年的似乎不多。眼望长江，楚庄王时，那滚滚长江，滔滔大河，其势如虹，其浪滔天，其水无涯。据史料推测，那时的江面足有四十公里宽，真江陵之福。

我来江陵是作文悼焚书的。

在中国一提焚书则千夫共指秦始皇，焚书坑儒，然秦之焚书是索"罪书"而焚，认为对其政权能构成威胁的书籍皆焚之，共焚多少书，史上并无细计，后人追索，焚书亦有限。尤其是秦只暴政十数载，二世而亡，秦亡汉兴，文化再兴，文人倍增，汉又征集儒家经典，要独尊儒术，有些人就依靠记忆把秦时一些失传、失散、被毁、被焚的经典文章背诵下来，书写成章，从这个意义上讲，亏之秦早亡。也极敬佩古人的读书精神，默记数篇，传流青史。当然因为记忆不同，所看书籍不同，就有了后世的多种版本，如《尚书》就有两个版本，《诗经》有三个版本,《论语》《春秋》都有不同的版本。后世很多专家经过考证,也对其中的篇章的真伪提出疑义。那个时代,尚未发明纸,也没有印刷术,文章都是刻在竹简上,然后再用丝绳穿起为籍,写书难,编书也难,藏书亦难。秦始皇当年每日要看一百二十多斤重的竹简,何论那些文章要一笔一刀地刻在竹简上呢?说那个年代没有一本是完全相同的书,其实不假。那个年代出一本书何其难也?真乃一笔一画皆辛苦,一竹一简皆学问,来之不易,集之艰辛。哪部书没有一个令人感动的故事,哪部书没有一个令人激奋的传奇?到西汉末年,国家已然征集到皇家的藏书有三千多部。这三千多部著作皆西汉之前的经典,也是中国文化的精粹。

中华民族多灾多难,也体现在文化上,表现在对待书籍上。西汉末年,王莽篡政引起国之大乱,军阀重开战。中国的国乱、战乱也有一个突出的标志,那就是杀过来、烧过去,烧宫殿、烧图书,毁文化、败文明。西汉二百多年收集编纂的图书又遭大难,其难绝不亚于秦始皇焚书坑儒,而后又是东汉末年黄巾起义,杀得人仰马翻,烧得一片白地。三国战争不断,人口从秦时的两千多万众,锐减至七百多万,生灵涂炭,赤地千里,焉能顾眷图书?五胡十六国,魏晋南北朝,几乎无朝不乱,无朝不打不烧。中国的书籍真是身遭百难,难难难逃。

到梁武帝、梁元帝时期,难得父子两代皇帝都爱读书,也都极爱藏书,自古皇帝未见好德如好色者,而梁朝武帝、元帝的确好书胜过好色。到梁元帝时,已收集天下图书十四万部、册,几乎都是中国文化之瑰宝,很多图书乃天下珍品,世之孤本、善本,是中国文化中的无价之宝。那么多的图书,估计藏书楼就不止一座,煌煌哉,巍巍哉。没想到公元五五四年,西魏攻破南梁,兵入江陵,梁元帝的皇帝梦、读书梦,皆成白日梦,国破家亡,梁元帝却把一切归罪于书籍。他说我读书万卷,还落如此下场,读书何用?要书何用?这位昏君竟然一把火把国家的藏书统统烧了。悲哉乎?悲乎!痛乎!惜乎!

望长江水，望江陵城，心祭那些化为青烟的图书。苦难多艰的中国文化。

故事讲完了，从江陵回来总觉得心重如铅。书是人类文明的结晶，热爱生活、追求光明、向往文明，享受文化就首先要爱书，爱读书。没有书，就没有历史，没有文化，没有文明，就只有沙漠。这也是我读书的一点心得。

十分感谢作家出版社，衷心感谢黄宾堂先生、袁艺方女士，没有他们的帮助就没有这本书的问世。也感谢李胜利女士，这本书中的文章，都是她一个字一个字敲出来的，谢谢关心这本书的所有朋友们，每当翻开这本书时，就想起他们。

是为跋。

图书在版编目（CIP）数据

也无风雨也无晴 / 崔济哲著 .—北京：作家出版社，2019.3

ISBN 978-7-5212-0432-2

Ⅰ.①也… Ⅱ.①崔… Ⅲ.①散文集－中国－当代

Ⅳ.① I267

中国版本图书馆 CIP 数据核字（2019）第 049770 号

也无风雨也无晴

作　　者：崔济哲

责任编辑：袁艺方

装帧设计：孙惟静

出版发行：作家出版社有限公司

社　　址：北京农展馆南里 10 号　　　邮　　编：100125

电话传真：86-10-65067186（发行中心邮购部）

　　　　　　86-10-65004079（总编室）

E-mail:zuojia @ zuojia.net.cn

http://www.zuojiachubanshe.com

印　　刷：三河市兴博印务有限公司

成品尺寸：152×230

字　　数：180 千字

印　　张：13.75

版　　次：2019 年 6 月第 1 版

印　　次：2019 年 6 月第 1 次印刷

ISBN　978-7-5212-0432-2

定　　价：45.00 元